太宰治の虚構

木村小夜

和泉書院

太宰治の虚構——目次

はじめに

一　先行研究の一端から見る虚構と現実

虚構、そしてこれと一対の関係にあるとされる現実。

太宰治作品研究において、この二つの語によって最も頻繁に説明されてきたのは恐らく、作者自身を思わせる語り手や作中人物と生身の作家との関係についてであっただろう。ここが作品の読みにとっての大きな関門のひとつであるからこそ研究の推進力の源ともなってきたことは、例えば、「従来、作家と作品を結びつけすぎるところに、かえって問題があった」という反省も含めて「偏見と俗化から太宰治を救出」（あとがき）しようとする趣旨で編まれた東郷克美・渡部芳紀編『作品論　太宰治』（一九七四・六、双文社出版）、あるいは、今も更新され続けている山内祥史による「年譜」[1]や相馬正一『評伝　太宰治』（一九八二・五〜一九八五・七、筑摩書房）を中心に大きく発展を遂げた一連の伝記研究などを思い出せば、了解できる。作品（虚構）の自立性から作家の仕事を再評価することと、その実人生（現実）を再検証すること、これらは共に、虚構内存在としての「太宰治」的人物と実在の作家太宰治とを区別した上でその関係をあらためて作品の内外から問い直していくという、今では自明となっている考え方の基本的な下地をつくった。

ただ、太宰治作品における虚構と現実の関係は、こうした作中人物と作家の間に見出されるにとどまらない。その全時期にわたり、駆使される言葉の性格にその根を求めうるものとして、様々なレベルから考察されるべき課題である。

例えば、表題に「虚構」を冠した「虚構の春」(『文学界』一九三六〈昭11〉・七)や「ダス・ゲマイネ」(『文芸春秋』一九三五〈昭10〉・一〇)――共に作中人物「太宰治」が登場する――を含む作品集『虚構の彷徨・ダス・ゲマイネ』(一九三七〈昭12〉・六、新潮社)に関して、東郷克美[2]は次のように述べた。

太宰治はこの国の私小説的風土を利用し、いわば読者との共犯関係の中で、私小説的事実も物語の一切片として虚構の枠の中に組み込んでいく。事実と虚構の境界の無化ないしは相対化――それは作家「太宰治」という語り手、あるいは「太宰治」という物語を作りあげていくことではなかったか。作品が虚像としての「太宰治」を作りあげ、逆にその虚像に作家自身も規制され、さらにはすすんでそれを演じていく。

ここでは確かに「太宰治」に関する「私小説的事実」と「虚構」の関係に焦点が当てられているものの、同時にその「私小説的事実」がどこまでも「物語の一切片」でしかないことも意識されている。つまり、「私小説的事実」のみが「物語」の中で特権化されるのではなく他にも並列される「虚構」があって、「事実と虚構」が同次元に混在するからこそ、その「境界」は「無化」「相対化」される。

また、東郷氏とは世代も研究方法も異なる中村三春[3]も、用語や重点の置き方こそ多少違うものの、ほぼ同じことを指摘している。

太宰的なテクストは、あたかも真実らしい〈太宰〉なる人物の実生活をテクスト中に盛り込むことにより、虚構と現実との境界線が曖昧化され、パラドックス状態が現出する。それによって通称〝破滅型・下降型〟作家の行状は、テクストに読者を誘惑するための触媒となり、しかしテクストに導入された読者は、めくるめく迷宮的な語りによって翻弄されるのである。

文学理論を参照しつつ解析を続けてきた中村氏は一貫して「言葉の起源としての絶対的・根元的虚構の地層」[4]を「太宰的テクスト」に見出してきた。フレームの操作、嘘つきパラドックス的言説、引用・フラグメント・アフォリズムや脱線による一義的メッセージ性の脱臼を手法として指摘してきた氏にとって、「虚構と現実との境界線」の「曖昧化」もまた、作中人物と作家の問題に限定されない「太宰的テクスト」の重要な性格のひとつである。

遡って、安藤宏は、太宰に限らず大正後期から昭和十年代にかけて自意識の連鎖を表現した作家群を広く射程とし、『自意識の昭和文学—現象としての「私」』（一九九四・三、至文堂）で次のように述べていた[5]。

従来「私小説」リアリズムは幻想や夢を描く物語文学（虚構）の対立概念としてとらえられてきた。おそらくこうした発想に立つかぎり、それは虚構を構築してゆく創造力の欠如、ないしは本格的な「客観小説」の発達を妨げてきた元凶として片付けられてしまうわけで、むしろ「私」の見え方に徹底してこだわるその自意識は、本来その内部に「夢見る私」までをも導きだしてしまう契機を抱え込んでいたのではあるまいか。「物語（夢や幻想を含む虚構世界）」と「私小説（日常的リアリズム）」とを相容れぬ二項対立と考える発想を、われわれはこのあたりで根本的に考え直してみる時期にきているように思うのだ。

さらに、太宰作品における虚実の反転という事態に焦点化して数々の重要な指摘をしているのは、原仁司[6]である。わけても、作者太宰治と読者を歌舞伎役者と観客との関係になぞらえた上での、次の説明に注目したい。

「役柄」は、作者その人をにおわすときもあれば、実在の人物であるときも、歴史的な人物、架空の人物、動物のときもある。だがそれらを語り、演ずるのは皆同じくひとりの作者（生身の「語り」手＝太宰）なのである。このことを踏まえずして作者と主人公とを乖離させて論じてしまったのが従来のほとんど多くの太宰論であったと思われる。(7)

「語り、演ずるのは皆同じくひとりの作者（生身の「語り」手＝太宰）」である、との指摘は素朴な私小説的観点に戻ろうとしているわけではない。作者らしき人物もそうでない他のあらゆる人物も、果ては動物に至るまで虚実の区別なく、と言う以上、むしろこれは、安藤氏の提起する「物語」と「私小説」に対する「二項対立」的発想からの脱却に通じるだろう。また、「経験された「事実」も造られた「虚構」も、作品内においては等価的な要素（素材）群のひとつとして扱われることになる」といった原氏同論中の指摘とも対応するものである。

「虚構」と「現実」の「境界」の「相対化」「曖昧化」。書き手である人物を作中に登場させれば、こうしたことはさも突出した特殊な事態であるかのように見える。しかし思えば、小説とは元々そういうものではなかったか。各々の世界を形作ると共に越境を可能にする媒介として小説の言葉はあるわけで、書き手や作者らしき人物が顔を出す作品は、そのような世界を成り立たせる言葉の性格へとあらためて私達の目を向けさせるのである。

二　言葉・〈現実〉・虚構

何事かを語る・書く行為は、聴き手・読み手あってこそ意味を持つ。その受け手に向けて何かを伝えようとするからには、必ず現実からの取捨選択・再構成がなされる。元々言葉にそれ以外のありかたはないが、受け手が具体的に想定されればされるほど、送り手側としては完結したまとまりとして伝えたいという志向がより強くなるだろう。と同時に、言葉はひとつの意味や受容のありかたに集約されることなく、多様な可能性に向けて開かれる側面をも併せ持つ。受け手側からすれば、自身の持つ固有の文脈や背景、送り手との関係のありかたなど、言葉以外の諸々の前提によってこそ言葉は意味を与えられていくからである。

こうして、語られ・書かれる言葉はひとつの現実が述べられてそれが額面通り伝わるものからは程遠く、むしろその多層性をあらわにし、言葉と対象の素朴な一対一対応という幻想を自ら崩していくことになる。言葉が実際に置かれる関係という場の持つ完結性への志向と非完結性の双方によって、伝達される言葉は現実そのものからずれた虚構の領域に必ず立ち入るだろう。それは人間と現実をつなぐと同時に引き離し、虚構がむしろ別個の〈現実〉をつくり出していく。

関係の中で生じる言葉のこうした生々しい性格を捨象したところに、太宰の関心は向かない。あくまでも聴き手・読み手を前提とした語りがいくつかの特徴的な手法で戦略的に駆使され、単一の読みへの収斂を阻み、虚実を反転させていく。そこに太宰作品の特質がある。以下、本書で扱う作品群を念頭に、言葉と虚構の関係がどのように表れ、読者はいかにそこに関与していくことになるか、概観してみたい。

作家としての出発期における多くの実験的作品では、言葉が現実と一体化せずむしろ乖離し、さらには空洞化していくという認識を起点として、そこでなお語る・書くことの可能性を模索する過程が描かれる。読者の側は、蓄積されてきた既成の小説観を踏まえてまずは意味を読み取ろうとするが、むしろそこからの逸脱や意味づけの困難に直面することによって逆に、従来の小説ははたして人間の内面と言動の現実に見合った言葉で綴られてきたのか、現実とはこれまでの小説の言葉で表現されてきたようなものだったのか、と自問させられ、新たな小説の生まれる過程に立ち会うことになる。あるいは、読者にそうした理解のありかたを期待するという姿勢を作品の側が先回りしてみせることで、新たな小説観が補強されていくと言うべきか。いずれにせよ、何を以て小説の言葉とするかということと、言葉を介してつながる第一の他者である読者をいかに作中に取り込み配置するかということは、この作家にとって不可分の課題だった。

その後も太宰作品では、告白体・書簡体・手記といった、語り手・書き手と聴き手・読み手の関係を作中に内蔵し、可視化させる手法が多く駆使された。これらの手法は、現実と虚構の関係を相対化していく言葉の特質をむしろ自覚的に取り込み、かつ際立たせていくことになる。とりわけ、過去の記憶や自身の思考の枠を組み替え、何らかの完結性・一貫性を持つものとして再構成しようとする意思を強く持つ回想形式にあって、それは著しい。聴き手・読み手の存在のみならず、元々回想にはその内部に語り方を左右する力がはたらいている。そうでなくては、人は何事をも振り返ったりはしない。このために、語られる言葉そのものも含めた語り手の行為はしばしば誇張され、いわゆる矛盾や〈嘘〉、言葉の表層の意味の反転も生じる。眼前に相手がいない情況で駆使される手紙の言葉もまた、現実を凌駕していくことがある。ある方向性を以て現実を言葉にしようとすればするほど、言葉は現実から離れ、あるいは現実を追い越し、虚構的な語りへと向かっていくのである。

これに伴い、実際の読者も様々な挑発を受ける。例えば、物語は読者に対して作中の読み手や書き手への同化を促すと同時に、そのように読むことを封じるようにも導いていく。既成の流儀で物語内容を理解しようとする読者に対しては、文脈のずらしがひそかに用意される。読者はこれら種々の籠絡によって信不信・真偽の狭間に迷い込み、語られ・書かれたことを従来の虚構・現実といった範疇ではもはや区別できなくなる。

こうした虚実の越境は、既存の物語や言葉を素材とする翻案を中心とした手法においても、作中人物の切望・自己防衛・執着・錯誤の過程や結果として表れる。彼らはしばしば既にある規範や権威・流布する型をよりどころとするが、ここにもまた、言葉や自他に関する物語・一貫性への強い志向がそれの指す実体や現実との間に乖離を深めていく、という事態が見出される。虚実の越境がもはや小説の言葉の問題に限らず誰にでも生じうる事態であるという認識、これが前面に押し出されてくるのと入れ替わるように、ここでは語りの枠組みにまであからさまに虚実の越境が及んでこなくなる。

このため、読者は他の手法の作品に比して安定した物語を受け取っているという印象を抱くかも知れない。しかしそれは、語りのありかたそのものによってでなく、物語の枠組みとしてあらかじめ批評的な視点が確保されているからである。翻案とは話そのものが安定し固定化された言葉で構成されているのではなく、ずらしや差異によって規範や型を逆手にとる方法である。既にある素材に新たに意味づけていくという操作自体が言葉という虚構の側からの既存の現実への侵出・挑発とも言えるわけで、この手法によって先に述べたような人間像が相対化されて描かれることは必然的であった。

ここまでで、「虚構」という言葉で言い当てられる内実をあらためて確認しておこう。それは、幻想・非現実・非日常・夢・物語・こしらえもの・嘘といった一般的に用いられる意味から広がり、完結性・一貫性への願望、規範との一体化、かくありたいと願う理想のイメージ、他者に向けて語られる記憶の中の自己像といった、総じて、主観による何らかの意味づけ、さらには強い偏向が付せられた要素を含んでくる。すると、これとの相関に置かれた時、通常ならば、事実・日常・生活・リアリティといった対照的な意味を持つ「現実」という言葉が指すものもまた、実際にそれが語られたり確固とした〈現実〉として意識されたりした瞬間から虚構性を帯び、既に現実そのものではありえない。主観によって意味づけられる以前の個々の事象、それゆえの非完結性・非一貫性といった相貌を現実が元々持つ以上、これを言葉で正確に言い当て受けとめようとすることは困難である。つまり、この二つは言葉の辞書的意味が示すような相互不可侵・対照的な関係にはない。

太宰作品の関心は、こうした言葉や解釈を経由した虚構としての〈現実〉の内実に向かい、さらにそこに一定の価値判断をも付与していく。例えば、「津軽」(一九四四〈昭19〉・一一、小山書店)の「信じるところに現実はあるのであつて、現実は決して人を信じさせる事が出来ない。」という言葉を思い出そう。「信じるところに」ある「現実」と「信じさせる」ための「現実」。以上を踏まえるとこれらは共に虚構と称されてよいものであるが、この不可逆的な並列は二つの考え方を対比的に位置づけており、「現実は、私の眼中に無かつた。」と言う「私」は、「現実」を「信じる」ことに先行させられないと考えている。前者は望ましい虚構のありかたとその存在理由を言い当てており、いわば作家が志向する虚構——それこそが「現実」であると作家は言いたい——へと敷衍していけるものである。(8) これに対して後者は、「現実」を信じるためのよりどころとするために錯覚へと陥る、前者とは似て非なる虚構性である。

立ちはだかる現実に対して作中人物達は彼らなりの志向と必然性を以て意味づけをし、またそれに基づいて行動するが、その結果として彼らの帰着する現実は、志向された〈現実〉即ち虚構の性格を映し出すものとなろう。〈現実〉の虚構性、つまり現実からの乖離が必ずしも自覚されない情況においてこそ、彼らは強固な現実をいつの間にか乗り越えもし、あるいは戯画化と見まがうほど独善的な言動にも出る。そこで逆に、物語の具体的展開の中に伏在する現実と虚構の関係を見据えながら、彼らの言動の依拠するところを辿っていけば、倫理的問題までも孕んだ人間のリアルな把握へと導かれていくだろう。

既にある小説の言葉の枠組みで現実を言い当てた気になること、つまり言葉の虚構性への無自覚から身をかわすべく出発した太宰作品にとって、虚構と現実の越境は次第に、小説の技法と言うよりも、言葉の両義性や文脈のずれを手がかりに読者自身が人間のありかたについて逆説的な発見をなしうるかどうかを試みる、より巧妙なしかけともなっていく。人間は良くも悪しくも虚構を生きる。言葉のありかたを通してそれをまず自覚することからしか〈現実〉の生きようはないのではないか——虚構はその方法と内容の双方から、現実の読者にこうしたことを問いかけてくる。

　小説を書くことの困難への自己言及、一方的な語りや手記による告白的回想、書簡体、そしてそれらにしばしば表れる過剰なまでの言葉の繰り出し、伝奇性の濃い素材や歴史上の人物をめぐる物語の受容・翻案。太宰作品に特徴的なこれらの手法の必然性は、言葉が本質的に持つ虚構と現実の間でのせめぎ合いや越境・反転といった性格を鍵として、各作品に即して説明されるはずである。こうした言葉の性格が、作中のプロットや各手法にいかに溶け込み、生かされ、各作品の個性を形作っていくか。こういったことを、個々の作品の読解を中心に据えて具体的に検証していくのが、ここでの目的である。

三　本書の構成と概略

　本書では、太宰作品に特徴的な手法が顕著に生じていく順に一応部立てを設けるが、別の部立てにおかれた作品同士の間にも共通する傾向は見出される。また、原則的に作品は発表順に並べるが、論述の焦点に合わせて一部入れ替えたところもある。

　以下、部立ての順に、各章の趣旨を紹介する。

　Ⅰで扱う初期作品では、様々な実験的手法で既成の小説の言葉のありかた・とらえかたが解体されていく。小説と書き手との枠組みを露骨に相対化していく「猿面冠者」（『鷭』一九三四〈昭9〉・七）や「道化の華」（『日本浪曼派』一九三五〈昭10〉・五）などに通じるこのもくろみは、しかし一方で、民間伝承や古典素材を取り入れて淡々と従来の方法で書かれたかに見える作品にも見出される。

第一章：「魚服記」は、いわゆる幻想小説的な体裁で、〈現実〉と〈非現実〉の区別を取り払うところに小説成立の鍵を見出した最初の作品といえる。ここでは、プロットに上田秋成「夢応の鯉魚」の反転劇が生かされ、作中人物による〈現実〉への読み替えが幇助される。虚実の区別を越える自在な語りは、人間の内面と行動がつくり出す物語としての虚構をその外から力を及ぼす現実より劣位に置かず、等価に扱おうとする発想に基づいている。

第二章：「めくら草紙」は、言葉そのもので〈自然〉のままにつながりえた人間関係の終焉とそうした言葉の喪失を前提とし、そこから新たな小説の言葉を探り当てようとする一種の小説論として読解できる。実体と乖離し、空洞化していく言葉こそ現実に見合ったもので、そうしたリアリズムを体現する言葉の可能性と共に、それがまだ自覚されない小説の現状が、結末の「花壇」に暗喩として示される。

第三章：「雌に就いて」は、対話形式という実験的方法で、空想から事実へという不意の越境が顕在化していく過程が描かれた。事実であることに力点を置くかに装いつつ、ここには、既存のパターンや描写への依存よりも、わかりやすい因果が辿れない飛躍や不条理の現れる瞬間にこそむしろリアリズムが発見される、という逆説を読み取ることができる。

従来の枠組みで物語が完結せずとも、言葉が言葉によってどれだけ相対化されようと、小説全体は崩壊するようなものではない、なぜならそれこそが言葉本来の性格の発露なのだから、という実証が初期作品ではなされたように見える。そもそも崩壊した小説という考え方自体、既成の小説観・既成の物語性獲得を自明としたものでしかない。

Ⅱ以降で扱う作品では、もはや小説を書くこと自体を話題とするのではなく、語りの中で作中人物同士が関わり、物語が展開する段階へと入る。まずⅡでは、いわゆる女性告白体による回想、手紙を登場させた作品の分析を通し、関係において授受される言葉の特質を探る。

第四章：「葉桜と魔笛」では、姉妹の手紙という切実な虚構の連鎖が現実的な口笛を呼び込む。虚構が現実に対して力を及ぼすこの展開、具体的には勘違いに基づく思いこみから生じる意味の多層性こそが、救いの物語を形成することを跡づける。また、語りの枠組みである回想という方法が口笛を過去と現在の双方から照射し、そこにも虚構と現実の相補的な関係が発見される。

第五章：さらに、「葉桜と魔笛」がこうした方法に自覚的であることを示す傍証として、尾崎一雄「ささやかな事件」を先行テクストとして想定する。モチーフや人間関係の再構成・アレンジの方法の検証を通じ、太宰が志賀直哉的リアリズムを、それとは対照的な虚実一体のフィクショナルな世界へといかに跳躍させたかが見えてくる。

第六章：「誰も知らぬ」では、虚実の境界を曖昧にしていく語りの具体的様相と、それが事の真偽や内実とは無関係に〈恋愛談〉として受容されていく経緯を辿る。同時代読者が依存する既存の〈恋愛談〉の型を逆手にとり、これをずらした物語とすることを中心として、書き手と読み手の間の素朴な信頼関係には揺さぶりがかけられる。

第七章：太宰作品には手紙の特性を生かしたものが多い。受信者・送信者の性差にも目配りしつつ、通常に往来せず変則的な形態をとる作中の手紙のいくつかについて検討する。手紙という形で言葉が他者に向けて駆使される際、一方性ゆえの自由と関係性ゆえの不自由という言葉の二律背反が人間関係の普遍的なありかたとして抽出されてくる。

言葉の通じなさ・齟齬こそがむしろ関係の実態を浮きぼりにしていく中で、人はその現実をもまた言葉によって乗り越えるべく、自身の側の主観つまり虚構により忠実であろうとするだろう。告白や手紙の言葉の過剰・行動の逸脱もまた、そこに生まれる。

Ⅲ・Ⅳでは、翻案の方法で書かれた作品とその周辺事情について考察する。

翻案と言っても、素材の性格やそれとの関係・距離は様々である。人口に膾炙した聖典や歴史物語の人物関係をめぐる逸話を素材として織り込み、読み替えた「駈込み訴へ」「右大臣実朝」は『お伽草紙』型の翻案と言えるが、これらについては共に、Ⅱで取り上げた二篇や終章の「人間失格」と同様、回想形式の告白体であることに力点を置いて論じることになる。一方、明示した原典の細部に立ち入って緻密な書き換えを行った『新釈諸国噺』型の翻案(「清貧譚」を含む)については、原典との比較を中心に検討する。

自己完結的であることを求めつつ、ついにそうでありえない関係の中の人間像を照らし出すために、素材や原典を持ち、その物語を相対化する翻案という方法は有効であった。この方法で、規範を求めた結果、似て非なる規範をよりどころとするに至る人間像(「清貧譚」「駈込み訴へ」「破産」)、あるいは型や手本から離脱しようとしてむしろよじれた形でそれらへと〈回帰〉する人間像(「駈込み訴へ」「吉野山」)は描かれる。回想はそれ自体の中から「ありのまま」に語ることを突き崩され、そのことがむしろ物語の完成に帰結する(「右大臣実朝」)。自他を確固とした〈現実〉として言葉でつなぎとめようとすればするほど、そこには必ず、それが虚構になるという逆説的事態が貼りついてくる。

第八章:「清貧譚」は、典型的翻案の始まりと位置づけられ、また一九四〇年前後の太宰の「ロマンチシズム」再発見の過程として読むことができる。既に「魚服記」が伝奇性の強い枠組みを持つことにより虚実の境を越えたように、ここでは異類婚姻譚の原典が現実生活(リアリズム)と対立しない関係のロマンチシズムを実現させる契機としてはたらくことを考察する。

第九章:「駈込み訴へ」では、山岸外史「人間キリスト記」からユダ造型の大枠を得ながらも、その方法が一人称語りとされたことで、ユダの自律的な言葉を困難にする力が語りの内(イエス)と外(旦那さま)の双方からはたらく。これら規範との力関係によって語り手の回想は対象への感情の虚実をめまぐるしく変化させる。過剰な語りに幾層もの言葉の二律背反が表れ、よじれた形で原型のユダ像へと〈回帰〉していく過程を追う。

第十章：「右大臣実朝」の語りは、その平面的な相貌とは裏腹に、意味づけの自在さ・相対化の可能性を確保した戦略的なものである。近習と対照的な実朝像を語る公暁が実は近習の回想を強く左右しており、結果的に二人は行為と意味あるいは現実と虚構の各々を分担しつつ、実朝を「アカルサ」の体現者たらしめる共犯関係となる。ここに、語りに相反する力が実朝暗殺をめぐる物語を完結させるという逆説性を読み取る。

Ⅳは、『新釈諸国噺』成立背景の検討、および前著『太宰治翻案作品論』（二〇〇一・二、和泉書院）で論じられなかった三篇の分析から成る。

第十一章：『新釈諸国噺』が書かれた背景として、昭和十年代当時の古典や西鶴に対する文学界の反応を概観し、次いで太宰と西鶴をつなぐ媒介として、菊池寛の翻案方法と研究者潁原退蔵の西鶴論に目を向ける。芭蕉と西鶴に相通じる側面のあることを潁原より知ったであろう太宰の、戦中に西鶴作品を翻案した意義の一端に触れる。

第十二章：「破産」では、意志的・自覚的に行動していたはずの主人公の計算高さが破綻していく過程を、精神的負債が金銭的負債に転化していくという想定外の事態を招く物語とその構成に沿って、跡づける。主人公に対する明確な性格の付与によって原典の物語は再構築され、その輪郭も鮮明となる。

第十三章：既存の手本や型といった基準の吸引力にどう向き合うか。「吉野山」と「遊興戒」の主人公はそのスタンスにおいて対照的でありつつ、共に基準に対してよじれた〈回帰〉を遂げる。確からしきものを求めてその虚構性や多層性に逢着することで、自身と基準とのずれにこそ意味が見出される点を、太宰作品に広く通ずる特性として捉え、翻案の方法もそこに位置づけ直してみたい。

終章では、虚実の反転を手法として最大限生かそうとした作品のひとつとして「人間失格」を取り上げる。手記という回想形式によって、実人生を意味づけ直す、即ち言葉による〈現実〉の再構成という方法を書き手は選ぶ。そこでは、一方で手記内部の完結した主張がなされ、そうした方法によってのみ指摘しうる罪の問題が示された。他方、〈現実〉内部の裂け目から主張と現実との乖離もかいま見える。しかしさらに、この双方を補完・理解しうるものとして「はしがき」「あとがき」は位置づけられる。本論で取り込めなかった最近の研究と論点を概観し、補論とした。

太宰作品は、まず現実に見合った言葉の模索に始まり、種々の手法を通して関係の中で現実と虚構を反転させる言葉の実相を開陳していく。言葉によって確かな〈現実〉の手応えを求める試みは却って虚構を招き寄せるが、受け手（作中の聴き手・読み手）の視座は、この転倒性・両義性を可視化させると共に、その原因でもあった。現実の読者はこれらを手がかりとして、様々な発見に辿り着く。

ここでの論述もまた言葉によるもので、またそれが開かれた場に置かれる以上、――それ自体は虚構であることを望んではいないものの――結果的にやはり一種の〈虚構〉である。この言葉と試みはどのようなレベルの〈虚構〉であるのか。その懸念はつきまとうものの、さしあたりここでは、以上のような道筋で太宰治の虚構の具体的な姿を追う、という〈虚構〉に極力沿ってみたいと考える。

注

（1）最新のものとして、山内祥史『太宰治の年譜』（二〇一二・一二、大修館書店）がある。
（2）東郷克美「太宰治という物語―「作中人物的作家」の方法―」（『迷羊のゆくえ』一九九六・六、翰林書房、後、

『太宰治という物語』二〇〇一・三、筑摩書房）

（3）中村三春「太宰的アレゴリーの可能性―「女の決闘」から「惜別」まで―」（『季刊 iichiko』六七、二〇〇〇・七、後、『係争中の主体―漱石・太宰・賢治』二〇〇六・二、翰林書房）

（4）中村三春「語り論的世界の破壊―「二十世紀旗手」のフレーム構造―」（『国文学　解釈と鑑賞』五九―四、一九九四・四、後、前掲書）

（5）初出「「私小説」の再評価にむけて―「小説家小説」の機能と特質―」（『ソフィア』四二―三、一九九三・九、上智大学）。なお、同氏「太宰治における「物語」と「私」―「ロマネスク」論」（『国語と国文学』六七―一〇、一九九〇・一〇）などでも、「物語」と「私」との関係をめぐる考察はなされている。

（6）原仁司「反転する「虚」「実」―『富嶽百景』拾遺による太宰治の文体論―」（『文芸と批評』七―九、一九九四・四）

（7）このように作品の読みから極度に「作者」を排除した傾向からの揺り戻しの一方で、「作者」と「主人公」をかつてのように素朴に直結させることへの強い警戒が、作品を可能な限り同時代に据えて再検討しようとする近年の研究方法として結実しているように思われる。

（8）本書第六章八参照。

第一章　「魚服記」論——上田秋成「夢応の鯉魚」の受容

一　先行研究の現在と問題の所在

上田秋成「夢応の鯉魚」（『雨月物語』一七七六〈安永5〉・四）は「魚服記」（『海豹』一九三三〈昭8〉・三）にとって、翻案のための原典というわけではない。「「魚服記」に就て」（『海豹通信』一九三三・三）という太宰による次の言及により、そこから何らかの触発を受けた一素材であることが見えているだけである。

魚服記といふのは支那の古い書物にをさめられてゐる短かい物語の題ださうです。それを日本の上田秋成が翻訳して、題も夢応の鯉魚と改め、雨月物語巻の二に収録しました。

私はせつない生活をしてゐた期間にこの雨月物語をよみました。夢応の鯉魚は、三井寺の興義といふ鯉の画のうまい僧の、ひととせ大病にかかつて、その魂魄が金色の鯉となつて琵琶湖を心ゆくまで逍遥した、といふ話なのですが、私は之をよんで、魚になりたいと思ひました。魚になつて日頃私を辱しめ虐げてゐる人たちを笑つてやらうと考へました。

私のこの企ては、どうやら失敗したやうであります。笑つてやらう、などといふのが、そもそもよくない料簡だつたのかも知れません。

昨今の「魚服記」研究では、語りのうちに小説と口承文芸の性格の拮抗していることが、当時の文学状況も踏まえられた上で議論の中心となっている。既に九十年代、鈴木雄史[1]は、人間の内面を前提とする近代的な解釈規範と伝説・伝承的な人間理解の解釈規範とがここには矛盾せず併存することを指摘していたが、これが近代小説と物語の相克という観点に移行し[2]、とりわけ物語の側に関して、素材とされてきた柳田國男『山の人生』（一九二六・一一、郷土研究社[3]）・三郎八郎伝説[4]を組み込んだ読みが充実してきた。この延長上に、柳田國男『都市と農村』（一九二九・三、朝日新聞社）に記されたような都市からの市場経済流入による農村の変貌・疲弊の実情を踏まえて、精緻な分析を行った松本常彦の論[5]、吉本隆明の言説に即して「共同体の利害」「原理」が「対幻想」「自己幻想」を抹殺していく事情を詳述した岡村知子の論[6]などが生まれている。

こうした研究の現況からすると、「夢応の鯉魚」との関係の考察だけはやや取り残された感がある。「夢応の鯉魚」自体は確かに、民間伝承とは違って明白に作者が存在するが、〈現実〉と〈非現実〉の間を自在に往き来する中国の伝奇を原典とし、かつ絶対的な規範が物語の因果を支配する、明らかに近代小説との差異が際立つ説話的な素材でもある。これが「魚服記」のすぐ隣にあったという事実は、先行研究の中心課題に関わるし、後年、太宰が翻案の素材として選ぶことになる幾多の原典の性格に照らしてみても、再考に値するだろう。

ここでは、「夢応の鯉魚」に連なろうとする自己言及から見える太宰の関心のありか、作品の意味を追うことを通して、「魚服記」との間に響き合うものの可能性について考える。

二　「魚服記」以前——原典と「夢応の鯉魚」

画才のある僧興義はとりわけ魚を画くことを得意とした。銭を払って釣らせた魚を再び放ち、泳ぐ様を画いたり、夢の中で魚と共に遊泳し、目覚めてからこれを画いたりするのだった。ある時、病で危篤状態に陥ったが、三日目に目覚め、ちょうどその折に檀家で開かれていた酒宴の様を言い当てて周囲を怪しませる。興義の話では、病苦から家をさまよい出て湖中に投身し、魚のように泳ぎたく思ったところ、放生の功徳により海若が自分を鯉に変身させ、つかの間遊泳を楽しんだ、しかし顔見知りの釣餌に捕まり、檀家に連れて行かれて鱠にされかけ、間一髪で目覚めたのだ、という。(7) 後に天寿を全うするにあたり、興義は手元にあった絵を湖中に流すが、そこから鯉は放たれて泳ぎ出したのだった。

この「夢応の鯉魚」は、『古今説海』巻九「魚服記」、ならびに『醒世恒言』第二六巻「薛録事魚服証仙」を主たる原典とする。(8) これら原典にもさらに典拠があるが、今は太宰が表題とした「魚服記」との関係のみ見れば、秋成は、主人公を一役人から鯉画を画くことに秀でた僧に改変し、変身を日頃の「放生」の報恩とした。随所の違いもほとんどこの設定によるものである。

例えば前半の投身の場面、原典で主人公薛偉が「自幼狎水成人以来絶不復戯遇此縦適実契宿心」(9) とあるところを「夢応の鯉魚」では「幼より水に狎たるにもあらぬが、慾ふにまかせて戯れけり。」(10) とことさらに書き換えたのも、水になじんできたかどうかよりもそれまでの魚との尋常でない親和性の方を重視するためであろう。また、命をとりとめ、事実を明かした後の結末は、原典では「於是三君並棄鱠終身不食偉自此平愈後華陽丞乃卒」とあり、部下達が一生鱠を食わなくなり、薛偉自身は出世する、というもので、手前の事件とのつながりは見えない。これに対して「夢応の鯉魚」では、鱠が湖に捨てられる一方で、興義の画いた鯉は泳ぎ出し、芸術家としての真価が証明される。水に散らすという同じ行為において、「凡俗の人」が「生を殺し鮮を喰ふ」ことと興義が鯉を画くこと、つまり鯉への向かい方の対照性が今一度顕在化し、「放生の功徳」は最期まで持続することになる。

ただ、太宰がこの原典まで遡って全文を読んだ可能性は低い。既に花田俊典と山内祥史は、太宰が参照した可能性のある『雨月物語』関係の文献を六冊提示している。[11] この中には比較のために原典を一部白文で、あるいは影印の一部を挙げたものはあるが、全文を掲げたものはない。また、これらには「翻案」という表現で「夢応の鯉魚」を説明したものが多いが、[12]「「魚服記」に就て」で太宰は「翻訳」と記した。花田氏が既に「じっさい原典の「魚服記」を読んだかどうか疑わしい」[13] と推測したように、恐らく太宰は二つの間の違いにさほど注目する気はなく、最初から「夢応の鯉魚」に関心を向け、「魚服記」という表題のみをその原典から拝借したと思われる。

三　興義の得た自由――「「魚服記」に就て」と「夢応の鯉魚」

太宰「魚服記」と「夢応の鯉魚」を結びつける「「魚服記」に就て」の自己言及から、二作品については構成の相似がまず指摘されてきた。小林恵[14]は、秋成は「自己解放の矛盾」を衝くべく「鯉になった僧を食欲によって現実に引き戻」すが、太宰もまた「魚に変身し、自己解放する、ということだけでなく、解放された魚が再び現実に戻る、という構図まで「夢応の鯉魚」に倣っている」とする。しかし遡って、森安理文[15]は、「夢応の鯉魚」は「二段の構成」で、「死後にえた自由の世界でさえ永続できないというようなことを暗示した」後段に「物語の面白さ」があるが、「「魚服記」に就て」を読む限り、太宰はこちらに「まるで興味を示していないよう」である、と見ていた。

他方、「「魚服記」に就て」の文章後半、「魚になつて日頃私を辱しめ虐げてゐる人たちを笑つてやらう」という件について、森安氏は「いわずもがなの添書」と見たが、安藤宏(16)のように「現実からの離脱が、同時にそれを強いたものへのプロテストともなりうるような仮構の設定」を読み、「魚服記」の眼目が「現実と幻想世界との関係―作用と反作用―に向けられていた」と考えることで、解釈は一篇にとどまらない広がりを見せる。確かに「魚になつて［…］笑つてやらう」とは、「幻想世界」の側へいったん飛び込んだところからこそ「現実」への新たな接触が試みられる、という越境のありかたを示している。

そもそも「笑つてやらう」とは他者への過剰な意識そのもので、「夢応の鯉魚」から発想されたものが「自己解放」だけならば、こうした一文は最初から出てこない。ここには「夢応の鯉魚」読後の本音の一端もかいま見えはしまいか。というのも、この「魚になつて［…］笑つてやらう」は、興義が「魚になつて」からの非凡な体験を語ることによって、自分を殺そうとした「凡俗の人」達を驚かしてみせた、というところに幾分かは重なりながら、しかもその「笑つてやらう」といった「よくない料簡」を「失敗」の要因と記してみせるところに、太宰は卓越した才能を持つ興義と自分とを並べ、その本質的な違いを見ているようにも考えられるからである。

今官一(17)は、「魚服記」執筆以前の一九三一年二月に「金魚繚乱」なる小説があったと追想する。「月明の庭の池に、何百とも知れぬ金魚が、群がり泳いでいる描写で終る、小説」であり、これを「一匹の小鮒に凝集した」と連想していくが、必ずしも「魚服記」だけに結びつける必要もない。彼自身が記すように自らを「朱鱗堂」と称し、あるいは、習作「地主一代」（『座標』一九三〇〈昭5〉・一～五）で、池に「ポカリポカリ数百尾の鯉が、白い腹を出して浮んで来た。」という「金魚繚乱」の対極のような場面を既に描いていた太宰が、この時期、魚をモチーフとする新たな作品を書き継ぐことに不思議はないからである。ただ、「其終焉に臨みて画く所の鯉魚数枚をとりて湖に散せば、画ける魚紙繭をはなれて水に遊戯す。」という「夢応の鯉魚」の結末場面と、前掲のような結末を持つ

「金魚繚乱」、さらにはそれがついに世に出なかったという事実との間には、ある種の共鳴が感じられなくもない。

先に原典との比較から確認したように、「夢応の鯉魚」は変身譚の性格を持つだけでなく、一人の芸術家の物語でもあった。かつて興義は「湖に小船をうかべて、網引釣する泉郎に銭を与へ、獲たる魚をもとの江に放ちて、其魚の遊躍を見ては画」いていた。これを第一の放生とすれば、「終焉」における行為は第二の放生と言えようが、「こゝをもて興義が絵世に伝はらず」、つまり、こうした奇蹟によって死後一層絵の評価が高まり、しかも作品は遺らない、というヒロイックな芸術家の生きざまは、まずは「私を辱しめ虐げてゐる人たち」に一矢報いたいと思う作家志望の青年の憧憬にまさしく見合うものである。(18)

しかし、他者が視野に入るうちはその芸術家もまだ本物とは言えない。第一の放生の段階では興義も「鯉魚の絵はあながちに惜みて、人毎に戯れていふ、生を殺し鮮を喰ふ凡俗の人に、法師の養ふ魚必しも与へずとなん。」と、「凡俗の人」との間の区別意識が自分の絵に対する執着として表れ、(19)これが後に食われる側になって「仏弟子を害する例やある。」という命乞いに転ずるのだが、第二の放生に至ってはこうした執着もなくなる。つまり「夢応の鯉魚」は、求道者と芸術家としての生き方が矛盾なく一致し、そこに自在の境地・本来の自由が出現するまでの物語として読める。魂のみが逃げ出しうる病でなく、肉体ごと避けがたく死に向き合わされる鯉としての危機体験が、その変化に関与していることは確かであろう。

太宰にしてみれば、作家としての理想の境地とは、作品を一心に書くことで表現者としての自分を解放するにとどまらず、他者の評価からも自由になり、書いたこと・書いたものを忘れ去るに至ることである、という示唆を受けたかも知れない。「夢応の鯉魚」の結末が芸術家としての面目を示すのは、こうした内実を伴っているからである。

ただ、太宰がこの境地を実際に目指すかどうかは、また別問題である。そして、仮にこのように考えられるとしても、翻って、そうしたことに直接触れない「「魚服記」に就て」は、興義に自分を表層的に重ね合わせ、かつその違いを自作への言い訳のように見せる、どこまでも韜晦に満ちた逆説的アピールである。作品の「失敗」とも作中人物の「解放」の「失敗」ともとれるような先回りの自注は、むしろ「失敗」の印象を否定しうる方向をも併せ持つことになり、本意を露呈させない。あるいは、物語内容を一気に「私」にひきつけるような記述も含め、原典「魚服記」から秋成「夢応の鯉魚」へ、という連なりの延長上に自作を置き並べようとする「伝承のよそおい」[20]がここには思惑としてあったかも知れない。ただ同時に、その「企て」を「失敗」とするずらしによって、そのフィクショナルな位置づけに作者が自覚的であることもまたほのめかされているのである。

四　スワの得た自由――「魚服記」と「夢応の鯉魚」

このように、「夢応の鯉魚」からは芸術家が究極の自由に至る姿を読み取れるわけだが、太宰の「魚服記」は一読した限り、それとは似ても似つかない物語である。鮒としてのつかの間の自由の後、スワは二度目の投身に向かう。父親がスワに話して聞かせる三郎八郎伝説の「大蛇」、滝壺に飲まれて死ぬ「都の学生」が、この二度目の投身にどう関わるかをめぐって、先行研究には幾多の議論があった。それらをも踏まえつつ、ここでは「夢応の鯉魚」における禁忌とそれを破った報いの行方を参照した上で、スワの変身・〈解放〉・〈現実〉への回帰の経緯とその描かれ方を再考する。

「夢応の鯉魚」では、興義に対しては海若の使いによって「餌の香ばしきに昧まされて、釣の糸にかゝり身を亡ふ事なかれ」と、禁忌とそれを破った場合の結果が明示・予告されていた[21]。しかし実際には、魚としては「身を亡ふ」ことになっても、人としてはむしろこの危機があってこそ興義は蘇生しえたのである。これについては既に、鷲山樹心[22]による「絶息三日を経た興義蘇生の稀有の事実をも含め放生の功徳の応報と解すべき」という読み、駒坂仁美[23]の「海若の詔の禁忌は、むしろ破られるべきを目的とした禁忌であり、これが破られて初めて興義は「蘇生」を得た」といった指摘がある。

本文では、興義の息が絶えたので一同が会して「葬の事をもはかり給ひぬれど只師が心頭の暖なるを見て、柩にも蔵めでかく守り侍りしに、今や蘇生給ふにつきて、かしこくも物せざりしよと怡びあへり」、とある。変身と湖での時間があったからこそ埋葬には猶予が与えられ、人々はその猶予をよくぞ確保したと安堵しているのだ。かつ、今わの際の危機に遭遇したからこそ、「終に切る、とおぼえて夢醒たり」、となる[24]のであって、逆に延々と夢から覚めず、つまりいつまでも鯉として空腹にもならず餌にも誘惑されなければ、周囲からの猶予も際限なく与えられるわけにはいかず断ち切られ、埋葬されてしまっていただろう。

しかも、その再生は先に見たように、執着からの全き解放にまで引き上げられる。海若からの報恩に対して、興義はさらに第二の放生でもって報いた。それは、蘇生は彼がつかの間一体化した一匹の鯉が鱠にされたことと引き替えであって「興義の放生の恩に報いて危篤の彼を死から守った鯉の捨身報恩であった[25]」からである。同時に、死の間際のこの行為は、それまでの執着ゆえに興義が絵の中に閉じこめていた鯉の命を、今度は自らの命と引き替えに解放したことにもなる[26]。「永続する生と死をその物語基底に据えている[27]」と同時に、その生死の往還は魚と人との間での生命の交歓となっていること[28]、これが一篇の眼目と言える。

つまり、一連の展開は、興義に鯉の立場を心底知らしめ、放生・報恩を契機とする発心へと向かわせるためにあらかじめ織り込み済みなのであって、禁忌破りによって賞が究極の罰に転じるわけではなく、救いも人としての生も最終的に保障されている。むしろここでは、病・危篤という人としての危機的情況も、禁忌を破って魚として生命の危機に陥る罰も、その意味が反転していく。

さて、「魚服記」でも禁忌とそれが破られたときの罰は〈予告〉されていた。ただ、それは「夢応の鯉魚」のように、因果応報が直接警告され、また破られる、というものではなく、スワの想念に即した展開において初めてその意味が顕在化してくるものである。

個としての欲望はどこまでも押しとどめ、身内との従属的関係の中に生きよ、そこから逸脱すれば「大蛇」への変身と身内との無残な別れが待っている、という三郎八郎の「物語」は、スワをこの狭い世界に幽閉すべく語られた。実際は、物語った父親自身がその教訓の行きどまりにあるとも言えるより根源的な禁忌を犯し、彼にこそ娘との永訣という報いが返ってくる。一方、スワは自分のおかれた逃れがたい閉塞情況をこの上なく残酷な形で思い知らされ、投身に追い込まれる。否、投身という形でその情況から逃げ出す。

ははあ水の底だな、とわかると、やたらむしやうにすつきりした。さつぱりした。
ふと、両脚をのばしたら、すすと前へ音もなく進んだ。鼻がしらがあやふく岸の岩角へぶつつからうとした。
大蛇！
大蛇になつてしまつたのだと思つた。うれしいな、もう小屋へ帰れないのだ、とひとりごとを言つて口ひげを大きくうごかした。
小さな鮒であつたのである。ただ口をぱくぱくとやつて鼻さきの疣をうごめかしただけのことであつたのに。

ここは、変身してからスワがそれを「大蛇になつてしまつた」と自己認識した、とも読めるよう語られているが、雪降る山奥の冷水への投身の瞬間は実際には興義の仮死にも似た事態となったはずで、既にここから後は「小さな鮒であつた」ことも含めていわゆる超現実を外から〈現実〉として描写する語りに入っている。そこで、スワが「大蛇になつてしまつた」と思う素地があらかじめ用意されていたからこそ変身が呼び込まれた、という因果関係で読むのが、語りのありかたに即しているだろう。

「夢応の鯉魚」では第一の放生の行いがまずあり、興義にも「老僧かねて放生の功徳多し」との旨が伝えられ、「金鯉が服」による変身は報恩として直接明示されていた。したがって、興義はその後に告げられた禁忌一点にのみ気をつけて、後は無心に遊泳していればよかった。これに対して「魚服記」では、投身後どうなるかについての経緯を前もって誰かに告げられたわけではない。彼女の念頭にあるのは、父親から聞いた三郎八郎の「物語」だけである。既に度々指摘されてきた通り、スワの世界を形成する情報は元から極端に少ない。それは意味づけの選択肢の少なさに他ならないが、それこそがまた数少ない事実に対する読み替えをも容易にする。即ち、たとえ父親の文脈では「大蛇」が娘との絆の確認のように物語られるべき〈追放〉の罰であっても、何よりもまず父親から自由になりたいと望んだスワ自身にとっては、それを正反対の〈解放〉の形として読み替えてしまうことが、その世界の狭さゆえにむしろ可能になったのである。

そもそも、禁忌とそこからの逸脱をめぐる読み替えは、既にそれ以前から準備されていた。

スワがこの物語を聞いた時には、あはれであはれで父親の炭の粉だらけの指を小さな口におしこんで泣いた。
スワは追憶からさめて、不審げに眼をぱちぱちさせた。滝がささやくのである。八郎やあ、三郎やあ、八郎やあ。
父親が絶壁の紅い蔦の葉を掻きわけながら出て来た。

後に現状からの逃げ場となる「滝」は、三郎八郎「物語」と結びつけて先取りされている。しかも、この直後登場した父親に対して、スワが生きる意味を問いかける展開が続く。「物語」を聞かせた父親にかつては一体化しようとしていたスワの感情は、時経てその父を現実への違和の根源と見るまでに変化し、その変化に「物語」への意味づけもまた連動しつつあるのだった。ただ、これはスワによっていつしか読み替えられていくものではあっても、それが読み替えであると本人には意識されない。そうであってこそ〈解放〉は成立する。罰が罰でなくなる方向へとずらされたことは、「大蛇」でなく「鮒」、という〈実体〉のずれとして表れもするが、スワ自身にはその理由もわからないままなのである。

さらに、水底での〈自由〉を得たスワは、父親に代わる新たな関係を求めずにいられない。スワの閉鎖的な世界形成にあっては、既に三郎八郎「物語」も学生の溺死という事実も無差別で等価なものとして取り込まれていた。彼女はこの記憶を繰り返し甦らせ、「たつた一人のともだち」「滝がささやく」というように自身の世界に定着させ、これらを水底において結びつけていたのである。そして、二度目の投身とそれによって目指すこの存在が、読み替え後の精神的受け皿として必要であった以上、再び「大蛇」になることは望まれまい[29]。これに関連して、前掲岡村氏[30]は、「語り手は「スワ」を鮒に変身させることで、滝壺という通路を使って彼女の身体を都へと送り出す。」「鮒になった「スワ」が都の湖を逍遥する説話の世界」という興味深い指摘をしている。興義が自由を堪能する琵琶湖が京都に注ぐことと、スワを自由にしてくれる存在として仮想されたのが「都の学生」であったこと。二度目の投身の思惑とその行方を解くに際して、「夢応の鯉魚」とのこの符合は重要である。

五　非序列化の世界観――まとめにかえて

閉塞情況からの脱出を切望して発作的に投身したスワの想念が、父親のかつての禁忌破りの戒め物語を経由したことで、罰としての「大蛇」の意味は反転し、〈自由〉は訪れた。この流れは、病の苦境から逃げ出して「現なき心」で投身した興義による禁忌破りの報いが反転し、本来の自由に至った、という「夢応の鯉魚」の展開に重なるところがある。しかも、その禁忌はいずれも食うことをめぐってであった。「夢応の鯉魚」の内包する因果のありかたは、反転のための跳躍台として利用されたのである。

分を越えるな、境界をわきまえよ、という説話的な禁忌の存在する世界では絶対的規範が支配しており、それを破れば罰せられることによって――放逐という皮肉な形をとるにせよ――再びその規範の内側へ取り込まれていくのが常である。しかしもう一方に、強い禁忌に取り巻かれた情況のうちに、むしろきわめて逆説的な形で解放の契機が孕まれており、逆境の中でこそそれが発見され、一気に規範の枠外に解放される可能性がある。[31] この読み替えにとって、スワと父親との間につくられた閉鎖的な情況の両義性――解放を禁じ、またそれを用意する――は必須であった。

ただ、この反転はどこまでも主人公スワの物語に即して可能であり、一歩外に出てしまえばその幻想性もまたかいま見える。これはそのようにも読める小説だった。

　それから鮒はじつとうごかなくなつた。時折、胸鰭をこまかくそよがせるだけである。なにか考へてゐるらしかつた。しばらくさうしてゐた。

　やがてからだをくねらせながらまつすぐに滝壺へむかつて行つた。たちまち、くるくると木の葉のやうに吸ひこまれた。

スワは二度目の投身という行動を「まつすぐに」選び取り、「滝壺へむかつて行つた」のだが、ここは同時に、「くるくると木の葉のやうに吸ひこまれた」と、スワの変身を前提とした上で〈客観〉的にも描写され、表現上の乖離を生んでいる。さらに、その先に見える〈現実〉までも用意されていたらしいことは、一九三三年三月一日付木山捷平宛書簡の次の部分により、よく知られている。

　あれは、やはり、仕事に取りかかる前から、結びの一句を考へて　やつたものでした。「三日のちに[32]スワの無慙な死体が　村の橋杙に漂着した」といふ一句でした。それを　後になつて　けづりました。私の力では、とてもそう《ママ》した　大それた真実に迄飛躍させることが　出来ないと絶望したからであります。私は、ずるかつたのです。深山の荒鷲を打ち損じるよりは、軒の端の雀を打ちとれ、の主義で、その一句を除くと　割に作品の構成が　破たん　のないやうでしたから、その為に作品の　味が　ずつとずつと小さくなるのを覚えつゝ　こつそりけづり取つて了つたのです。この態度はよくありませんでした。たとひ、その為に、作品の構成が破れ、所謂　批評家から味噌糞に言はれやうと、作者の意図は、声がかれても力が尽きても　言ひ張らねば　いけないことでした。私は　深く後悔してゐます。

これにより、太宰が興義の瀕死状態から蘇生までの「三日」間にスワの行方不明期間を一致させようとしていたことがわかる。尤も、二つの物語はこの生死不明の境界から正反対の方向に分かたれていくのであるが[33]。のみならず「魚服記」では、スワの物語（「大蛇になつてしまつた」）、それを外から見る描写（「小さな鮒であつた」「じつとうごかなくなつた」）、さらに、削除されたと言われるむき出しの〈現実〉（「無慙な死体」）、という次元を異にした三つの語りの層が用意されていたことも知れよう。(34)

「夢応の鯉魚」では禁忌を破ったのは興義自身だが、それ以前のよき行いが救いを保障し、放生による報恩譚という近代以前の物語形式が完結していた。かたや、スワ自身には何ら過ちはないにもかかわらず、その主観に宿る「学生」以外に救いの鍵はなく、生じたことの条理の是非を情況の強い力が凌駕している。それが小説「魚服記」の容赦ない〈現実〉の一方ではある。しかし、まさにこうした次元でのみ読ませないのが、〈事実〉と〈伝説〉（「物語」）、〈現実〉と〈非現実〉の境界をどこまでも朧げにし、スワのつくり出した世界に時に即していこうとする、語りの自在さと巧妙さである。

木山宛書簡に即してこのことを見てみよう。「「魚服記」に就て」と並んで「魚服記」へのもうひとつの自注として先行研究でもしばしば引用される先の箇所は、木山の作品「出石」批評のために自作が引き合いに出された文脈中にある。太宰は「出石」に対して「破たん」を恐れず「飛躍」させるべきであった、と木山を鼓舞し、翻ってそのように書けなかった自作について「深く後悔してゐます。」と言うのだが、後の度重なる単行本所収の折にもこの一文は加筆されていない。結局はこれでよいと判断したわけである。

「大蛇になつてしまつた」というスワの認識を実は「小さな鮒であつた」といったん〈訂正〉してみせておいて、再度これを「無慙な死体」、つまり実は変身さえしていなかった、と告げ直したとすれば、確かに先の語りの三層が露呈し、「作品の構成」は「破たん」したかも知れない。が、変身したというスワの認識がそのように最後でことさらに「死体」として否定されないまま――あるいは否定される代わりに――、「大蛇」だと思っていたスワが実は「鮒」として飛び込んでいった、となっていることでこの「破たん」を免れた、と太宰が考えていたとしたらどうだろうか。ここには、人としてスワの結末を見ようが、「鮒」として見ようが、どちらもそれぞれつくり出された世界であることには変わりない、という発想がかいま見える。「深く後悔してゐます。」と言うが、「死体」へと収束させる方向を「大それた真実」であるとするその言い方にはむしろ、「死体」こそ「真実」であって変身はスワの空想の産物に過ぎないとする考え方、つまり〈現実〉と〈非現実〉を画然と対立させた上で〈非現実〉を過小評価する世界観への、強い違和感を伴う皮肉さえ読み取れるのである。

「夢応の鯉魚」は「魚服記」に対して、魚としての解放と現実への回帰という往還のモチーフを与えただけではなく、その解放がどのような形でありうるか、その可能性を指し示していた。素材における因果の展開は既成の規範にとどまらず、危機や罰と見える事態は反転し、情況を突き抜けてそこからの脱出をもたらす。こうした展開を生かすべく、「魚服記」では、スワのおかれた閉鎖的情況を一方では〈現実〉として剔抉して彼女に解放を希求させ、他方ではまたそれゆえに〈事実〉と「物語」の境界が取り払われ、〈解放〉の場が用意された。小説という枠組みを持ちながらこの跳躍を可能にしたのは、〈伝説〉と〈事実〉、〈非現実〉と〈現実〉、死と生の境界がなく、そこにいかなる序列化も行わない世界観と、それにどこまでも即した語りのありかたであった。「「魚服記」に就て」が、素材の明示によってこうした構造と世界観を引き出せる鍵であったとするならば、三節で述べたようにこの自己言及自体が作者「私」の〈現実〉と「物語」内容のレベルを混同させるような攪乱的言説となっていたことにも、あらためて納得できるのではないか。

自分は普段こちら側の世界にいるが、時にはあちら側の世界にも行く、という考え方は、自律的に自身が己を取り巻く世界から価値を選択し、己の世界をつくり出した上で、諸々の世界に対して序列化を行うことができる、という主体への幻想と連動する。しかし、自身にとっての世界の形成も変容も、実は偶然や宿命といっためぐり合わせで条件づけられ、それが避けられないものであるなら、形成されていく世界がどのようなものになろうと、それは既に〈現実〉や〈非現実〉といった枠組みによって区別されるものではありえない。

注

（1）鈴木雄史「可能性の束としてのスワ―『魚服記』の魅力―」（『論樹』五、一九九一・九、東京都立大学大学院）

（2）菊池薫「反復と一回性―太宰治「魚服記」論―」（『早稲田大学国語教育研究』二二、二〇〇二・三）など。

（3）久保喬「太宰治の青春碑」（『群像』一九八一・七、後、『太宰治の青春像　人と文学』一九八三・五、六興出版）による。

（4）最近ではより具体的に出典が追究され、この伝説を「甲賀三郎」と見る安田義明「太宰治「魚服記」論―あくまで〈スワ〉の物語として」（『滝川国文』一一、一九九五・三、国学院短期大学）、青木京子「「魚服記」の素材―「甲賀三郎」をめぐって―」（『仏教大学大学院紀要』二九、二〇〇一・三）がある。

（5）松本常彦「「列車」と「魚服記」・その交通の問題」（『敍説』二〇、二〇〇〇・六）

（6）岡村知子「表象と物質（上）―太宰治の語り―」（『論潮』創刊号、二〇〇八・六、後、『太宰治の表現と思想』二〇一二・四、双文社出版）

（7）さしあたり「変身」という言葉を用いるが、先行研究の多くが指摘するように、実際には興義の肉体は人間としてあり、魂だけが遊離して鯉と同化したとする考え方が物語に即している。この意味で、太宰による「その魂魄が金色の鯉となつて」（「「魚服記」に就て」）という表現は至当である。

（8）典拠については、ここでは太宰の「魚服記」への言及を重視し、諸説ある中で後藤丹治「「夢応の鯉魚」の原拠」（『国語国文』二一―九、一九五二・一〇）を基本情報とした。

（9）『古今説海（中国筆記小説文庫）』（一九八九・一一、上海文芸出版社）に拠る。以下、同じ。同書は一九〇九年刊行本の影印を収める。

（10）山口剛校訂『雨月物語（改造文庫第二部第十一篇）』（一九三一・一二、改造社）に拠る。以下、同じ。

(11)　花田俊典「「魚服記」―太宰治私注・稿―」(『文学論輯』三四、一九八八・一二、九州大学、後、『太宰治のレクチュール』二〇〇一・三、双文社出版)、山内祥史「解題」(『太宰治全集　第一巻』一九八九・六、筑摩書房)とその追補「太宰治作品の典拠資料」(『国文学』四四―七、一九九九・六)による。

(12)　当時の「翻案」という表現には幾分か否定的なニュアンスがこめられていたようで、例えば、注(11)山内氏の挙げた鈴木敏也『雨月物語新釈(歴代名著新釈第一篇)』(一九一六・一、冨山房)・『新註　雨月物語評釈』(一九二九・七、精文館書店)では「双方とも、拙劣な脚色であるが、翻案と云はれるだけ非難は『夢応の鯉魚』の方が重からう。」とあり、また花田氏の挙げた山口剛校訂・解説『怪談名作集(日本名著全集　江戸文芸之部第十巻)』(一九二七・一〇、日本名著全集刊行会)では「その頃の諢詞小説流行の色眼鏡から、「醒世恒言」の「薛録事魚服証仙」の翻案であるやうに見られた事もあつた。その失当は読み比べさへすれば何でもないことであるが」といった表現も見られる。

(13)　注(11)花田氏。

(14)　小林恵「「魚服記」論―二度の投身の意味―」(『稿本近代文学』七、一九八四・七、筑波大学)

(15)　森安理文「魚服記―とくに水に対する感想について―」(『太宰治の研究』一九六八・二、新生社)

(16)　安藤宏「読む・太宰治「魚服記」」(『日本文学』四〇―一〇、一九九一・一〇)

(17)　今官一「《海豹》前記―その創刊まで―」(『文芸』一九五六・一二)

(18)　実際に見たもの、さらには夢で見たものを画くこと、絵をめぐる不可思議な風評から一層名声が高まること、これらはいずれも芥川龍之介「地獄変」(『大阪毎日新聞』一九一八・五・一～二二、『東京日々新聞』同月二～二二)の良秀像に重なるところでもある。

(19)　空井伸一「「夢応の鯉魚」の遊戯―「鮮」を厭う興義―」(『日本文学』六〇―六、二〇一一・六)は、ここに「仏教とは別物でありながら、しかしあたかも仏教であるかのごとく受け止められる価値観、発想」を見、この延長上に「自己愛」を見ている。本章の趣旨とは異なる「夢応の鯉魚」読解のひとつとして紹介しておきたい。

(20)　安藤宏「近代の小説機構―小説はいかにしてみずから「伝承」をよそおい得るか―」(『文学』八―一、二〇〇七・一、後、『近代小説の表現機構』二〇一二・三、岩波書店)

(21)　駒坂仁美「「夢応の鯉魚」の主題と構想―放生報恩と荘子を中心に―」(『広島女学院大学国語国文学誌』二〇、一九九〇・一二)は、「食うなの禁忌」は「生命に関わる内容である」こと、「何故禁忌を課するのかが明言されていること」を、「夢応の鯉魚」の重要な特徴として指摘し、本人の意志でタブーは犯された、と見る。
(22)　鷲山樹心「雨月物語「夢応の鯉魚」の構想について」(『国文学論究』三、一九七五・一〇、花園大学)
(23)　注(21)参照。
(24)　石井和夫「識閾下の我―「海のほとり」と「魚服記」」(『敍説Ⅱ』二、二〇〇一・八)は、「夢応の鯉魚」で鯉として「切り裂かれる痛みは、人事不省に陥った興義を蘇生させる。」と指摘している。
(25)　注(22)に同じ。
(26)　注(22)鷲山氏は、興義の鯉の絵は「その優美な姿体のみならず生命までも写しとっていた」と指摘している。
(27)　注(21)駒坂氏。
(28)　石川淳「夢応の鯉魚―新釈雨月物語　その三―」(『別冊文芸春秋』一九五三・八)では、「魚のことばは、人間の耳にはきこえぬものか。」という平の助の言葉に対し、興義が「いや、人間の苦痛のさけびは、不思議にも他人の耳には入らぬものらしい。」と答えており、原典とは異なる近代的解釈が押し出されている。
(29)　「大蛇」になるための投身、と考えた論として、仲井克巳「「魚服記」と蛇体転生譚―近代文学における説話の受容―」(『文芸と批評』五―六、一九八一・一二)、郭斐映「「魚服記」の構造―遡行と根源を巡って―」(『文献探究』一九八九・九)、がある。なお、前者では投身を「〈罰〉の世界への追放」を自ら選んだ、と本論とは逆の方向に意味づけている。
(30)　注(6)に同じ。
(31)　例えば、後年、『お伽草紙』(一九四五〈昭20〉・一〇、筑摩書房)の「浦島さん」の結末に関して語り手が施した意味づけも同質のものである。「シラガノ　オヂイサン」という結末が通常、禁忌破りの結果とされるところ、あえて「年月」「忘却」を「救ひ」へと転換させている。
(32)　この箇所は従来の全集で「三日のうちに」とされてきたことを、山内祥史「木山捷平と太宰治―「海豹」創刊号発行後の木山捷平宛太宰治封書まで―」(『太宰治研究』一七、二〇〇九・六、和泉書院)は指摘している。この書簡の引用も同論中の翻刻に拠る。

（33）この対照性に注目すると、魂のみを憑依させて魚としての身を殺された興義が人として蘇生したのに対し、スワは一度目の投身とは異なり、心身共に自らを葬ったことになる。これは後の「トカトントン」（『群像』一九四七〈昭22〉・一）・「斜陽」（『新潮』一九四七・七～一〇）に引用される聖句「身を殺して霊魂をころし得ぬ者どもを懼るな、身と霊魂とをゲヘナにて滅し得る者をおそれよ。」（「マタイ伝」一〇章二七節）を想起させる。

（34）鶴谷憲三「「魚服記」の「語り」―その様態への一つの試み―」（『日本文学研究』二九、一九九三・一一、梅光女学院大学、後、『太宰治論　充溢と欠如』一九九五・八、有精堂）は、「魚服記」の語り全体について、「顕在化しない語り手による〈語り〉、作中人物、とりわけ主人公スワの知覚・意識によりそう形の〈語り〉、そして主情性を秘めた顕在化した語り手による〈語り〉、という三層よりこの世界の叙法は成立しており、［…］非現実をも現実として疑わぬフォークロア性が濃淡こそあれ底流として流れている」ことを指摘する。

第二章　「めくら草紙」論――模索される小説の言葉

既存の小説を読む流儀でかろうじて読み進められるいくつかの逸話の合間に、断片的で物語性を拒むような言葉の群れが度々挟み込まれる。この特異な形式をもつ「めくら草紙」（『新潮』一九三六〈昭11〉・一）は、『晩年』（一九三六・六、砂子屋書房）の中でも最も難解な作品のひとつと言える。その難しさは、既成の小説の枠組みや言葉のありかたを拒絶した果てにどのような形が残るか、という作品の思考実験的性格による。先行研究は決して少なくはないが(1)、それぞれの観点からの読みは概ね独立したままで、具体的な論点で交差し収斂していく段階には未だに至っていない。

いわゆる通常の物語内容のまとまりと見なせる箇所は、語り手「私」の生活における新たな登場人物マツ子をめぐる話と、新しい小説を生む苦しみの中にいる「私」自身の話の二つに大別される。さしあたりこれら二つを結びつけることが解読の鍵となり、他の諸々の言葉の断片をも取り込む手がかりとなろう。以下、叙述された順に読みを進めていくこととする(2)。

一　〈自然〉でも「お小説」でもなく

語りは次のように始まる。

太古のすがた、そのままの蒼空。みんなも、この蒼空にだまされぬがいい。これほど人間に酷薄なすがたがないのだ。おまへは、私に一箇の銅貨をさへ与へたことがなかつた。おれは死ぬるともおまへを拝まぬ。歯をみがき、洗顔し、そのつぎに縁側の籐椅子に寝て、家人の洗濯の様をだまつて見てゐた。盥の水が、庭のくろ土にこぼれ、流れる。音もなく這ひ流れるのだ。水到りて渠成る。このやうな小説があつたなら、千年万年たつても、生きて居る。人工の極致と私は呼ぶ。

見上げられた「太古のすがた、そのままの蒼空」が、一指たりとも触れえず、人間からあまりにも遠い〈自然〉を指すとするなら、そこから即座に直下へと下降する視点がとらえた水のこぼれる「庭のくろ土」とは、その対極にあるまぎれもない人間の領分と言えるだろう。この天地の対比は同時に、〈自然〉と〈人為〉についての語り手の距離感覚でもある。先行研究において川崎和啓や神谷忠孝[3]は、この対比により作者あるいは「私」の目指すところを、「自然」に重きを置く伝統的な日本文学の否定と見てきたが、この「自然」を「〈自然描写〉」や「自然主義」に限定することについては、今は保留としておきたい。

『もの思ふ葦（その一）』の「難解」（『日本浪曼派』一九三五〈昭10〉・一二）には次のようにあった。

> 文学に於いて、「難解」はあり得ない。「難解」は「自然」のなかにだけあるのだ。文学といふものは、その難解な自然を、おのおの自己流の角度から、すぱつと斬つ（たふりをし）て、その斬り口のあざやかさを誇ることに潜んで在るのではないか。

ここでの「自然」とは、神によっても人間によっても何ら言葉・価値づけを与えられない、ただそこに個々の事象の存在だけが認められる状態を指す。そうであるからこそ「難解」なのである。かたや、例えば「HUMAN LOST」（『新潮』一九三七〈昭12〉・四）には「銅貨のふくしう」という表現があるが、「銅貨」は人間が社会生活上、人為的につくり出した仮想的な価値の最たるものである。「一箇の銅貨をさへ与へたことがなかつた。」とは、その手前の「人間に酷薄なすがた」と考え併せるならば、人間による意味づけや価値づけとは全く無縁に、自己完結的にその営みを続けていくものが〈自然〉なのだ、という認識の表明であろう。

これに対して、地上的な現象としての「水到りて渠成る。」[4]で喩えられる「小説」とは、そうした〈自然〉の対極にある生身の人間、「私」の書こうとする人間の思考・感じ方に一体化しうる表現のありかた、即ち新たなリアリズムの謂である。

> 私は神も鬼も信じてゐない。人間だけを信じてゐる。［…］けふ以後「人工の美」といふ言葉をこそ使ふがよい。いかに天衣なりといへども、無縫ならば汚くて見られぬ。
>
> （『もの思ふ葦（その一）』「放心について」）

との記述が既にある。「盥の水」が「庭のくろ土」に「這ひ流れ」、つかの間の水路をつくっていく事態は限りなく〈自然〉に近い現象でありながら自然とは呼ばず、「人工の極致」と敢えて「私は呼ぶ」のである。いかに〈自然〉

に見えることも言葉というフィルターを通す限りそのままであるはずがなく、地上に生起する人間の領域を小説において〈自然〉であるかのようには扱うまい、という宣言として、以上一連の箇所を読むことができるのではないか。

まだ発見されていないものを言い当てるために、それが何であるかという以上に、それは何ではないか、という否定の積み重ねによって枠を狭めて定義していく。自身の志向する小説を差異において区分けし見定めていく、ここまでがその第一段階だとすると、次はそれに続く第二段階である。

〈自然〉の対極でつくられた小説とはどのようなものかとあらためて見回してみると、そこには既成の小説概念や方法の枠内から一歩も出ない、まさに「すぱつと斬つ（たふりをし）」た、いかにも典型的な「お小説」が量産されていたのだった。

> 鋭い眼をした主人公が、銀座へ出て片手あげて円タクを呼びとめるところから話がはじまり、しかもその主人公は高まいなる理想を持ち、その理想ゆゑに艱難辛苦をつぶさに嘗め、その恥ぢるところなき阿修羅のすがたが、百千の読者の心に迫るのだ。[5] さうして、その小説にはゆるぎなき首尾が完備してあつて、――私もまた、そのやうな、小説らしい小説を書かうとしてゐた。私の中学時代からの一友人が、このごろ、洋装の細君をもらつたのであるが、それは、狐なのである。[…] 私は、そしらぬふりして首尾のまつたく一貫した小説に仕立ててやり、その友人にそれとなく知らせてやつたはうがよいのかもしれぬ。[…] もし友人が、その小説を読み、「おれは君のあの小説のために救はれた。」と言つたなら、私もまた、なかなか、ためになる小説を書いたといふことにならないだらうか。
>
> けれども、もう、いやだ。水が、音もなく這ひ、伸びてゐる様を、いま、この目で、見てしまつたから、も

う、山師は、いやだ。お小説。百篇の傑作を書いたところで、それが、私に於いて、なんだといふのだ。（約三時間。）私は眠つてゐたのではないのだよ。さうだ。おまへの言葉を借りて言へば、私は、思ひにしづんでゐたのである。

「小説らしい小説」[6]は、「首尾のまつたく一貫した小説」「ためになる小説」[7]と言い換えられていく。「狐」の「細君」をもらって日々やせ衰えていく友人とそれを「小説」で気づかせてやるという唐突なエピソードも、現実があまりに不可解で不条理なものであるのに、そこから乖離したところで整然とした小説など書いてどうして現実に関与できようかという疑念の表出であろう。[8]

こうした既存の、しかもよく出来たと一般には評価される小説群は、「お小説」と揶揄されるに至って、懐疑的に見られていることがより明白になるが、その前提として「高まいなる理想」「恥ぢるところなき阿修羅のすがた」の実在もまた疑われている。かつての「私」もまたそのようなものを書こうとしては失敗していたのだった。こうした二度の否定によって、「私」の最終的に目指すのが「水が、音もなく這ひ、伸びてゐる様」即ち「千年万年たつても、生きて居る」「人工の極致」を体現した小説である、というところに再度話は戻ってくる。

しかし、「私」はそれから「約三時間」、言葉が出ない。これは、自らの語るべき言葉を探しあぐね、思いをめぐらせることは続いても、それに見合う言葉を持ちえないでいる「時間」である。語られる言葉と認識の全き対応はもはや自明ではない。そこになお、言葉によるどのようなリアリズムがありうるかが、「私」の課題なのである。[9]

二　ものづくしと見つからない言葉

何が「私」にとってのリアリズムで、どういう書き方がありうるのか。ここで表題の由来となる『枕草紙』が引き合いに出される。

私は、枕草紙の、ペエジを繰る。「心ときめきするもの。――雀のこがひ。児あそばする所の前わたりたる。よき薫物たきて一人臥したる。唐鏡の少しくらき見いでたる。云々。」私、自分の言葉を織つてみる。「目にはおぼろ、耳にもさだかならず、掌中に掬すれども、いつとはなしに指股のあひだよりこぼれ失せる様の、誰にも知られぬ秘めに秘めたる、むなしきもの。わざと三円の借銭をかへさざる。（われは貴族の子ゆゑ。）ましろき女の裸身よこたはりたる。（生きものの、かなしみの象徴ゆゑ。）わが面貌のたぐひなく、惜しくりりしく思はれたる。おまつり。」もう、よし。私が七つのときに、私の村の草競馬で優勝した得意満面の馬の顔を見た。私は、あれあれと指さして嘲つた。それ以来、私の不仕合せがはじまつた。おまつりが好きなのだけれども、死ぬるほど好きなのだけれども、私は風邪をひいたといつはり、その日一日、部屋を薄暗くして寝るのである。

引用された段は以下、「よき男の車とどめて、物いひあないせさせたる。頭洗ひけさうじて、香にしみたる衣着たる、殊に見る人なき所にても心のうちは猶をかし。」[10]と続く。大國眞希[11]は『枕草紙』模倣の意義として「作者の主観による意図的な統合や意味化」をしないこと、即ち「ドラマ性」否定の意志を指摘している。さらに言うならば、具体的な事物の羅列によって思いや感触そのものを伝えようとする方法は、既存の言葉では表現しきれない思惟に取り囲まれ、語るべき言葉の核の空洞化した「私」の情況と響き合うものでもあろう。「私」が織り出す言葉にあっては、「唐鏡の少しくらき見いでたる」から「目にはおぼろ、耳にもさだかならず」が、後に続く「殊に見る人なき」から「誰にも知られぬ秘めに秘めたる」が、それぞれ連想されたようにも読める。それらに対して自身の表現を持てないもどかしさが、「むなしきもの」の羅列となって表れているのである。

これらから読み取れるすべてを説明することは難しいが、例えば、「貴族の子」だから些少の借金は返さぬというダンディズムは、『逆行』の「決闘」（『文芸』一九三五〈昭10〉・二）などにも通じ、いわゆる不〈自然〉なるものこそ「私」の模索する表現対象としての人間の現実の姿であったのだろう。あるいは、「もう、よし。」と模倣の叙述から地の文へと帰還するものの、「七つのとき」の「私」にとっての「得意満面の馬」と「おまつり」もまた、「むなしきもの」に通じるエピソードであろう。「馬」の表情にさえ自意識を読み取ってしまう「私」の敏感さは「わざと三円の借銭をかへさざる」ダンディズム希求と表裏のものとしてある。しかし翻って、見られている「馬」は自分の立場に容易に置き替わる。他者の目を先取りする自意識ゆえに、「おまつり」に酔う自分を外に晒すまいとして、「私」は「その日一日、部屋を薄暗くして寝る」ことになる。

最も愛しこだわりたいものであるほど関わっていけないという二律背反こそ、今も「私」を苦しめる「不仕合せ」に他ならない。この中心喪失の事態は、この一篇で問題とされている、対象とそれを表現しようとする言葉とのせめぎ合う関係に見合ったものである。この後、番町皿屋敷のお菊になぞらえて「たつた五枚か、とげつそり」する「私」は、原稿の進まない具体的要因、即ち自分自身の言葉に辿り着けない、言い当てようとして言い当てられないもどかしさに突き当たっているのだった。

三　マツ子との関係とその変質

既に「私は眠つてゐたのではないのだよ。さうだ。おまへの言葉を借りて言へば、」と先取りされていたマツ子との物語が始まるのは、この後からである。実際にこの作品が口述筆記で書かれ始めたことが、マツ子を眼前に置く設定とするヒントになった、という推測も成り立とう。しかし、彼女が筆記したのは最初の五分の一程度に過ぎないし、そうでなければ、この後マツ子について作中で長々と書けるはずもない。重要なのは、通常なら透明化される口述筆記者をとりたてて作中に登場させたこと、自身の言葉をその内実のまま受け取り形にしてくれる者を、執筆過程においてこの「小説」が必要としたこと、である。「マツ子による筆記は、彼の言葉を彼女の耳を通してペン先へと収斂させていることを示す。マツ子によって「私」は、小説を成立させる磁場を得ている」[13]と既に指摘された通りで、さらに、言葉が受容され原稿に書き写された瞬間から彼女は最初の読者となる。と同時に、彼女の「言葉」もまた「私」の創作過程において「借り」るに値するものだった以上、言葉に関する相互的な理解が無条件で二人の間にあった、少なくともそうした設定でマツ子という存在が最初から用意されていた、と推測される。

以下、マツ子との関係がそうしたものとなりえた事情から変質までを通して見てみよう。

「夾竹桃」を譲り受けることをきっかけに隣家に出かけた「私」は、マツ子と知り合う。

帰りしなに、細君の背後にじつと坐つてゐる小さな女の子へ、「遊びにいらつしやい。」と言つてやつた。娘は、「はあ。」と答へてそのまましづかに私のうしろについて来て、私の部屋へはひつて、坐つた。［…］八畳の居間でマツ子と話をした。私には、なんだか本の二三十ペエジ目あたりを読んでゐるやうな、at home な、あたたかい気がして、私の姿勢をわすれて話をした。
　あくる日マツ子は、私のうちの郵便箱に、四つに畳んだ西洋紙を投げこんでゐた。〔…〕
「あなたは尊いお人だ。死んではいけません。誰もごぞんじないのです。私はなんでもいたします。いつでも死にます。」

　それ以来、毎日マツ子は「私」の家に来るようになった、とはいささかお伽噺めいた展開である。まずは「マツ子的存在」[14]とでも言うべき少女の類型が指摘されてきたが、これに関しては、「自他の関係をとらえる〝自意識〟が欠落している」、「いわば自らの自然にのみ忠実な存在」と山﨑正純[15]が的確に指摘している。十六歳とは高等女学校在学中か卒業の年齢だが、「一枚に平均、三十箇くらゐづつの誤字や仮名ちがひ」をするところ、手紙の文面の素朴さなどからも、女学生という印象は希薄にされている。
　それにしても、「私」の軽い気持ちの呼びかけに応えてそのまま「私の部屋」までついてくるこの少女のありかたは、単なる素直さを通り越してむしろ他者の言葉を額面通りに受けとめることの危うさをも語っている。同時期に描かれたよく似た少女としては、「ダス・ゲマイネ」（『文芸春秋』一九三五〈昭10〉・一〇）で他者の嘘までも「信じ切る」菊が挙げられる。これは後に「人間失格」（『展望』一九四八〈昭23〉・六〜八）のヨシ子へと連なる系譜で、「神の如き無智」と紙一重であるとの認識も太宰にはあった。ただ、「私」が「私の姿勢」つまり後に出てくる「巧言令色」の鎧を取り去れたのは、そうした相手だからこそであった。マツ子の「死んではいけません。」という文面から察するに、「あたたかい気」ゆえに心を許して「率直に人生観を吐露し厭世的な言葉を語ったとも考えられる。」[16]という推測に間違いはあるまい。「私」の言葉を忠実にそのまま受け取るマツ子の特性、また「私」もその文面から「あれは、きつといい子だ」と判断するところに、「私」がマツ子との間に言葉と言葉で素朴に通じ合う関係を見出していることがうかがえる。
誤字など意に介することもなく口述筆記の助手たりえたマツ子は、この段階では、〈自然〉に最も近い言葉を共有できる存在であったことになる。「夾竹桃」と共にマツ子がやってきたことは偶然ではない。以降、二人の場面のほとんどが会話から構成されているのは、彼らの関係が互いの言葉の外にまで忖度の目を向けたり他意を読み取ったりすることから免れ、どこまでも言葉だけで関係を保つことができていた証拠である。
しかし、それは長くは続かない。自意識に自覚的な「私」によって絶えず読み返されつつ書き継がれていくこの「小説」の中で、書くことと書かれるものの関係がそのように無垢であり続けられるはずもなかった。次は関係の変質の始まりとも言える件である。

「マツ子は、いろが黒いから産婆さんにでもなればよい。」と或る日、私がほかのことで怒つてゐたときに、言つてやつた。

「いろが黒い」ことと「産婆さん」とを乱暴に結びつける「私」のこうした発言は、マツ子自身、あるいはマツ子と「私」との関係とは全く別の事情から生じた。相手がマツ子であるにもかかわらず、ここには既に、外部から言葉を強く揺り動かす情況の力がはたらいている。

そんなに醜く黒くはないのだけれども、鼻もひくいし、美しい面貌ではない。ただ、唇の両端が怜悧さうに上へめくれあがつて、眼の黒く大きいのが取り柄である。姿態について、家人に問ふと、「十六では、あれで大きいはうではないでせうか。」と答へた。また、身なりについては、「いつでも、小ざつぱりしてゐるやうぢやございませんか。奥さまが、しつかりしてゐますものですから。」と答へた。

［…］

「マツ子。おまへは、おまへのからだを大事と思つてゐるか。」

マツ子は家人の手伝ひをして、隣りの六畳の部屋でほどきものをしてゐたのだが、しばらく、水を打つたやうに、ひつそりなつた。やがて、

「ええ。」

と答へた。

「さうか、よし。」私は寝返りを打つて、また眼をつぶつた。安心したのである。

先に「いろが黒い」ともあったように、マツ子は「私」によって常に眺められる存在である。たとえ「私」の意図がそこになくとも、「おまへのからだを大事と思つてゐるか。」といった問いは、マツ子にとっては自身の身体性に触れてくる最も露骨な眼差と感じられたに違いない。彼女が返答に一瞬躊躇したのは、「私」の問いの思惑を付度せずにおれなくなったからである。(17) にもかかわらず「私」の方では、その表情もうかがえない場所からマツ子の一言の返事をいつものように言葉通り受け取り、「安心し」ているだけで、彼女との間に生じ始めた亀裂にこの時点では気づいていなかった。

さて、これに続く場面における「鉄びん」を「投げつけ」るという「私」の行為は、言葉がそのありのままの意味を以て人と人との関係に資するものならば、生じようがないものである。

このあひだ、私は、マツ子のゐるまへで、煮えたぎつてゐる鉄びんを家人のはうにむけて投げつけた。［…］

私はぐつたりなつて、籐椅子に寝ころび、マツ子を見た。マツ子は、鋏をにぎつて立つてゐた。

言葉に対してそれに見合った言葉で応じるという意思疎通がもはや不可能になり、感情が言葉を凌駕してしまう家人との関係ゆえに、こうした態度の過剰は生じる。ところが、この局面に遭遇して、マツ子もまた「鋏をにぎつて立つてゐた」。マツ子は先の場面では「家人の手伝ひをして、隣りの六畳の部屋でほどきものをしてゐた」が、ここでは夫婦関係の只中へと入り込んできており、物理的にも精神的にも三者の距離は徐々に狭まっている。「私」とマツ子の関係は家人と「私」の関係のありかたと無縁ではなくなってくるのだった。

家人に対する「私」の行動に対応して出てくるマツ子のこのふるまいは、言葉だけで通じ合えたマツ子と「私」とのそれまでの関係の変質を意味する。先の「私」の問いを契機として徐々に、マツ子には素朴な言葉による意思表示が難しくなっていく。後に書かれる「風の便り」（『文学界』『文芸』『新潮』一九四一〈昭16〉・一一～一二）の言葉を借りるならば、二人の関係は「思惟と言葉の間に、小さな歯車が、三つも四つもある」事態となったのである。この関係の変質とはまた、作中においてほとんど会話らしい会話を交わすことのなかった家人と「私」の関係のありかたに近づいていくことでもあった。家人と「私」の間でのやりとりが二度にわたって金銭絡みつまり「銅貨」をめぐる意見の対立であることは、彼らの間で交わされる言葉の〈自然〉からの遠さを示している。

マツ子のことについて、これ以上、書くのは、いやだ。書きたくないのだ。私はこの子をいのちかけて大切にして居る。

「いのちかけて大切にして居る」から「書きたくない」と記すこと自体、言葉に対する「私」のアンビヴァレンスを語る。「大切にして居る」と「書く」自分の心は真実である、真実でなければ書きはしない、しかし、眺められ書かれることなど思いもしない存在である点にマツ子の価値があるからこそ、彼女について「書く」ことは「私」にとって自己矛盾にしかならない。「おまつり」が好きなのに「部屋を薄暗くして寝る」しかない「私」の「不仕合せ」な二律背反にも重なってくるところである。

四　「扇型の花壇」に並ぶ言葉

さて、これ以降、不眠の中でまたもや「むなしい」言葉の断片が散り始める。

毎夜、毎夜、万朶の花のごとく、ひらひら私の眉間のあたりで舞ひ狂ふ、あの無量無数の言葉の洪水が、今宵は、また、なんとしたことか、雪のまつたく降りやんでしまつた空のやうに、ただ、からつとしてゐて、私ひとりのこされ、いつそ石になりたいくらゐの羞恥の念でいたづらに輾転してゐる。手も届かぬ遠くの空を飛んで居る水色の蝶を捕虫網で、やつとおさへて、二つ三つ、それはむなしい言葉であるのがわかつてゐながら、とにかく、摑んだ。

以下の「夜の言葉」に十全な解釈や意味を与えることは難しい。ただ、書き手が言葉をどのように捉えているかが見える箇所は、いくつかある。

例えば、「長生をするために生きて居る。」という一文をどう考えるか。ここで「自殺するもよし、百歳の長命を保つもよし、」（一九三五年九月三〇日付鰭崎潤宛書簡）といった言葉を参照すれば、これが後の「死ぬことだけを考へてる。」と一対の言葉で、二つの間には差異も矛盾もないことが理解される。

あるいは、「男ありて大声叱咤、（だらしがねえぞ。しつかりしろ！）私つぶやいて曰く、（君は、もつとだらしがなくて、心配だ。）」という件がある。「叱咤」は「大声」でなされても不思議でないが、むしろ「私」は男の「大声」が自らの言葉への不安から生じていることを別の次元から指摘するべく、同様の言葉をあえて「つぶやいて」返すのである。ここは、言葉自体の意味以上に、それがいかに発せられ、どのような場に置かれているかが意味の付与に本質的に関わる、という示唆として読める。

そしてこの奇妙な「夜の言葉」は、「文士相軽、文士相重。ゆきつ、戻りつ。――ねむり薬の精緻なる秤器。無表情の看護婦があらあらしく秤器をうごかす。」でしめくくられる。並列された逆の意味の言葉の間を「ゆきつ、戻りつ」するところにこそ言葉の本来指す内実があり、二つは本質的に一つのこと、即ち一台の「秤器」の揺らぎに過ぎない。ということは、意味のある言葉を発しようとすると、その反対の言葉が同時に立ち上がり、結局、言葉は言葉そのものを打ち消すようにはたらくことになる。

こうした言葉の捉えがたさに不眠の夜を過ごしたあげく、「私」がその朝見たものは何であったか。

私は、庭を眺めて、しぶい眼を見はつた。庭のまんなかに、一坪くらゐの扇型の花壇ができて在るのだ。そろそろと秋冷、身にたへがたくなつて来たころ、「庭だけでも、にぎやかにしよう。」といつか私が一言、家人のゐるまへで呟いたことのあるのを思ひ出した。二十種にちかき草花の球根が、けさ、私の寝てゐる間に植ゑられ、しかも、その扇型の花壇には、草花の名まへを書いたボオル紙の白い札がまぶしいくらゐに林立してゐるのである。

「ドイツ鈴蘭。」「イチハツ。」「クライミングローズフワバー。」「君子蘭。」「ホワイトアマリリス。」「西洋錦風。」「流星蘭。」「長太郎百合。」「ヒヤシンスグランドメーメー。」「リユウモンシス。」「鹿の子百合。」「長生蘭。」「ミスアンラアス。」「電光種バラ。」「四季咲ぼたん。」「ミセスワン種チユウリツプ。」「西洋しやくやく雪の越。」「黒龍ぼたん。」——私は、いちいち、枕元の原稿用紙に書きしるす。涙が出た。涙は頬を伝ひ、はだかの胸にまで這ひ流れる。生れて、はじめての醜をさらす。扇型の花壇。さうして、ヒヤシンスグランドメーメー。ざまを見ろ。もう、とりかへしがつかないのだ。この花壇を眺める者すべて、私の胸の中の秘めに秘めたる田舎くさい鈍重を見つけてしまふにきまつて居る。扇型。扇型。ああ、この鼻のさきに突きつけられた、どうしやうもないほど私に似てゐる残虐無道のポンチ画。

「庭だけでも、にぎやかにしよう。」という「私」の言葉を受けて、家人は「扇型の花壇」という過剰とも言える応答で報いた。それはまず、家人と「私」の間のよじれたコミュニケーションの結果であり、より普遍的に言えば、マツ子と「私」のかつての関係とは対照的な、現実の人間関係における言葉のありかたを示していよう。

さらに、その「花壇」の中では「林立」する名札の名だけが読み取れた。[18]「二十種にちかき草花」は「いずれも観賞用として品種改良された園芸種であり人工的である」[19]と指摘された通り、先に「私」が挙げた「ねむ」「百日紅」などとは対照的で、少なくとも名前だけではどのような花が咲くのか想像もつかない花ばかりである。これは、実体がわからずとも言葉だけが乱舞する、言葉の空洞化の暗喩でもある。そのような言葉を次々と書き写すこと、記していくうちに言葉がいよいよその意味を喪失していくことの悲しみゆえに、「私」は「涙」を流すのだろう。しかも旧態依然とした「扇型」は、「通俗的」[20]という以上にむしろ、新奇な花々のために用意された場としてはあまりにもミスマッチである。

しかし、実体と乖離した言葉のありかたこそ、ここでは新たなリアリズムの鍵と見なされているのではないか。

この作品では随所に水のイメージが表れることも既に指摘されているが、「涙」が「頬を伝ひ［…］這ひ流れる」様はまさに冒頭の「水到りて渠成る」状態に他ならない。「私」はこの花壇のまだ見ぬ花々に「人工の極致」を見出したのだ。むしろ「私」にとっての問題は、この言葉のありかたを依然無視するかのような「扇型」の枠組みの方なのである。実体から乖離した言葉が氾濫する現実をなおも従来の尤もらしい形の中に押し込めようとするのが、既成の小説であった。(21)

むろん、「私」は自分の小説の形をどのように持つべきか、まだわからない。先に「夜の言葉」と称して「私」は「Fact だけを言」おうとしたが、本当の言葉だけを求めると言葉は言葉ではなくなっていく。少なくともそれは何の形をもなさないため、他者に向かう言葉とならない。しかしそれは、言葉が本質的に関係において意味を持ち、他者を必要とするものである証拠である。そのことに自覚的な「私」にとっては皮肉にも、家人との関係に象徴される、言葉が宙に浮き本来の言葉として機能せず、あるいは言葉が実体に追いつかなかったり先んじたりする、まさに名札だけの花壇のような現実こそ、人間にとっての真の自然即ち「人工の極致」なのだ。彼はそれにふさわしい新たな表現の様式を「扇型」とは別のところに求めねばならない。

五　次の時代の小説に向けて

> お隣りのマツ子は、この小説を読み、もはや私の家へ来ないだらう。私はマツ子に傷をつけたのだから。涙はそのゆゑにもまた、こんなに、あとからあとからあとから湧いて出るのか。
>
> 否とよ。扇型、われに何かせむ。マツ子も要らぬ。私は、この小説を当然の存在にまで漕ぎつけるため、泣いたのだ。私は、死ぬるとも、巧言令色であらねばならぬ。鉄の原則。

「私」はここで「涙」の意味をあえて否定し始める。「扇型」への、あるいは言葉と言葉でつながり合っていたマツ子を失ったことへの涙、という二説を共に否定し、そうした感情の〈自然〉な流れとしての涙さえも信じない、という意味で「巧言令色」という言葉は出てくる。

先に述べたように、「夾竹桃」と共にやって来たマツ子は既に失われた過去の〈自然〉なる言葉の担い手であり、「扇型の花壇」は言葉と実体の関係の表出が現在アンバランスな場に置かれていることを示す。しかし、これを「通俗的」「きわめて日本的で野暮な枠」[22]とする解釈の一方に、作者自身の「着飾つた苺の悲しみ」（「ダス・ゲマイネ」）、「ほんたうの芸術家といふものは、野卑な姿を執らざるを得ないとき、その本然の美しさを発するものだ。」（一九三五年一〇月四日付神戸雄一宛書簡）といった主張があったことも無視できない。

双方のために流される涙はそれ自体が〈自然〉であるかに見えて実は「人工の極致」なのである、との宣言によって「私」は小説の過去と現在に別れを告げた。「私にとつて、ふと、とか、われしらず、とかいふ動作はあり得なかつた」（「思ひ出」、『海豹』一九三三〈昭8〉・四～七）ともあったように、「私」にとっての自然とは即ち不〈自然〉であり、「巧言令色」こそが人間の本質である以上、そのことに自覚的であるところから新しい小説は出発せねばならない、というのである。

ここで冒頭のエピグラフに戻ろう。

　　なんにも書くな。なんにも読むな。なんにも思ふな。ただ、生きて在れ！

例えば、松本健一[23]はここに「絶対なる〈自然〉に対する永遠の希求の心理」を読み取っている。しかし他方、檀一雄[24]は、「何にも見るな。何にも聞くな。ただ、巧言令色であれ」という類似のフレーズを「口癖のように」唱える太宰を回想している。人間が「ただ、生きて在」るということは通常の意味での自然のむしろ対極で、これと「巧言令色であ」ることは太宰にとっては互換可能なのだった。

いま、読者と別れるに当り、この十八枚の小説に於いて十指にあまる自然の草木の名称を挙げながら、私、それらの姿態について、心にもなきふやけた描写を一行、否、一句だにしなかつたことを、高い誇りを以つて言ひ得る。さらば、行け！

「この水や、君の器にしたがふだらう。」

「十指にあまる自然の草木」とある。マツ子との出会いの場面で、それが「夾竹桃」を初めとして「私」が無心に挙げることのできた十の草花だったとすれば、「十指にあまる」に対応する十一番目とは、「マツ」子を措いては考えられない。「扇型の花壇」における未知の花々とは逆に、それらの慣れ親しんだ「姿態」の「描写」は恐らく容易である。しかしこれらは失われた過去の言葉であり、そこへと戻る気はもはや「私」にはない。かくて、「この水や、君の器にしたがふだらう。」は、冒頭近くの「水到りて渠成る。」と対をなし、「私」の目指す「人工の極致」が同じく「水」の如くごく自然に同時代に受容されることを予言する結語となる。

こうして、この先に何が生まれるのか見えずとももはや撤退はありえず「めくら」状態で前へ進むしかない、という決意が表題にも表明されたこの一篇は、「君の器」即ち同時代の若き「読者」にそのリアリズムが共有されるだろう、という予感でしめくくられる。それを見ようとする「読者」によってのみ初めて可視化される、逆に言えば、最初は「めくら」であるところからしか始まらない、むしろ「めくら」であることによって「草紙」たりうる斬新な小説。様々な手法が提示された『晩年』一巻の「結び」としても位置づけられる所以である。(25)

注

(1) 近年では、新たな視点からの論考として、ボードレールを参照枠として解読を試みた、野口尚志「太宰治「めくら草紙」論―〈空虚〉な〈私〉とボードレール、象徴主義―」(『稿本近代文学』三七、二〇一二・一二、筑波大学)がある。

(2) 本作品に関する作者の実生活との異同や関係者の証言、時代的な考証については、本章の初出である評釈に挙げた。本章は作品論としての性格を優先させて評釈を書き直したものである。

(3) 川崎和啓「太宰治・「実験小説」のもつ意味―『晩年』論への一視点―」(『国語と国文学』六七―四、一九九〇・四)、神谷忠孝「『めくら草紙』論」(『太宰治研究』一、一九九四・六、和泉書院)

(4) 「葉」(『鷭』一九三四〈昭9〉・四)にも同様の句があり、『晩年』全体を通しての方法意識を考える上でのキーセンテンスとされる。「水」と「渠」の指すものは、「諸作品」と「『晩年』」あるいは「自己の感性」と「小説の規範」(注(3)神谷氏)、「葉」にあっては「模倣に始まりながら、それを消化し自分のものにしてしまって、一つの新しい自己の方法を創り出した状態」(渡部芳紀「テクスト評釈「葉」」、『国文学』二七―七、一九八二・五、後、『太宰治　心の王者』一九八四・五、洋々社)と説明された。

(5) 武田麟太郎「銀座八丁」(『朝日新聞』一九三四・八・二二～一〇・二〇、後、一九三五・一、改造社)の冒頭には、「新橋二丁目」に住む「冷たい光に見開く眼」の主人公がタクシーを物色する場面がある。

(6) 石関善治郎「太宰治初期文学態度の一検討―『葉』試論―」(『国学院雑誌』七〇―二、一九六九・二)では、「素朴な実在論的立場、方法論的には、いわゆる「リアリズム」と呼ばれるもの」と説明された。

(7) 後の「如是我聞」(『新潮』一九四八〈昭23〉・三)には「ためになる。／それが何だ。おいしいものを、所謂「ために」ならなくても、味はなければ、何処に私たちの生きてゐる証拠があるのだらう。」とあり、こうした拒否感は全時期にわたり一貫している。なお、渡部芳紀「太宰治におけるダンディズム」(『国文学　解釈と鑑賞』四二―四、一九七七・一二、後、注(4)前掲書)では、「無為」をダンディズムに通じるものと見る。

(8) 大國眞希「「めくら草紙」」(『国文学　解釈と鑑賞』六六―四、二〇〇一・四、後、『虹と水平線―太宰文学における透視図法と色彩―』二〇〇九・一二、おうふう)はこの箇所を、「実生活の仮構性を虚構である小説によって知らせようとしていた」、「物事の無根拠さ」と指摘している。
(9) 山﨑正純「太宰治のディスクール（5）―「めくら草紙」と〈小説の小説〉」（『敍説』一一、一九九五・一、後、『転形期の太宰治』一九九八・一、洋々社）は、「一貫した思惟に支えられた思考する自我ではない」、「〈私〉とはむしろ〝語る〟自我であり、言葉をとらえ語ることにおいて顕在化する〝この私〟である。」と説明する。
(10) 池田亀鑑校訂『枕草子　上巻（岩波文庫）』（一九三一・三、岩波書店）による。
(11) 大國眞希「太宰治「めくら草紙」論―内在するドラマ性と「秘めに秘めたる、むなしきもの」」（『無頼の文学』一八、一九九四・一二）。他に、表題についての従来説としては「真正の文学の姿が全く見えてこない太宰治の盲目の状態につけられた、戯作風の題字」（注（3）川崎氏）、「目を閉じつつ語り続けることで、〝死〟ではなく、他者と言葉を通じて触れ合う〝生〟を選択した」（注（9）山﨑氏）といった指摘がある。
(12) 一九三五年一〇月二二日付小館善四郎宛葉書、および一九三五年一一月日付不詳酒井眞人宛書簡に、この作品の口述筆記をめぐる経緯が記されている。
(13) 注（8）大國氏。
(14) 国松昭「『めくら草紙』」（『国文学　解釈と鑑賞』五〇―一二、一九八五・一一）
(15) 注（9）参照。
(16) 注（3）神谷氏。
(17) 注（9）山﨑氏はこの辺りの事情を「〈私〉との関係を自意識の内に相対化し、そこに〈人工〉的な修正を加えるきっかけになってしまう」と説明している。
(18) 注（8）大國氏はこれら一つ一つにカギ括弧が付せられていることを「言葉の物象化」と見ている。
(19) 注（3）神谷氏。
(20) 注（3）川崎氏。
(21) 注（9）山﨑氏。
(22) 注（3）神谷氏。
(23) 松本健一『太宰治とその時代　含羞のひと』（一九八二・六、第三文明社）

(24) 檀一雄「小説太宰治」(『新潮』一九四九・七～八、後、同年一一、六興出版社)
(25) 東郷克美「『晩年』論――「作中人物的作家」の話法――」(『国文学　解釈と鑑賞』五〇―一二、一九八五・一一、後、『太宰治という物語』二〇〇一・三、筑摩書房)

第三章 「雌に就いて」論――変移する〈リアリズム〉

一 対話の中の旅――空想に入り込む事実

太宰作品の主人公達は、価値観や生き方そのものの変化を求めてしばしば旅に出る。作家のひとり旅もあれば、男と女の旅も、心中に向かう旅もあるが、それらがいずれも主人公達にとって何らかの変化の契機を含んでいる点で、太宰の転機後と言われてきた一九三八年以降、いわゆる〈中期〉前半に旅の話の多いことは興味深い。

例えば、小山初代との心中未遂から離別までを描いたとされる「姥捨」（『新潮』一九三八〈昭13〉・一〇）では、「一緒に死なう。」と決意して男女が旅に出るが、心中に失敗した結末として、男は「おれは一生、このひとのために、こんな苦労をしなければ、ならぬのか。いやだ、もういやだ。わかれよう。」「人間は、素朴に生きるより、他に、生きかたがないものだ。」と、生き方の再考を求められる。あるいは、「秋風記」（『愛と美について』一九三九〈昭14〉・五、竹村書房）。「死にたくなつた」「私」は女Kを旅に誘う。「死なせてはならない。」と思ったKはこれに応じるが、「私」を庇ってKが事故に巻き込まれるところで旅は終わり、最近、「私」がささやかな贈り物をしたところ、Kは「ことし三歳になるKの長女の写真」を送ってよこした、という話である。「私と同じ様に、「生れて来なければよかつた。」と思つてゐ」た女が、旅先での事件を契機に、娘のために生きて行く決意を新たにし、これを「私」に示すのである。

「八十八夜」（『新潮』一九三九〈昭14〉・八）は、俗物になりかかってきたことを苦しみ、旅に出た作家笠井の顚末記である。「忍従の鎖を断ち切り」「思ひ切つて、めちやなことを、やつてみたい」と思って宿に旧知の女を求めてやって来たが、無様な自分を見せてしまい、「ロマンチツクから追放」されてしまった、しかし、今こそ「作品だけ」という心境になれる、という話である。「佐渡」（『公論』一九四一〈昭16〉・一）では、「地獄の方角ばかりが、気にかかる」「私」は、かねてより「淋しいところだと聞いてゐ」た佐渡に渡る。想像とは違って町は趣がなく、観光客を迎えるようなところではない、しかし、鉱山に向かう人々の群れを見た「私」はやがて生活者への共感を獲得していく。また、太宰のリアリズム観を知る上で重要な「風の便り」（『文学界』『文芸』『新潮』一九四一・一一～一二）も、作家が旅に出る話を含んでいる。新進作家木戸はそれまで何度か手紙をやりとりしていた「美しい、唯一の先輩」井原と旅の宿で出会い、数日間を共に過ごすが、木戸は徐々に井原とは「はつきり違ふ路を歩きはじめてゐる」ことを自覚し、再度小説に向かい始める。

この〝旅の顚末〟話の系譜は、故郷に旅する「津軽」（一九四四〈昭19〉・一一、小山書店）においてその頂点となるが、今見たいくつかの作品からもわかるように、旅は往々にして当初の目的や心境とは違った結果を主人公達に、あるいは主人公達の内面にもたらす。とするなら、それらの話の意味とは、旅の果てに主人公達が感得したこと自体だけではなく、初めにあった思惑とそこを逸脱して彼らが逢着するところとの間の懸隔が語り出すものにある。

さて、「雌に就いて」（『若草』一九三六〈昭11〉・五）はこれら〝旅の顚末〟話の最初のものに相当するが、何よりも、語り手「私」と客人との対話の中で生み出される空想によって成り立っていることが特徴である。「私」は対話の中で「このやうな女がゐたなら、死なずにすむのだがといふやうな」自分の胸中の「あこがれの」女性像を紡ぎ出すべく、想像の中で彼女と旅に赴く。駅で待ち合わせて汽車に乗り、宿に着き、入浴後に向かい合って食事をとる頃から、「私」は女との親密な雰囲気を壊すようなふるまいにわざと出たりするが、その女が実は空想ではなく実際に「私」が「情死」を企てて死なせた相手であることが、最後で読者と客人に向けて判明する。「情死」を話の落ちと見なし、これが空想であったはずの物語全体を最後に覆ってくる、と読めば、作品の成立時期や「女は寝返りを打つたばかりに殺された。」「七年たつて、私は未だに生きてゐる。」といった最後の叙述より、六年前の鎌倉での「情死」を今も〈罪意識〉をもって振り返った〈私小説〉的作品と見えるかも知れない。一方、対話自体は太宰が親友山岸外史との間で実際に交わしたやりとりのかなり忠実な再現で、[1]「一夜で書き飛ばした」、「井伏さんの奥さまのおいでの夜で、お話相手しながら」書き上げた、「君が手を添へて書いた」[2]、と山岸宛の書簡にもある。

ただ、背景や成立事情はどうであれ、対話の中で生み出される空想の物語という方法が自覚的に選ばれた意義を無視することはできない。その内実を形式面から見ると、次のような点に留意できる。

まず、作品を構成する言葉とその主体は幾層かのレベルから成っている。冒頭「その若草といふ雑誌に、老い疲れたる小説を発表するのは、」と前置きのように「小説」の外から枠組みを形作る「私」の語りと、「ことしの二月二十六日には」以降、客人との対話に入る「小説」内の「私」の語りとは構造上区別されるし、かつ、それぞれに「若い読者たち」と客人という読み手・聴き手が配されている。このうち後者の、「私」と対話する客人は、「私」の「小説」内部で空想を導き出す協力者であると同時に、そのよき理解者・是認者、ひいては空想の形成される過程に立ち会う、仮想される読者にも似た位置にある。そして対話部分は、対話という行為そのものと、対話の中で語られる空想の物語内容という二側面を併せて提示する。それは完成された小説ではなく、イメージの言語化とでも言うべき創作の前段階のような性格を持ち、語りであると同時に描写でもある。ここに、語る「私」と語られる「空想」の「私」も出現する。以上より、この作品が友人同士の戯れのようなやりとりをそのまま記したものとして素朴に読める一方で、通常の小説の言葉の位相をずらしうる、実験的な要素を含んでいることが想定されよう。

また、「情死」の事実は最後に「私」によって明かされるとは言え、後に見ていくように、関係の中で進行する二人のそれまでの対話の中にその事実はいつしか忍び込んでおり、客人が気づいた時には既に二人によってその道行は細部まで語られつつあった。二人のかけ合いによって進む形式である以上、事実を知る側である「私」の語りにのみ重点を置くのでなく、そこに至るまでがいかに語られ、事情がいかに判明していくかを、客人から「私」を見た視点をも含めて考える必要がある。

以上のように見てくると、作品の眼目は、「このやうな女がゐたなら、死なずにすむのだが」と二人で空想を考え合っていたはずであったのが、「死なうと言」わずにいられない現実の女の話にずらされていく対話の過程にあるようである。主人公達が初めに何を求めて空想の旅に出、その旅は結局彼らに何を気づかせたのか。まず、二人の対話の特徴からこの話題の変容について考察を進めていく。

二　「リアリズムの筆法」の内実

「[…]具体的に言つてみないか、リアリズムの筆法でね。女のことを語るときには、この筆法に限るやうだ。寝巻は、やはり、長襦袢かね?」という客人の言葉から二人のやりとりは始まる。対話に先立ってまず、客人の方の「あこがれの人の影像」が紹介されるが、「五歳のててなし児とふたりきりのくらし」をしている「二十七八歳の、弱い側妻」という設定は(3)、自分がいてやらなければ女もその「ててなし児」も生きてはいけない、という意味で、自分に「このやうな女がゐたなら、死なずにすむのだが」という空想の条件にいかにも適ったものと言える。と同時に、「川開きの花火の夜、そこへ遊びに行き、その五歳の娘に絵をかいてやる」場面が詳細に語られたように、客人言うところの「リアリズムの筆法」とは、空想上の女性に空想上の自分が関わる場面でありながら、それを第三者の立場を装って極力「具体的に」描写しようとするもので、しかもそれは同時に、作家の真似事よろしく戯れるような気ままな語りでもある。それがここでの二人の「リアリズムの筆法」についての最初の了解であった。

「私」の女の寝巻をめぐってひとしきり対話は続く。

「ちりめんは御免だ。不潔でもあるし、それに、だらしがなくていけない。僕たちは、どうも意気ではないのでねえ。」

「パジャマかね？」

「いつそう御免だ。着ても着なくても、おなじぢやないか。上衣だけなら漫画ものだ。」

「それでは、やはり、タオルの類かね？」

「いや、洗ひたての、男の浴衣だ。荒い棒縞で、帯は、おなじ布地の細紐。柔道着のやうに、前結びだ。あの、宿屋の浴衣だな。あんなのがいいのだ。すこし、少年を感じさせるやうな、そんな女がいいのかしら。」

「わかつたよ。君は、疲れてゐる疲れてゐると言ひながら、ひどく派手なんだね。いちばん華やかな祭礼はお葬ひだといふのと同じやうな意味で、君は、ずゐぶん好色なところをねらつてゐるのだよ。髪は？」

「日本髪は、いやだ。油くさくて、もてあます。かたちも、たいへんグロテスクだ。」

「それ見ろ。無雑作の洋髪なんかが、いいのだらう？　女優だね。むかしの帝劇専属の女優なんかがいいのだよ。」

「ちがふね。女優は、けちな名前を惜しがつてゐるから、いやだ。」

まず、女の装いや属性に関して、傍線部のように自分の好みに根拠が付せられる。最初のうち、「私」はこのように具体的な空想の根拠を逐一説明していた。一方、客人の側では、好みのずれも彼なりの理由づけによって納得し、「わかつたよ。」「それ見ろ。」といった合いの手により、結局は「私」によりそい、話を進めていこうとする。繰り返すが、協力者はよき理解者としての聴き手でもあらねばならない。「めくら草紙」（『新潮』一九三六〈昭11〉・一）の少女が口述筆記の協力者である間、「私」に対してよき理解者でもあったように。

さて、「さまざまに、女をうごかしてみると、案外はつきり判つて来るかもしれない。」という客人の提案に従い、女と旅行の約束をした空想上の「私」は、東京駅で女と待ち合わせることになる。


「女は笑ひながら立つてゐる。」

「いや、笑つてゐない。まじめな顔をしてゐる。おそくなりまして、と小声でわびる。」

「君のトランクを、だまつて受けとらうとする。」

「いや、要らないのです、と明白にことわる。」

〔…〕

「女にも一杯ビイルをすすめる。」

「いや、すすめない。女には、サイダアをすすめる。」


空想の二人を語る描写はいよいよ細部に及んでくる。二人の意見は各々の美意識により食い違うが、例えば客人が風呂上がりの「私」と女についての空想を「そのさきは、僕に言はせて呉れ。」と一気に代弁してみせる件、即ち、

「〔…〕紅葉の山に夕日があたつてゐる。しばらくして、女は風呂からあがつて来る。縁側の欄干に手拭を、かうひろげて掛けるね。それから、君のうしろにそつと立つて、君の眺めてゐるその同じものを従順しく眺めてゐる。君が美しいと思つてゐるその気持をそのとほりに、汲んでゐる。〔…〕」

といった箇所など、「およその見当は、ついてゐるつもりだ。」と言っている通り、きわめて様式化された男女の道行を想像している。「いや、ここで下手なことを言ひだしたら、ぶちこはしだ。」と言う客人は、情趣ある男女の旅という通念を守ろうとしている。

むろん、こうした描写を押し進めているのは一方の側のみではない。「～する。～する。」といった現在形で押していく断定の語り口は、一回性の事実を語る「～した。」という過去形よりもはるかに普遍的にありうることとして、その描写に写実的な客観性を装わせることができる。またそれは、二人のかけ合いが大きな逸脱を生まず、淡々とした描写の力に頼って妥当なところを探り当てていく文体ともなっている。こうして、彼らの対話における「リアリズムの筆法」は共通了解に基づいた一種の通俗的な描写への傾斜を孕んでくる。

ところが、客人との間でどうにか折り合い成り立っていた常識的な美意識を、「私」の空想はやがて裏切り始める。「女が、その女中さんをかへしてしまふのだ。こちらでいたしますから、と低いがはつきり言ふのだ。不意に言ふのだ。」というあたりまでに対しては、「なるほどね。そんな女なのだね。」と例によって想定内の類型として納得していた客人も、直後、「百匹にちかいお猿が檻の中で焼け死んだ」記事には「陰惨すぎる」と言わずにはおれない。場違いで滑稽な「お猿」の唐突な登場を「陰惨」と感じた客人の聴き手としての姿勢は、まさに彼自身が言っていた通り、「厳粛に語る」ことに対して「私」のように「てれ」ておらず、どこまでも生真面目なのだ。このエピソードは続く「私」の唐突で滑稽な行為の前兆となる。

そして、とうとう対話の真中あたりより、語り手「私」の語る空想上の「私」は、突然女との食事を中断して机に向かい、原稿用紙に「いろは四十七文字」を無闇に書き始め、女を町見物に追い出してしまう。それからも持ち金の勘定などをしたりしてどうも落ち着かない。女が帰って来てもいろはを書き殴る「贋の仕事」は続き、女を先に休ませた「私」は、「ちりぬるをわか、と書いて、ゑひもせす、と書く。それから、原稿用紙を破る」。「私」の話の焦点は、対象として眺めていた女から次第に、相手との関係のありかたに対する困惑へ、そしてその困惑をも外から「ゑひもせす」眺めてしまう自意識へと移っていき、女の存在は脇へ追いやられていく。それは、語る「私」に即して言えば、「厳粛に」「あこがれの」女性像を語っていること、作中人物としての自分を女と一対一で向き合わせていかにもそれらしい情景を自ら演出していることへの「てれ」に重なってくる。女から自身に焦点が移るのに伴い、語られる「私」に語る「私」が接近し、原稿用紙に書けないことと女性について語れないこととは同調してくるのである。

三　新たな〈リアリズム〉への移行

「私」はひたすら自身の焦燥を持て余しながら傍らの女の存在を忘れようとするかのように、寝床で読む本を求めている。客人は「君、その本は重大だよ。ゆつくり考へてみようぢやないか。」と例によって話の成行きにつき合い、しっくり来るものを共に求めようとするが、話はやがて意外な方向に展開していく。

「――あるよ。僕のたつた一冊の創作集。」
「ひどく荒涼として来たね。」

「はしがきから読みはじめる。うろうろうろうろうろ読みふける。ただ、ひたすらに、われに救ひあれといふ気持だ。」

「女に亭主があるかね？」(4)

客人が突然話の脈絡を断ち切ってこのような問いを差し挟んだのは、「われに救ひあれ」という「私」の言葉が唐突に重く響いたからに相違ない。そこまでは、「私」の混乱ぶりに多少の困惑は感じても、常識的にうかがい知ることのできる範囲でその心情を推測しつつ話につき合ってきたが、この言葉によって、そこまで思いつめる特別な事情があるのか、と不審に思った結果、この問いは発せられた。

しかし、「私」はこの問いを全く無視し、次のように語り続ける。これまで現在形であった語りが、ここに来て一回性の事実を表す過去形に変化していることにも注目したい。写実の文体は〈小説〉の文体へと移行したのである。

「背中のはうで水の流れるやうな音がした。ぞつとした。かすかな音であつたけれども、背柱の焼けるやうな思ひがした。女が、しのんで寝返りを打つたのだ。」

「それで、どうした？」

「死なうと言つた。女も、――」

「よしたまへ。空想ぢやない。」

客人の推察は、あたつてゐた。そのあくる日の午後に情死を行つた。

「猿面冠者」（『鷭』一九三四〈昭9〉・七）の結末で「風の便り」という作中作の表題が「猿面冠者」へと変化するのにも似て、虚構と現実の枠組みが不意に消失する瞬間である。このとき、冒頭に現れた「小説を発表する」「私」と対話の中の「空想」の「私」もまた融合していく。

それにしても、「死なうと言つた。女も、――」と「私」が言ったことに対して、客人がすぐ「空想ぢやない。」と断言できたのはなぜか。「推察」とあるように、客人は「私」にそのような事実があったことさえ知らない。とするなら、客人は「私」の語った言葉だけから、これが「空想」ではないことを読み取った、つまり、それまでの二人の対話とは違う性質のものがそこに入り込んだのを、嗅ぎ取ったのである。

二人のこれまで交わしてきた対話では、「私」は自分の好みに客人が納得できる程度の根拠を付し、また客人は時に多少の通俗性によりかかりもして、気ままに「リアリズムの筆法」を駆使してきた。その限りでは、彼らのつくり出す情景はさほど考え込まずとも互いに了解可能なものであったに違いない。ところが、客人はこの期に及んで、全く理解できないことにぶつかる。即ち、「女が、しのんで寝返りを打つた」次の瞬間に「死なうと言つた」という展開の飛躍には、因果関係が見出せなかった。しかし、彼はまさにその、理由なく飛躍したものが放り出されたところにこそ生々しい事実のにおいを嗅ぎ取り、それは尤もらしい説明を付せられた叙述よりもはるかに説得力を持つものであった。だからこそ、体験していなければこのようには語れない、と客人は考えたのである。したがって、「よしたまへ。空想ぢやない。」と「私」の話を咎めたのも、そもそも今まで「死なずにすむ」女を考えていたのに、「死なう」とは何事か、という道徳めかした苛立ちによるのでなく、「あこがれ」への空想を楽しんでいたのに、お前の今の言葉は描写ではなく事実をそのまま並べただけではないか、という意味であろう。

この叙述が客人にとって事実らしく思われた、ということからは逆に、ここまで語られてきた「空想」のありかたも照らし出されてくる。二人の対話における「空想」は、客人によれば「リアリズムの筆法」――細部の描き込みによる本当らしさの保証——であった。しかし、恣意的な語りをそのように客観的なものに装って語ることは、先に見たように意外と容易なのである。

むろん、「あこがれの人の影像」の妄想はそれ自体で既に客観性の対極にあると言えるし、語り始めた時の「私」のように好みの根拠をいくら並べようが、ついに恣意的である他はない。しかしそれだけでなく、彼らの語り口には描写を頼んだ結果孕まれてくるある種のパターンへの依存があった。そうした通俗性によりかかれば、理解が容易そうな叙述も現実の生々しさから遠去かり、「リアリズムの筆法」という言葉とは裏腹に、観念的になることを避けられない。尤もらしい脈絡で自身について語ることにもまた同様の陥穽が孕まれている。具体性や根拠づけ、第三者からの視点のような記述、これらを「リアリズムの筆法」と考える素朴な理解自体への疑念を、その「リアリズム」に真っ向から対立する飛躍に客人が却って生々しさを感じたという事実は、暗示している。

対話半ばからその観念的な「リアリズム」が崩れつつあったことは、既に見た通りである。語る「私」は「リアリズムの筆法」の不可能性を、語られる「私」のありかたによっても自ら体現していた。「情死」決意までの内的混乱の表れであったことが後に明らかになる金勘定や「惑乱」。それらの合間に、書けないのに原稿用紙に向かって書くふりをし、しかもその様子を語らずにおれない、という二層の自意識が映り込む。いわゆる「リアリズム」への疑念と共に、ここには書くことを妨げるものの正体がかいま見えている。このように、物語としては心中への過程を隠し持ちつつ、一方で対話は「リアリズム」の困難をも孕み始め、最後で合理的な説明の放棄が決定的になる。二人の対話のプロセスにあったのは、「このやうな女がゐたなら、死なずにすむのだが」と考えてきた空想が実は「情死」の道行になっていたことと併行しての、二人が共有していた「リアリズム」変移の過程でもあった。「リアリズムの筆法」で捉えようと始めたはずのシミュレーションが、却ってその「リアリズム」を失墜させ、全く別の表現のありかたに対してその名を与えることになったのである。

そもそも、他者の目を先取りして語れ（書け）なくなっていく自意識というハードルを越えるために、対話という形式は一面では有効な方法であったはずだ。破格な形式の「小説」ではあるが、少なくともその中に語りを幇助してくれる聴き手が見える形で存在する分、得体が知れず見えない聴き手を意識せずにすむからである。「小説」の書き手「私」は客人とのやりとりを客観的にただ記述したという姿勢で書き進められ、そのレベルではひとまず自意識から解放される。しかし、方法の特異性は同時に、その思惑自体を浮き上がらせもする。即ち、聴き手の客人は幇助者でもあるために語りに対してメタレベルに立ち、ある種の意思をもってこれに関与し、揺さぶりをかけずにはおれず、結果として通常の形式では語りえないものが発見されることになる。もうこれまでの語り方で語れないというところまで来たとき、文体は小説となり、眼前の具体的な聴き手である客人は消える。残されるのは「若い読者たち」である。

〈不条理〉であろうが、反〈倫理〉的であろうが、このように語られる方がより現実的である、という自負、否、このように語られる他はないのだ、という姿勢がこの新たなリアリズム観には打ち出される。あたかも、カミュ「異邦人」（一九四二・六）のムルソーが己の殺人動機を「太陽のせいだ」と供述したように。あるいは、後に「花火」（『文芸』一九四二〈昭17〉・一〇）の妹節子が「兄さんが死んだので、私たちは幸福になりました。」と「眼を挙げて答へた」ように。最後の一行「女は寝返りを打つたばかりに殺された。私は死に損ねた。七年たつて、私は未だに生きてゐる。」もまた、最初の「このやうな女がゐたなら、死なずにすむのだが」という空想に向けてこのリアリズムが最終的に導いたアイロニカルな、しかしまぎれもない現実の表出である。

四　想定される「読者」像――まとめにかえて

さて、通常の感覚からすればまことに非人間的な事態を述べたように見える、この「寝返りを打つたばかりに殺された。」という言葉に内容的に並列されるのが、作品の表題とエピグラフである。

フヰジー人は其最愛の妻すら、少しく嫌味を覚ゆれば忽ち殺して其肉を食ふと云ふ。又タスマニヤ人は其妻死する時は、其子までも共に埋めて平然たる姿なりと。濠洲の或る土人の如きは、其妻の死するや、之を山野に運び、其脂をとりて釣魚の餌となすと云ふ。

むろん、内容上の対応は叙述の姿勢の一致と不可分であろう。即ち、人間性を捨象する「雌」という生物学的分類も、異文化に事寄せて記される「フヰジー人」や「タスマニヤ人」の妻子に対する――我々から見れば野蛮極まりないとされる――行動についての百科事典的記述も、恣意的に語ることを避けた末の非情なリアリズムの表出である。特定・単一の規範による〈倫理〉的価値判断の持ち込みを自覚的に拒否した姿勢がここからは読み取れる。

冒頭で語り手は、「これは、希望を失つた人たちの読む小説である。」と言っている。「いまの世の中の若い読者たち」は「案外に老人である」から、このような「老い疲れたる小説」も受け入れてくれるだろう、と。しかし、話の結末に「情死」が置かれているからこの「小説」が「老い疲れ」ているとか、読者が「希望を失つ」ているなどと「私」は言いたいわけではあるまい。「寝返りを打つた」「それで」「死なうと言つた」といった現実への言葉の与え方に対してもはや違和感を抱かないどころか、むしろその方に生々しさを感じ、辿り慣れた因果関係による説明を却って信じられないところまで現実認識のありかたが冷たく成熟してしまった、という意味での「老い」。即ち、「希望を失つた人たち」とは、合理的説明や恣意的な物語の叙述によっては自身の日常が掬われず、またその生が救われないことを知ってしまった人々である。物語の崩壊に立ち会った彼らは既に素朴な読者でなく、メタレベルで書き手を理解しようとする読者である。そうした「読者たち」を、客人という仮想の読者に連なる存在として先回りして想定してみせる姿勢そのものが、ここでのリアリズムのありかたを裏づけている。

そして、この「若い読者たち」や「私」「客人」のもう一方に位置づけられていたのが、同じく冒頭に出てくる「青年の将校たち」だった。

ことしの二月二十六日には、東京で、青年の将校たちがことを起した。その日に私は、客人と長火鉢をはさんで話をしてゐた。事件のことは全く知らずに、女の寝巻に就いて、話をしてゐた。

なお、「HUMAN LOST」（『新潮』一九三七〈昭12〉・四）では次のように述べられていた。

天然なる厳粛の現実《リアリティ》の認識は、二・二六事件の前夜にて終局、いまは、認識のいはば再認識、表現の時期である。叫びの朝である。開花の、その一瞬まへである。

「二月二十六日」、彼らがクーデターという形態で己を「表現」していた頃、「私」もまた客人と「表現」のありかたを模索し、「認識のいはば再認識」を試みていたのである。尤も、戦後、「苦悩の年鑑」（『新文芸』一九四六

〈昭21〉・六）で太宰は同じ事件のことを「プランがあるのか。組織があるのか。何も無かった。／狂人の発作に近かった。」「このいい気な愚行のにほひが、所謂大東亜戦争の終りまでただよつてゐた。」と記している。目的に直結させれば際立った政治的行動が意味を持つ、とある種の物語を依然として信じ、これを生きようとしていたと言える若者達の行動を、それもまたリアリティのない「いい気な愚行」と後に批判する作者が、既にこれを全くよそに、即ち「事件のことは全く知らずに」、客人と「私」に別の物語を語らせていたわけだが、その物語の方はやがて物語の不可能を語り出すものであったがゆえに「天然なる厳粛の現実の認識」へのより本質的な疑念を孕み、新たな表現の姿勢を示唆するものとなった。

最初の作品集『晩年』（一九三六〈昭11〉・六、砂子屋書房）において、太宰は既成リアリズムへのアンチテーゼとして様々な方法を試みたが、その中でもとりわけ「道化の華」（『日本浪曼派』一九三五〈昭10〉・五）は彼の創作方法についての問題意識が明確に打ち出されたものとして、言及されることが非常に多い。しかし、聴き手の存在によって書く・語る行為が強く規定されることをその形式自体で前面に押し出したことによって、そして「不用意にもらす言葉」（「道化の華」）や「惑乱」（「雌に就いて」）の中に真実を見出そうとする、即ち新しいリアリズムを理解しうる「若い」世代へ向けられた試みとして、「雌に就いて」もまた「道化の華」に通底する問題提起を行った作品なのである。

注

（1）山岸外史「電報」（『太宰治おぼえがき』一九六三・一〇、審美社）に、「たしかに、二三行、太宰の言葉と、ぼくの言葉といれ違っているところがあるが、ぼくは、太宰の記憶力が、じつに正確なことに驚いたものである。ほとんどそのままを誤たずに文章にしていた。」とある。

（2）以上、一九三六年四月二三日付山岸外史宛書簡。
（3）初出誌で「雌に就いて」の手前に掲載された丹羽文雄「恋に似通ふ」は、五歳の娘を抱えて生活も逼迫している二四歳の未亡人の前に新しい男が現れる、という話である。これにより、二篇を連続して読む読者には、「雌に就いて」の客人の語る内容は既存の小説の設定の典型であることがかいま見え、その類似点がむしろ「雌に就いて」の形式と後半の展開の特異性を図らずも際立たせる結果になっている。
（4）一九三七（昭12）年七月刊行の『二十世紀旗手』（版画荘）収録時には、「あるかね？」は「あるね？」と念押しの表現に変更された。

第四章　「葉桜と魔笛」論（一）——思いこみ・口笛・回想

一　先行研究の現在と問題の所在

桜が散つて、このやうに葉桜のころになれば、私は、きつと思ひ出します。——と、その老夫人は物語る。

——いまから三十五年まへ、父はその頃まだ存命中でございまして、

「葉桜と魔笛」（『若草』一九三九〈昭14〉・六）の冒頭には、これから始まる回想のきっかけが「葉桜」であること、当時はまだ父が生きていたという家族構成のことが前置きされている。これに続く回想部分の話は次の通りである。「私」には病床で死を待つ他ない美しい妹がいる。ある日、「私」は男からの妹宛の手紙の束を見つけて読んでしまう。最後の一通からは二人が肉体関係にまで進んでいたことが読み取れ、しかもその後文通は途絶えたようである。「私」は手紙を焼いた上、男になりすまして手紙を書き、毎日口笛を吹こうと約束する。しかし、妹は手紙が自作自演だったと告白し、現実の男を知らないまま死んでいかねばならないと嘆く。思い余った「私」は妹を抱きしめてやるが、その時、庭の葉桜の向こうから、「私」の書いた手紙通り口笛が聞こえてきた。三日後、妹は静か

に息をひきとる。

この筋を辿るだけでも、姉妹の言動が互いに絡み合い、それらが最後の「魔笛」という奇跡に向かって収斂していく構築性が感じられよう。それはわずか十七枚ほどの小品であることをも忘れさせる豊かさを持っている。にもかかわらず八十年代後半に至るまで長らく論じられることがなかったのは、その構築性よりも多分に少女趣味的な題材によって、最後の口笛が「夢と現実との領域をこえてゆく幻想的な味わい(1)」といった意味づけにとどめられてきたせいであろうか。

しかしその後、芥川龍之介「舞踏会」(『新潮』一九二〇・一)との比較を通して国家との関係から回想のありかたが考察され(2)、一方では、最近注目されるようになった「皮膚と心」(『文学界』一九三九〈昭14〉・一一)などと同様、あたかも作品論の時代の終わりを告げるかのように、新たな視点からの論もいくつか出てきた。例えば、既成の結核患者のイメージからの距離に関する議論(3)があり、あるいは、これを原作とした映画「真白き富士の嶺」(一九六三・一一公開、日活)が発掘され、原作との比較のみならず太宰に関わる女性イメージ形成に女優が利用された、といった受容史研究も現れた(4)。これら昨今の論考中には、従来のいわゆる姉妹愛を中心に据えた読みの否定にとどまらず、むしろそれらとは相容れない方向に姉妹の思惑を読み取ろうとするものもある。

既に二五年前、拙論では姉妹のおかれた情況や語られた言葉そのものに即した読みを試みたが、姉妹愛の一言で片づけることができない分、贅言を尽くしすぎたきらいがあった。他方、その時の自分の読みからは随分程遠いところに「葉桜と魔笛」論は向かっているという感もある。そこで、新しい文学研究の潮流が到来した現在、九十年代以降発表されたこれらの研究をも参照しつつ、素朴な作品論の有効性を再度問うてみたい。

かつて拙論で留意した点は次の三つであった。

まず、口笛が姉妹に訪れたことはまぎれもない現実であるということ。それがクライマックスである以上、「幻想的」としか思えないようなことの現実化への必然性こそがむしろ語られている、と見るべきである。「魔笛」の出てくる前提を具体的に考えていく上で重要なのは、姉妹各々の書いた手紙の共鳴のありかたである。姉の側からすれば、妹の手紙の束を虚構と知らず姉なりの文脈で読んだために手紙を書かずにおれなくなり、妹の側からすれば、姉の手紙を読んだからこそ告白することになった、という相互性がここにはある。双方の手紙あってこそこの話は展開し、真相の明るみへと連なっているわけで、二人の抱擁のうちに聞こえてくる「魔笛」もその文脈の中で――二人の虚構の重なりのつくり出した現実として――読むことができる。

それゆえ二つ目に重要なのは、妹のおかれている情況・心境の現実と姉の思いこみがいかにずれ、そのずれはいかに修正されていくか、という相互性の内実である。

さらに、問題は語りの内容だけにとどまらない。そもそもこの話が現在のことではなく、「三十五年まへ」の事実の回想として語られたのはなぜなのか。物語は方法の必然性をおのずと呼び出しているはずである。

この枠組みについては最後に言及するとして、まず老夫人の回想部分の読解から始めよう。冒頭に挙げた粗筋とも語り手の語った順序とも別に、時系列で回想部分の展開を整理すると、出来事は次のように進んでいる。

①　妹が自分宛の手紙を男からのものとして書き、やがてそれを終わらせる
②　姉が手紙の束を見つけ、妹宛に手紙を書く
③　妹が姉に手紙を読ませ、事実と真情を告白する
④　口笛が聞こえてきて、三日後、妹は亡くなる

以上を回想した後、最後に語り手は現在の意識で、口笛の正体について思いをめぐらせる。

二　姉妹各々にとっての手紙——場面①

まず、妹はなぜ自分宛に男からの手紙を書き、やがてそれをやめたのか。

「[…]あたし、あんまり淋しいから、をととしの秋から、ひとりであんな手紙書いて、あたしに宛てて投函してゐたの。[…]」

このように最後の一通に至るまでは少女の感傷が書かせていたもので、内容も姉が「なんだか楽しく浮き浮きして来て[…]おしまひには自分自身にさへ、広い大きな世界がひらけて来るやうな」思いをするほどに清朗なものだったが、最後の手紙だけはそれまでのものと異なっていた。それは姉によって次のように語られる。

妹たちの恋愛は、心だけのものではなかつたのです。もつと醜くすすんでゐたのでございます。私は、手紙を焼きました。一通のこらず焼きました。M・Tは、その城下まちに住む、まづしい歌人の様子で、卑怯なことには、妹の病気を知るとともに、妹を捨て、もうお互ひ忘れてしまひませう、など残酷なこと平気でその手紙にも書いてあり、それつきり、一通の手紙も寄こさないらしい具合でございました

そこには一転して「醜くすすんでゐた」と読める情況が現れ、しかも「もうお互ひ忘れてしまひませう」と、男が妹を「捨て」てしまう急転回があった。それは手紙がここで終わりになる事実としても示され、結果的にそれが

また「醜くすすんでゐた」ことに対応しているようでもある。

姉の受けた唐突な衝撃からもわかるように、「醜くすすんでゐた」とされる〈事実〉は、最後の一通の段階で初めて妹がつくり出したものであった。また一方で、「病気」を理由とする文通の終息を決めたのもこの時点であるらしい。つまり、妹はある時点でこの二つを同時に選択し、しかもそれを残しておこうとしたのである。このことがどのような意味を持っているのか。

佐々木啓一(5)は、この家族における母性の欠如と父の権威ゆえに姉妹が「虚構のなかにリアルを創りだすしか方法はなかった」と指摘し、「姉妹の虚構による狂言を、あえてやらなければならなかったもっとも根元的な原因は、父そのものの存在に由来する」、とりわけ「妹にとって、いま最も大切なことは、父に一矢を報いること」、と妹の「狂言」の動機と意味に言及した。

> 「厳酷の父」の家長としての権威のもとでは、恋愛などというものは、「身震ひするほどおそろし」い行為であり、青春のエネルギーはすべて父の「頑固一徹」な前に抑圧され、挫折させられてきた。
>
> 〔…〕
>
> スケープゴートの役割を引き受けさせられた妹にとっては、「きれいな少女のままで死んでゆける」という印象を与えるよりも、「醜くすすんでゐた」という印象を与える方が効果的である。

それが「父に対する、母不在の家庭に対する最後の抵抗だった」と氏は述べる。確かに、この「厳酷の父」の存在は姉妹の「青春」にとって大きな意味を持っていた。しかし、それははたしてそのような反撥の対象としての意味でしかなかったのか。

妹の手紙について姉が言及する先の箇所をもう少し詳細に見ていこう。ここは手紙の束を虚構と知らない時点まで立ち戻って語られた回想であり、妹が手紙に実際に書いていた内容とそこから姉が読み取った内容とを区別する必要がある。

先の引用中、傍線部は姉の主観が強く入り込んだ表現である。例えば、「妹の病気を知るとともに」という背景で「もうお互ひ忘れてしまひませう」といった内容の文面を妹が書いたことは事実だが、その二つに挟まれた「妹を捨て」は、たとえそう読まれることを妹が自覚していたとしても、手紙に直接書かれた言葉ではない。最後の一通という〈事実〉によって二つを結びつけた時に挿入した姉なりの文脈であり、結果的にそう読めたということである。また、「もつと醜くすすんでゐた」というのも、あくまでも姉が受けた印象から生じた、姉による表現である。しかし、このように表現されたことで「醜くすすんでゐた」こと即ち性的関係と〈捨てられた〉こととは、〈不実な男に遊ばれた〉という物語を形成する。文通の終息で示される〈捨てられた〉という事態に、二人の関係が「醜くすすんでゐた」ことが結果的には対応するようになっている、と先に述べたが、この対応は妹によってと言うよりむしろ、姉の語りによってつくり出されたものであった。

では、この最後の手紙に託された妹の真意はどこにあるか。次の告白から読み取ってみる。

「[…]青春といふものは、ずゐぶん大事なものなのよ。あたし、病気になつてから、それが、はつきりわかつて来たの。ひとりで、自分あての手紙なんか書いてるなんて、汚い。あさましい。ばかだ。あたしは、ほんたうに男のかたと、大胆に遊べば、よかつた。あたしのからだを、しつかり抱いてもらひたかつた。姉さん、あたしは今までいちども、恋人どころか、よその男のかたと話してみたこともなかつた。姉さんだつて、さうなのね。姉さん、あたしたち間違つてゐた。お悧巧すぎた。ああ、死ぬなんて、いやだ。あたしの手が、指先が、髪が、可哀さう。死ぬなんて、いやだ。いやだ。」

最後の一通は、妹が「病気になつて」「青春」を後悔した時に初めて書かれた。彼女が自身の虚構を終わらせたのは、「青春」が二度と戻らないものと気づき、翻って「自分あて」の慰めの手紙の空しさに思い当たり、夢を見続けるのをやめようと決心したからである。換言すれば、腎臓結核を患う自分に本当の恋はついに訪れないという諦めの現実を受け容れ、そこへの回帰を決意したことになろう。と同時に、ここに「心だけのものではなかつた」痕跡を残すことによって、その諦めのすぐ手前あるいはその裏にあった願望即ち「あたしのからだを、しつかり抱いてもらひたかつた」、そして「あたしの手が、指先が、髪が、可哀さう」という思いを、現実への回帰と引き換えに、一気に虚構として達成させている。妹にあって肉体関係という〈事実〉は、決して「醜くすすんでゐた」と表現されるようなものではなかった。

このように、姉の意識では〈不実な男に遊ばれた〉という文脈で結びついたところの、捨てられてしまう恋と性的関係という二つは、妹にあっては現実への回帰と願望の虚構的成就という、全く別の意味を持って重なり合っていたのだった。二つは背反するものではなく、見方によってはひとつとも言え、むしろ互いに表裏の関係にある。失望の現実認識こそが夢をより切実に渇望させ、夢の渇望は逆に自身の現実における失望をより明確にするだろう。妹が初めに虚構の手紙を自分に宛てて書き始めたのも、「あんまり淋しいから」という現実認識のゆえであった。しかし、死という容赦ない現実に直面させられてこの苦しい循環を断ち切らざるを得ず、同時に、最後にせめて自分にとって切実な夢を実現させようとせずにはいられなかった。最後の一通は、極限の絶望的現実の自覚と極限の夢の渇望とが同時に見える切り口である。背反するものの一体性は、妹の選択が究極のものであったことを示している。

ところで、最後の一通にこうした切実な思いが託されていると読む、そのもう一方に、手紙の束が生前発見される保証はないという前提で「姉を翻弄させたまま放置する妹のいわば無責任という印象」を読み取り、「薄幸の、という枠付けだけでは違和を覚えるような、むしろ邪悪とも言い得るような行動――姉がうしろめたいながらタブーを犯す行為を誘発する二重の異装のしつらえで偽書を書くなど――を、死の直前に行なっている」、とする花﨑育代の解釈がある。(6)「妹は姉のいわば思いやりの偽の返書を予測していた。」といった「きわめて妹に好意的」な読みも用意されるが、ここでは妹の告白の真実性よりも「結核神話の突き崩し」に重点を置いて作品の趣旨を見出そうとしている。しかし、少なくとも「なす術もなく死を待つ、あるいは消え入るように死んでいく結核患者の女性像とは一線を画した存在として提示されている」かどうかは、妹の告白やそこに表れた内面とは別次元の観点であると思われる。それよりもまず、死に直面した者の言動に額面通りの切実さを見出してはいけないだろうか。

あるいは、前掲佐々木氏の「父に一矢を報いる」解釈に同意する大平剛(7)もまた、妹は「時限爆弾を置くように「反秩序的な生き方の極」である手紙の束を置き、「父や姉にまで敵意を向けた」、と読む。ここでは、姉は「戦争」「国家」が求める「良妻賢母」即ち「秩序側」とされる。先の「結核神話の突き崩し」もそうだが、物語と時代背景のこうした接続はどこまで説得力を持ちうるのか。また、死後に自身の物語を遺そうとする意志とは、そのようなレベルで読まれねばならないものなのか。

確かに、自分宛の手紙の束が自分の手元にあるのだから、これはより明白な恋の痕跡となる。しかも、個々の手紙の中途でそれが〈男〉からのものと発覚することは妹の望むところではなかったからこそ、各手紙は女友達の名によって注意深く投函されていた。そこには、自分の虚構の恋をきわめて現実的な一連の流れとして残したいという願望が強く表れていよう。ただ、これだけの手間をかけてつくり上げてきた架空の関係の果てに置かれたのは、逃れられない死を直視した一通である。虚構の恋はまず妹が自身のために完結させねばならないものだった。

これまで述べてきたことを考え併せると、ここでの恋の証拠は父や姉に対して自分の物語を遺して死んでいくためにあったのでなく、あくまでも妹自身にとっての願いであり、書かずにおれないものであった。死を自覚した妹は、「青春」の取り返しのつかなさに苦しんでも今はしかたなく、それをどうにかして慰め、かつ諦めるべく、自身を納得させようとする。そうした心を保つための最後の一通だったこと、これを措いて姉妹の関係については考えられないはずである。

三　姉の煩悶と書かれた〈男の手紙〉――場面②

妹の懊悩を知らないまま、手紙に別の文脈を読み取った姉の側に、視点を戻そう。

若い人たちの大胆さに、ひそかに舌を巻き、［…］けれども、一通づつ日附にしたがつて読んでゆくにつれて、私まで、なんだか楽しく浮き浮きして来て、ときどきは、あまりの他愛なさに、ひとりでくすくす笑つてしまつて、おしまひには自分自身にさへ、広い大きな世界がひらけて来るやうな気がいたしました。

私も、まだそのころは二十になつたばかりで、若い女としての口には言へぬ苦しみも、いろいろあつたのでございます。三十通あまりの、その手紙を、まるで谷川が流れ走るやうな感じで、ぐんぐん読んでいつて、去年の秋の、最後の一通の手紙を、読みかけて、思はず立ちあがつてしまひました。［…］これは、私さへ黙つて一生ひとに語らなければ、妹は、きれいな少女のままで死んでゆける。誰も、ごぞんじ無いのだ、と私は苦しさを胸一つにをさめて、けれども、その事実を知つてしまつてからは、なほのこと妹が可哀さうで、いろいろ奇怪な空想も浮んで、私自身、胸がうづくやうな、甘酸つぱい、それは、いやな切ない思ひで、あのやうな苦しみは、年ごろの女のひとでなければ、わからない、生地獄でございます。まるで、私が自身で、そんな憂き目に逢つたかのやうに、私は、ひとりで苦しんでをりました。あのころは、私自身も、ほんとに、少し、をかしかつたのでございます。

問題となるのは、一重傍線部にある「若い人たち」と二重傍線部の「若い女」「年ごろの女のひと」という言い方に端的に表れた、姉の中での分裂である。一重傍線部では早くに母を喪った妹に対して彼女がいわば保護者の立場で思いを砕いているが、他方、二重傍線部では妹の性的な問題を自身に重ね合わせて煩悶しており、姉の思いはその時点では、二つの立場の間を往き来していた。そして、終わりに「あのころは、私自身も、」と現在から振り返り、ただ母親代わりとしてだけでなく妹に一体化していたための懊悩であったことを自覚している。

ところで、やはり成熟した女性が自らの青春期を回想する、いわば「葉桜と魔笛」の双生児的作品「誰も知らぬ」（『若草』一九四〇〈昭15〉・四）を第六章で取り上げるが、こちらの語り手は、女友達が異性とのつき合いを深めていく事態を「きたならしい」と同時に「ねたましい」とも感じる。「葉桜と魔笛」の姉に「醜くすすんでゐた」と言わしめた感情の動きと同じだが、のみならず、姉の意識における保護者と女の間での揺れは、対象がわずか二つしか歳の違わない妹であるために生じるものであることが、この比較からもより明らかになろう。

なお、この揺れは既に話の初めから語られていた。

これがもう三、四十日経つと、死んでゆくのだ、はつきり、それにきまつてゐるのだ、と思ふと、胸が一ぱいになり、総身を縫針で突き刺されるやうに苦しく、私は、気が狂ふやうになつてしまひます。三月、四月、五月、さうです。五月のなかば、私は、あの日を忘れません。

野も山も新緑で、はだかになつてしまひたいほど温く、私には、新緑がまぶしく、眼にちかちか痛くつて、〔…〕考へること、考へること、みんな苦しいことばかりで息ができなくなるくらゐ、私は、身悶えしながら歩きました。〔…〕ほんたうにもう自分が狂つてしまつたのではないか、と思ひ、そのまま、からだが凝結して立ちすくみ、突然わあつ！　と大声が出て、立つて居られずぺたんと草原に坐つて、思ひ切つて泣いてしまひました。

あとで知つたことでございますが、あの恐しい不思議な物音は、日本海大海戦、軍艦の大砲の音だつたのでございます。〔…〕私は、そんなこととは知らず、ただもう妹のことで一ぱいで、半気違ひの有様だつたので、何か不吉な地獄の太鼓のやうな気がして、ながいこと草原で、顔もあげずに泣きつづけて居りました。

先と同じく、一重傍線部は妹への思いとして語られているが、これらに挟まれた二重傍線部を含む二つ目の段落の箇所には、明らかに妹のことから派生して自分自身に向けられた煩悶が表れている。同時に、「野も山も新緑で、はだかになつてしまひたいほど温く、」とあるように、作品の表題にある「葉桜」がこの時の姉の抱えていた「若い女としての口には言へぬ苦しみ」を象徴するものであることが確認できよう。すると、本章冒頭で挙げたように、この回想全体のきっかけが「葉桜」であったことは、回想の中心が妹よりむしろ自身の思いに即して生じていることを裏づけることになる。

さて、一方で保護者としての立場をも意識しながら、しかし同時に自身に宛てられたかのように手紙を読み進んだ姉は、最後の一通で衝撃を受け、手紙の束を焼くにとどまらず、男になり代わって手紙を書くに至る。「きれいな少女のままで死」なせたいだけなら、証拠を消すだけで用は足りるが、そこまでならそれは、勝手に他人の手紙を読んでおいて勝手にそれを焼くという独善に過ぎないかも知れない。が、姉はそこで踏みとどまれなかった。手紙を書くに至ったのは、先に見た「口では言へない苦しみ」からも推察できるように、夢中になって読み進んだ三十余通が最後の一通のような形で裏切りに転じることが他人事ではなく、自身にとって耐えがたかったからである。

もちろん、最後の一通という既存の〈事実〉を前提とせずに手紙を書くことはできない。となれば、「醜くすすんで」しまった間柄を不当な裏切りでなくすべく、男が離れていった〈事実〉即ち最後の一通の内容に新たな意味を付与するしかない。また、その余地があったのは、先に見たように、〈捨てられた〉という〈事実〉があくまでも「もうお互ひ忘れてしまひませう」という形で示され、妹の文脈にあって「醜くすすんでゐた」ことの延長上に〈捨てられた〉ことがあったわけではなかったためでもある。

こうして、妹が自分の欲しい手紙を自らしたためていったのと同様、姉もまた自分にとってせめてこうあって欲しいと思う〈男の手紙〉を書いた。姉の手紙は、何よりも自身に即して感情移入した三十余通による裏づけがあったからこそ成立したものであった。そしてそれは同時に、自分が妹に対してこうありたいという願望の表現ともなっている。

　ただ言葉で、あなたへの愛の証明をするよりほかには、何ひとつできぬ僕自身の無力が、いやになつたのです。あなたを、一日も、いや夢にさへ、忘れたことはないのです。けれども、僕は、あなたを、どうしてあげることもできない。それが、つらさに、僕は、あなたと、おわかれしようと思つたのです。あなたの不幸が大きくなればなるほど、さうして僕の愛情が深くなればなるほど、僕はあなたに近づきにくくなるのです。[…] 僕は、それを僕自身の正義の責任感からと解してゐました。けれども、それは、僕のまちがひ。[…] 僕たち、さびしく無力なのだから、他になんにもできないのだから、せめて言葉だけでも、誠実こめてお贈りするのが、まことの、謙譲の美しい生きかたである、と僕はいまでは信じてゐます。[…] どんなに小さいことでもよい。

タンポポの花一輪の贈りものでも、決して恥ぢずに差し出すのが、最も勇気ある、男らしい態度であると信じます。僕は、もう逃げません。僕は、あなたを愛してゐます。毎日、毎日、歌をつくつてお送りします。それから、毎日、毎日、あなたのお庭の塀のそとで、口笛吹いて、お聞かせしませう。

男がいったん離れていった〈事実〉は、病や近づく死に対して自分が「無力」でしかないと思ったからだと理由づけられることで、全く別の意味を与えられる。そしてそこから新たに、病気だからこそ可能な本当の愛があることを示したいという「誠実」が、口笛という具体的行為への意志となって出てくる。妹の切実な思いが最後の一通にこめられていることを姉はむろん知らないが、病気だから諦めるしかない恋、という妹の抱え込まされていた絶望はここで逆のもの、即ち、病と死という前提があって初めて可能な愛の形である口笛への転化を孕むことになる。手紙の最後に記された「待ち待ちて　ことし咲きけり　桃の花　白と聞きつつ　花は紅なり」という歌がまさにこの手紙の意味、愛情のありかたの変化を語っている。

四　妹の告白と事実の露呈――場面③

しかし当然のことながら、この姉の手紙は男の手紙として妹に受け取られなかった。妹は「をかしいわ。あたしの知らないひとなのよ。」「なんのことやら、あたしには、ちつともわからない。」と姉に手紙を読むことを促す。妹はこの時既に、これが姉の手によるものと確信し、〈文通〉を隠す段階を越えたところで反応している以上、何らかの告白をする決心はこの時点でついている。あくまでもしらをきるつもりなら、黙殺すればよかったからである。

という以前に、この手紙によって妹は、姉が手紙の束を読んだことも知ってしまっている。それが「リボンできつちり結ばれて隠されて」いた以上、読んだのは偶然ではなく姉の好奇心によることは明らかであるが、その事実を初めから越えて姉に接することができたのは、姉の手紙がその行為を帳消しにして余りある「誠実」を感じさせたからである。

姉の手紙は先に述べたように、病気の妹から男が離れて行ったのは薄情ゆえでなく無力感のせいだった、と意味づけを変えようとするところに眼目があった。妹はこれを読んだ時、文面に充ちた一途さから、姉が最後の一通にいかに悩まされたかを読み取っただろう。もしこのまま黙っていればどうなるか。姉は妹の抱えた傷で自身の胸を痛ませながら口笛を吹き、歌を贈り続けるだろうし、妹もまた心苦しくその口笛を聞かなければならない——このように思い至れば、妹は姉にあれがすべて虚構であったこと、とりわけ最後の手紙がなぜあのようなものになったかを、告白しないわけにはいかない。

しかしまた一方、妹が告白するために、まず姉が〈男の手紙〉を自分の手によるものと認めることも必要となる。そこで妹は姉に手紙を読ませたわけだが、これが告白のための条件であったことは、姉が手紙を読む前の「あたしの知らないひとなのよ。」という妹の言葉が、読み終わった後「あたし知つてゐるのよ。」と変化していることに示されている。そして、これはもちろん手紙を勝手に読んだことへの仕返しなどではない。ここで姉が自分の書いた手紙を他人のもののように読んでみせることを、姉妹の関係そのものが求めてくるのである。と言うのも、自分が受け取りたい、こうあって欲しい手紙を自分で書き、それを他人のものとして読む行為、これは、既に妹が三十余通の手紙において続けていたのとまさに同じ行為であった。姉はあらかじめ妹の行為を反復していたことにより、妹の虚構の手紙と告白の切実さを図らずもより深く感得することとなり、妹もこの行為を具体的に姉に要求することで、自分がそれと同じことをしてきたと告白する決心がついたのである。

と同時に、妹は姉の書いた〈男の手紙〉を姉自身の気持ちとして受け取りたかったであろう。と言うよりも、「恥ぢずに差し出す」というまっすぐな愛情表現を決意するこの手紙のありかたが、姉の手紙として読まれることをおのずと求めてくるのである。妹にしてみれば、姉の手紙として読まれることでその誠意は本物になり、それに応える形で妹は告白を決意したとも言える。

しかし姉の方では、妹の思いは知るべくもない。「なんのことやら、あたしには、ちつともわからない。」という妹の言葉を「不正直」と受け取り「しんから憎く思ひ」、また「当惑」しつつ、手紙を「ろくろく見ずに、声立てて読」む。自分の書いた手紙を他人のものとして読むことの白々しさをまず姉は感じさせられただろうが、自分の書いたものと見破られて今度はひどく「恥づかしさ」を感じ、次いで妹の告白により自分の手紙の無力を知らされ、動揺はさらに強まる。告白の後には、双方の手紙の虚構性とそれらの根源にある姉妹の苦しさだけが残された。また同時に、姉妹の抱えている情況の相似性もあらわになってくる。先に見たように姉は姉で自身の「葉桜」を抱えており、妹に対してついに母になりきれないでいたが、さらにここでは、妹に「姉さんだつて、さうなのね。」と見抜かれたように、姉が現実の男を知らず、美しすぎる愛の形を信じていたらしいことも、手紙から読み取れる。「醜くすすんでゐた」という表現の出てくる所以である。その美しすぎるイメージは、妹が手紙に託した死の自覚の前には到底太刀打ちできない非現実的なものであったからこそ、自身にも重なる妹の本心を知った時、姉にはもはや慰める言葉もなく、沈黙のうちに二人の苦しみの共有を確かめ合うばかりであった。

ただこのように、姉妹の書いた手紙がそれぞれの限界を明らかにしつつ虚構を剝ぎ取られて現実を露呈していく背後では、そうしたこれまでの現実を越える別の現実の可能性が孕まれていた。そうでなければ、次に見る口笛という奇跡が起こることもなかったのである。

五　現実としての口笛の訪れ——場面④

姉妹の抱擁の上に重なるように口笛が訪れ、そして、「死ぬなんて、いやだ。」と苦しんでいた妹は、三日後に穏やかな死を迎える。つまり、「毎日、〔…〕口笛吹いて、お聞かせしませう。」という姉の手紙は現実のものとなり、妹に最後の救いを与える力を持つに至る。先に見たように、姉の手紙は既にそれだけでは無力なものとなっていた。にもかかわらず、それとほぼ同時に、手紙にある口笛という救いが訪れたのである。

妹の本音を知らないままで書かれたという点だけを取り出せば、姉の手紙だけでは妹が救われるはずはない。しかし他方、姉の思いこみが架空の第三者である〈男〉を再登場させ、結果的に口笛を呼び込む道筋をつくった以上、妹の行いを姉が知らなかったことはまた、救いのために必要でもあった。結局、勘違いの一方では手紙の限界を示しながら、もう一方では手紙が姉の手を離れて自立してくることで、救いが準備されていく。

手紙は妹に安らかな死を与える力を持ち、「神さまは、きつとどこかで見てゐます。」と姉が書いた文面は、「神さまは、在る。きつと、ゐる。」という実感として本人にもはね返ってくる。今や、姉妹の合作とも言える虚構の手紙の一切は、口笛によって一気に現実の次元へと移行する。しかもそれは、虚構の手紙を現実たらしめる口笛自体が却って「幻想的」に感じられてくる瞬間でもある。「魔笛」は「お庭の葉桜の奥から聞えて来」た。「若い女としての〔…〕苦しみ」の象徴である「葉桜」の向こうから、それを乗り越える愛が「魔笛」となって響いてくる、というありかたを、救いの形そのものとして姉は受けとめたに違いない。

ところで、虚構と現実の制度的な枠を越えるという常識的な小説世界のルール破りは、書き手や語り手が作中に顔を出すメタフィクショナルな構造を顕在化させたものを代表格として、太宰作品にしばしば見られた。

例えば、「猿面冠者」（『鷭』一九三四〈昭9〉・七）の作中作「風の便り」における女の第二信は作中の虚構と現実の枠を越えるだけでなく、「葉桜と魔笛」の姉妹の手紙や口笛と同様、自分が欲しい手紙を自分で書いた結果、もたらされたものであった。そしてこの話は、語り手（あるいは男）が女の手紙の忠告に従って、書かれたものに一種の外枠をはめてようやく完結させたという、小説成立の起点が入り組んだ構造として理解される。「制度化された〈対応＝伝達〉の幻想を解体するところに、太宰文芸における「道化」の真骨頂がある。」と見る中村三春[8]は、「「葉桜と魔笛」では、自分宛の手紙を大量に書いたと称する病床の妹、彼女を激励すべく手紙を偽造する姉、そして誰か分からぬが虚構の手紙の予告通り口笛を吹く者、これらすべてが老夫人の遠く昏い記憶に溶暗し、手紙の発信状況は謎と化す。これは「猿面冠者」の発信源の消去の変奏」である、と指摘し、手紙を利用した二作品の共通点は構造の観点から既に捉えられていた。

ただし、「葉桜と魔笛」の主眼はもはや「猿面冠者」のような、小説そのものを対象化しようとする方法意識にはない。その証拠に、ルール破りに見え、それゆえ「幻想的」とされる口笛も、実は小説における虚構と現実の枠を最終的に破ることはなく、口笛の訪れた後も「手紙の発信状況」はあくまで物語の中で現実的に考え続けていくことができる。自分宛の手紙を書いたと言う瀕死の床での妹の告白、姉の問わず語り全体に対して、外から真偽を勘ぐる理由もない。そして何よりも、口笛はたとえ読者にとって「幻想的」と思われても、二人にとってそれが「幻想」であったというのでは、いわゆる夢落ちのようなもので話自体が意味をなさない。口笛は二人のつくり出した虚構に端を発しつつも、同時に、確かに現実の側から訪れたものであり、あくまでも回想の中で必然性を持った事実として存在し続ける。その事実は老夫人の回想の内容でありながら、今度は逆に回想そのものの意味に向けて反響してくるものである。

口笛が呼び込まれてくる現実的な事情とは、四節でも挙げた「私は、手紙をろくろく見ずに、声立てて読みました。」の「声立てて読」んだ点にある。妹は姉に「読んでごらんなさい。」とは言ったが、病床の自分のために手紙を読み聞かせてくれと頼んだわけではない。それでも、この一文は初出後に加筆されており、後の展開にとっても必要な件だった。手紙を声に出して読むことが「父の仕業」という現実的な可能性を開くからである。

以下、回想部分を包む老夫人の現在と、過去を回想する語りの枠組みの関係に焦点を当てる。

六　「父」と「神さま」の間で——回想という枠組み

「私は、そのとき（妹の突然の静かな死を…木村注）驚かなかつた。何もかも神さまの、おぼしめしと信じてゐました。」という一文の後、語りは「いまは、」と続き、そのまま現時点での心境を語って終わる。

いまは、——年とつて、もろもろの物慾が出て来て、お恥かしゆうございます。信仰とやらも少し薄らいでまゐつたのでございませうか、あの口笛も、ひよつとしたら、父の仕業ではなかつたらうかと、なんだかそんな疑ひを持つこともございます。学校のおつとめからお帰りになつて、隣りのお部屋で、私たちの話を立聞きして、ふびんに思ひ、厳酷の父としては一世一代の狂言したのではなからうか、と思ふことも、ございますが、

この「信仰」は、「魔笛」に象徴される愛の現前により自分に救いの実感を与えてくれた「神さま」に対するものであろう。回想されたそれまでの時点と「いま」の思いが、ここでは対照的に語られる。「いま」では「三十五年まへ」とは違って、口笛の正体はすべてを「立聞き」していた父ではなかったのかと、きわめて現実的に考える

ようになった、というのである。確かに、六時ちょうどに口笛を吹くことは、姉の手紙の内容を「立聞き」した者にしかできない。この家が「お寺の、離れ座敷、二部屋」であったことは、父が「隣りのお部屋で」「立聞きして」いた可能性をより高くする。他方、通りがかりの誰かが偶然口笛を吹くといった可能性は「一つ離れてぽつんと建つて在る」住まいではほとんど考えられない。

また、当時流行した「軍艦マアチ」なら父にも吹ける。これに先立ち、語りの初めに「ただもう妹のことで一ぱいで、半気違ひの有様だつたので、何か不吉な地獄の太鼓のやうな気がし」たという「おどろおどろした物音」が、実は「軍艦の大砲の音」だった、と判明する件があった。これは「軍艦マアチ」の口笛もまた後に現実的なものと受けとめられるようになることの伏線として読める。「父の仕業」に思い当たるようになったとは、当時のことを冷静に考えられるようになったということであり、これはかつての苦しみの相対化を意味する。彼女は既に「老夫人」であり、「若い女」ではない。

しかし、彼女自身は「父の仕業」に思い当たるようになったこの地点で納得したいとは思っていない。むしろそのことを、素朴に「神さま」を信じられなくなった点から、「物慾」、「信仰」の弱まりを示すものとして、困惑気味に捉えている。以下が先の引用に続く最後の語りである。

　まさか、そんなこともないでせうね。父が在世中なれば、問ひただすこともできるのですが、父がなくなつて、もう、かれこれ十五年になりますものね。いや、やつぱり神さまのお恵みでございませう。

　私は、さう信じて安心してをりたいのでございますけれども、どうも、年とつて来ると、物慾が起り、信仰も薄らいでまゐつて、いけないと存じます。

「父の仕業では」、という疑念を「いや、やっぱり」と打ち消そうとし、それでいて、「どうも、年とつて来ると、」と再度「信仰」の揺らぎへの嘆きで語り終えるところに、語り手がもう一度「三十五年まへ」の自分に切実に戻りたいとする姿勢が見える。父の死によって口笛の正体がついにわからずじまいとなった[9]ことに事寄せ、語り手の心は自らの逡巡を振り切ってでも再び「いま」から「そのとき」に帰って行きたいと望み、かつ帰って行けないことも重々承知している。

つまり語り手にあっては、人知れず抱えねばならない苦しみや迷いの只中にいた未熟さこそが純粋な自らの「青春」の証で、「信仰」とはそうした迷いや苦しみの内からこそ生じるものだったのではないか。その喪失、つまり過ぎた「青春」への哀惜としてこの話は語られた。であるから逆に、こうした思いを抱えて今も生き永らえている「老夫人」からすれば、「青春」を早くに諦めねばならなかったにせよ、「神さま」の「口笛」という美しい愛を最後に受け取ったまま夭折した妹は幸せだった、と羨ましくも思えただろう。既に初めより、「妹は、私に似ないで、たいへん美しく、髪も長く、とてもよくできる、可愛い子でございました」、と妹が非常に美しい存在として語られていたことは、こうした思いの裏打ちである。

現実への失望があればこそ、過去は夢となり、それを懐しむ思いも強い。美しい愛の実体が今となってはまぎれもない虚構であり、その「魔笛」に寄せる感情が哀惜であったと知ることで、語り手はそれらを知らされた現実に連れ戻される。妹が最後の一通を書いた時と同様、姉の語り全体においても、現実は虚構を呼び、虚構は現実を否応なく自覚させる表裏のものとしてあった。

しかしその一方で、「父の仕業」は別の読みをも喚起する。姉妹だけではどうにもならなくなった限界を掬い上げて口笛を現実化し、手紙の内容を再生させることで二人を共に救ってくれた、という父の発見。これは、「そのとき」はただ「頑固一徹の学者気質」「厳酷」でしかないと思っていた存在のそのような側面に思い当たるほどに、語り手自らも成長し、親の立場を知った、ということでもある。逆に言えば、自身の限界、未熟な自己を回想する形であったからこそ、「父の仕業」という推測は可能になる。

母がおらず「厳酷」の父だけの家庭であったことで、自分の結婚や妹の病気の発見が遅れた、とかつて意識していたとしても、またはその思いが語りの初めにはまだあったとしても、姉は語りを経ることでそうしたこだわりを浄化させ、今は妹と同様に死者となった父のことを思い出せるようになった。あるいは、思春期の娘に不自由な思いをさせた父も実はそうした側面を持っていた、と思えれば、当時父に尽くした苦労も報われる、という願望の反映とも読める。口笛の正体が父であるか否かは、ここに至ってはもはや問題ではなくなる。

「三十五年まへ」と「いま」の意識の落差により、語り手の父への思いの変化は辿られる。老夫人の回想という形で話が進められたことの意味は、この点にあった。冒頭で述べたように、「若い女としての［…］苦しみ」である「葉桜」はこの回想全体の契機となっており、同時に語り手は父の存在を直ちに思い出していた。その「苦しみ」に対して父がある役割を果たしていたことが、たとえ語り手の自覚を越えたところであるにせよ、既に語りの初めにおいて直感されていたとも言える。

「葉桜と魔笛」は、老夫人が妹の思い出を語ることを通して、自らの過去を哀惜すると共に現在をも確認する物語であった。

「三十五年まへ」を回想することが現在の語り手に青春の浄化と過去の相対化をもたらしえたのは、その回想の中に、妹についてだけでなく語り手にとって切実で、長い年月を経て初めて語れるようになる、自らについての告白的要素が元々あったからである。即ち、語られたことの大部分は妹の告白を中心とした事件にまつわる思い出だが、そこでは老夫人自身の「葉桜」をめぐる告白もまたなされている。しかし、そもそものような告白が可能であったのは、切迫せねば他者に語ることのない、自分を晒け出すような妹の告白が、三十五年前の姉を根底から揺さぶったからである。理解していると思っていたはずの妹の苦しみを初めて知らされた姉は、三十五年後のこの時点において再び、それを他人事としてでなく――あたかもかつて妹の手紙の束を他人事として読めなかったように――わがごととして思い出した。

このゆえに、他者を語ることによって自らを語るという物語の経路は、他者の告白が三十五年後に自らの告白という形を呼んだ、とも言い進めることができる。語られたことの中に語りのありかたを触発するものが内包されているこの作品は、しかしそれを小説の方法としての問題にとどめず、あるいは初期作品に見られるような方法上の特殊さを必要とするでもなく、他者によって自分を知るという人間関係の普遍的なありかたへとその視野を広げていった結果とも思われる。

注

（1）饗庭孝男「解説」（『走れメロス・女生徒・富嶽百景』（講談社文庫）』一九七二・二、講談社）

（2）廣瀬晋也「戦争というフレーム・芥川の菊と太宰の葉桜［芥川龍之介往還Ⅰ］」（『近代文学論集』二三、一九九七・一一、日本近代文学会九州支部）

（3）花﨑育代「「葉桜と魔笛」論―ロマネスクの外／追想の家族―」（『太宰治研究』四、一九九七・七、和泉書院）、井原あや「姉が編み上げたロマン―太宰治「葉桜と魔笛」を読む―」（『相模国文』三四、二〇〇七・三、相模女子大学）

（4）井原あや「奇妙な二役―太宰治「葉桜と魔笛」と映画「真白き富士の嶺」」（『太宰治スタディーズ』四、二〇一二・六）

（5）佐々木啓一「浮遊空間と美少女―演戯する太宰治―」（『太宰治　演戯と空間』一九八九・五、洋々社）

（6）注（3）参照。

（7）大平剛「太宰治「葉桜と魔笛」論」（『帯広大谷短期大学紀要』四四、二〇〇七・三）

（8）　中村三春「言葉を書くのは誰か―現代書簡体様式の再帰性―」（『昭和文学研究』二四、一九九二・二、後、『フィクションの機構』一九九四・五、ひつじ書房）

（9）　櫻田俊子「太宰治『葉桜と魔笛』論―自己充足としての創作と父への郷愁の物語―」（『郷土作家研究』三五、二〇一二・三）は、父に問いただささなかったのは、「彼女に、真相は知りたくないという気持ちがあったからなのではないか。」と指摘し、ここで神と父は「等価値に捉えられている。」とする。

第五章　「葉桜と魔笛」論（二）——尾崎一雄「ささやかな事件」の受容

一　「ささやかな事件」の概略

「葉桜と魔笛」（『若草』一九三九〈昭14〉・六）成立の背景として最もよく知られているのは、津島美知子[1]による次の証言である。

四月太宰が書いた「葉桜と魔笛」[…]は私の母から聞いた話がヒントになっている。私の実家は日露戦争の頃山陰に住んでいた。松江で母は日本海海戦の大砲の轟きを聞いたのである。

これ以外に、他作品からの影響として次の二点が具体的に指摘されている。

廣瀬晋也[2]は、作品構想の際に芥川龍之介「舞踏会」（『新潮』一九二〇・一）が念頭にあったとし、「老夫人たちの語りは、公的側面と私的運命の接点において展開される」ことを中心に、詳細な比較を試みた。また近年、三谷憲正[3]は、『世界戯曲全集　第一〇巻—アメリカ現代劇集』（一九二八・七、同全集刊行会）所収のジヤネット・マアクス「郭公」（北村喜八訳）を紹介し、宵の「六時頃」に「庭」から「死に際の人物にもたらされる」「音」による「奇蹟」、「初夏を思わせる風物」といった類似点を挙げている。

ここでさらに付加したいのは、尾崎一雄「ささやかな事件」という小品との類縁性である。この作品は『若草』一九三七（昭12）年一〇月号に太宰の「燈籠」と隣り合って掲載されているが、これが初出ではない。尾崎自身が編輯兼発行人として一九二五年四月に創刊した同人誌『主潮』の第一巻第五号（同年八月号）にまず掲載され、次いで「五月小景」という表題で『新正統派』第一巻第三号（一九二八年三月号）に再掲された（末尾に「（旧作）」との断りがある）後、『若草』で二度目の再掲載となった。こうした作品はこの前後に他にもいくつかある。(4)

「ささやかな事件」は、次のような物語である。

父不在の土岐家にあって母に精神的に頼られがちな長男の伸一（22歳）は、あと一ヶ月で病も快癒という回復期にあった。ある日、妹である長女道子（19歳）が次男謙二（16歳）の英作文の本の間から、自分より二級下だった女学生N・K（17歳）からの誘いの手紙を見つける。伸一はそれを見せられ、どうしたものかと相談を持ちかけられる。謙二は返事を出していないようだが、母に知られぬまま二人の関係を完全に断つために、伸一はN・Kの指定した待ち合わせの日に偶然来訪する祖父を謙二に迎えに行かせ、さらに、N・K宛に交際を断る旨の手紙を道子に出させる。二日後、N・Kからは道子宛に弁解と謝罪の手紙が届き、伸一は自分の「処置」に満足するのだった。

尾崎自身の「あとがき」（『尾崎一雄全集　第一巻』一九八二・二、筑摩書房）によると、この作品を含む前後の数篇は「志賀直哉といふ高峰を目ざしながら、わづかにその麓を彷徨しただけで息切れしてしまつたといふ悲喜劇の、記念物と言つていいもの」で、「ささやかな事件」は「全くの作り話」の中には含まれていない。事実、情況は、一九二二年に十九歳で亡くなった妹セイを道子として登場させている他は、作品執筆時より四年程前からの尾崎のおかれたそれに酷似している。(5)一九二〇年、父の死去後に家長となり、翌年から一年間肋膜炎で休学した尾崎の経歴に主人公伸一の境遇はそのまま重なるし、家族構成もほぼ同じであり、確かに「あとがき」通り、心境小説を目指して書かれたようで、「全くの作り話」ではないのかも知れない。

また、これに続いて発表された「母への不服」（『主潮』一九二五・一〇）と「母の失敗」（『国文学』一九二六・一一、後、併せて『母二篇』として単行本に収録）では、母の子への関わりの煩わしさから母に子離れを望む心持ちや、母に「衰へ」を発見する子の戸惑いが描かれていく。母との関係は当時の尾崎にとって重要な主題だったようだ。「ささやかな事件」でも、「自分は母にとつての堅牢な栖とならなければいけない。どんな災悪でもこの母に向つて来るがよい、自分はそれを遠くはねとばしてみせる。」(6)とあるように、伸一を奮い立たせる原動力は、病気が回復に向かっている情況とも相俟って、母に頼りにされているところにある。それが、問題解決後は「父の亡い家に起つたささやかな事件、それに対する俺の処置、それをみんな話してやらう。」という心境に至るわけで、これは〝長男の物語〟と言えよう。父不在の家族が、母を関与させず兄姉弟同士の中で思春期をいかに乗り越えるか。これがプロットの中心である。

以下、物語の展開を追いながら、「葉桜と魔笛」との相似点と相違点を確認していこう。

二　手紙と兄姉の役割

事件の始まりは、一通の手紙の発見からであった。異性からのものと家族に発覚しないよう表書がカムフラージュされたり、語りで終始その名前がイニシャルで呼ばれたりするところなどは、真っ先に「葉桜と魔笛」と重なり合って見える点だろう。「ささやかな事件」では、二方向から謙二とN・Kの交際は封じ込められる。即ち、伸一は謙二に外出を促し、道子は長男の指図を受けてN・Kに手紙ではたらきかける。物語上はこの順だが、ここでは「葉桜と魔笛」との接点を重視し、まず手紙を介した後者の対応の方から見ていく。

道子の書いた手紙は、本来謙二が書くはずの返信が盗み読みによって書き手がずれた結果とも言え、しかも道子の代筆の背後には、長男伸一という父親代わりがいる。そして、後にN・Kからの返信で道子は「姉」と呼ばれた。この呼称は、彼女達が女学校で先輩後輩の関係にあったことを利用し、土岐家の敵意を助長せぬようにとの用心深さから用いられ、これによって手紙を交わしたN・Kと道子とは擬似的な姉妹のように位置づけられる。かたや、本来返事を求められていたはずの当事者謙二は、兄姉の思惑通りこのやりとりの中で蚊帳の外に置かれ、その存在は薄れていく。

今、手紙の内容の方向性や人物のおかれた情況を度外視して、これらの現象にのみ注目すれば、「葉桜と魔笛」でもまず、M・Tがしたためるべき手紙は、手紙の束の盗み読みによって姉の手になるものへとずらされ、しかもその手紙の背後で「口笛」に関して「厳酷の父」が助け船を出した可能性があったように語られる。また実際にやりとりされた手紙はどこまでも姉妹間のものであり、そのやりとりの中でM・Tなる男性の不在が明白になる。

片親の家族、異性からの手紙の兄姉による盗み読み、その結果の代筆めく返信という形での関与、背後の父親的存在、手紙のやりとりに際しての当事者の不在。「ささやかな事件」に見出されるこれらの物語的要素はいずれも、「葉桜と魔笛」において物語を急転回のクライマックスまで牽引する重要な設定でもある。

その一方、「ささやかな事件」で四人兄姉弟であった家族が、「葉桜と魔笛」では二人姉妹とされたことは、プロットの大筋を別方向に向かわせる素地となるだろう。

発見された手紙に対する返信は、兄の下書きを姉道子が清書したもので、発信元も姉とされた。仮に両親のいる家庭であれば、これが父と母による同様のリレーとなることは容易に想像される。つまり、共闘する兄姉は家庭内の親の役割分担をそのまま自分達にスライドさせ、その立場でふるまおうとしているのである。

これに対して、母のいない二人きりの姉妹の物語「葉桜と魔笛」では、妹を救おうとして姉は単独で行動する。かつ、「ささやかな事件」のように（母）親の役割に徹しているわけではない。既に前章で指摘した通り、姉は母親代わりの立場におかれている一方で、妹とわずか二歳違いでしかない等身大の自分とその間を揺れ動き、結局は「私が自身で、そんな憂き目に逢つたかのやうに［…］ひとりで苦しんで」救いを求めた結果として手紙を書いたのだった。

ただ、「ささやかな事件」でも、伸一の親としての役割は終始一貫したものではない。問題解決後、伸一は次のように考える。

自分には少女から手紙を貰つた経験がない。まして、恋の経験がない。――すると、見たことのないN・K子の美しい顔が浮んだ。続いて、母親似の、調つた弟の顔が浮んだ。二つの美しい顔は、薄闇を破つて白白とそこにあるやうで、彼は思はずほほゑんだ。快よい微笑だつた。［…］東京へ行つたら、Oにこの話をしてやらうかな、あいつ書くに違ひない……。彼は、同人雑誌を出してゐる文科の友人を憶つた。この、父の亡い家に起つたささやかな事件、それに対する俺の処置、それをみんな話してやらう。もしもOが、俺の気持を変にでも想像したら、俺はあの男を軽蔑してやる――

この前半は、「葉桜と魔笛」で、男性との交際経験がないことを妹に「姉さんだつて、さうなのね。」と言い当てられたり、「妹は、私に似ないで、たいへん美しく、」と回想されたりする箇所と符合する。決着を「快よ」く味わう伸一が意識する「俺の気持」とは、「少女から手紙を貰」う「調つた」顔立ちの弟に対するほのかな嫉妬とその恋を不発に終わらせて得られた快哉であり、彼はそれを自ら認めている。

快癒に向かう兄がまだ始まりもしない弟の恋路の可能性をつぶす「ささやかな事件」と、死に向かう妹の虚構の恋の終わりを姉がそうとは知らず新たな再生へと導こうとする「葉桜と魔笛」。例えばこう要約すれば、二つの物語はその初期設定からして正反対であるかに見える。肉親の気を揉ませる当事者（謙二・妹）の設定のありかたは当然、手紙の性格や肉親の対応に関する展開を左右するのである。しかし、弟妹の恋に関与する兄姉が親代わり的な建前の立場と共に、その若さや実際の立場から来る本音を併せ持ち、双方の間で揺らいでいる点は、同じであった。「ささやかな事件」では〝長男の物語〟の中に埋め込まれているために、最後に種明かしのようにほのめかされるにとどまるこの揺らぎを、「葉桜と魔笛」はむしろ初めの草原の場面から前面に押し出していたのだった。(7)

三　問題の解決と祖父の役割

他方、伸一は謙二に祖父を迎えに行かせ、待ち合わせそのものを直接阻んだ。謙二の知らないうちにひそかにやりとりされた手紙と違い、こちらでは、謙二は兄の意志を察知できる。それは伸一が「Ｎ・Ｋ子に対する謙二の気持が判つた」のと引き替えのようでもある。

「ああ」と言ふ。拘りない謙二の調子だつた。これでよし、と兄は思つた。

これにより伸一は「弟の気持の無事なうちに叩きつぶすのだ。」と手紙による攻勢をかけるが、謙二の内面の方は一切語られない。再び謙二に触れられるのは、最後の場面である。

「謙兄さんがね、英語教へてつて、英作文」
「英作文？」

「うん」

「よしきた」勢ひよく伸一は縁側へ飛び上つた。

もちろん、事件の発端であった小道具が最後に本来の役割に戻るのだから、人物の意志とは無関係の寓意として、ここを一件落着と読んで差し支えはない。しかし、人物に即して考えれば次のようになる。

家庭というものは一般に、結婚を前提としにくい異性関係をめぐる話題をタブー視する。少なくとも当事者との間でそれについて直接語り合うことをはばかる場であり、実際ここでも学業途中の青年に（年上の）女生徒がはたらきかけたことが非常識とされ、暗黙のうちに「叩きつぶす」ことがもくろまれた。ならば、謙二が兄のこうした対処をたとえ察知したとしても、彼もまた直接には何も語らず終わらせるしかない。ただそうであるからこそ、兄のやり方に対して謙二もまた同様に暗示的な応答をしたのが、この「英語教へて」であった、と読むことはできまいか。つまり、手紙の隠し場所に兄を再度招き寄せ、兄さんはあの手紙をここで見たのでしょう？　と言わんばかりのふるまいともとれるのである。はたして、兄弟は「英作文」の本を前にどのような表情で向き合うのか。

ただし、弟のふるまいが兄への抵抗や当てこすりであるとも限らない。介入に気づき、あるいはそこに思春期の青年として一抹の無念を抱いたとしても、これを受け入れ、むしろ自分を学業に引き戻してくれたことへの無言の返礼として教えを乞うた、と読むことで、ここまで蚊帳の外に置かれていた謙二は、兄弟の応答関係の中に戻され、改めて物語に参入することになる。ここをもしあえて言葉で明示するならば、「葉桜と魔笛」の「姉さん、心配なさらなくても、いいのよ。」と似たようなことになろう。

ところで、この物語にはもうひとり寡黙な人物として、祖父がいる。謙二から恋の芽を摘み取るための口実とされただけに見えるこの祖父は、しかし、当初伸一が共に保養に出ようと予定していた相手でもあった。この同行の実現という結末は、懸案の解決を意味する。問題解決の契機をもたらす存在はその結果までを見届けており、ただの口実だけの役割ではないようだ。そもそも伸一の行動は母に余計な心配をさせたくないとの思いから始まっており、そこに母方の祖父が関わってくることは、物語としてひとつのまとまりを形作る。親（父代わりの長男）が子（弟）を守ろうとする行動の背後に子（長男）が親（母）を守ろうとする思いがあり、ここにさらに親（祖父）が夫を失った子（娘）――いわゆる〈女子供〉所帯となった心細さ――を見守りたいという思いが重なってくることで、長男の行動は結果的に幇助されるのだから。つまり、一連の事件は外祖父の存在を組み込んで、三代にわたる親子関係の連鎖の中で初めて解決される構造になっている。

こう考えると今度は、「葉桜と魔笛」で口笛の主ではなかったかと想像された父が、この祖父に重なってくる。「葉桜と魔笛」で口笛は「夕闇の迫つた薄暗い部屋の中」に「お庭の葉桜の奥から聞えて来」たが、「ささやかな事件」では、祖父が「離れ」で繰り返し自作の詩を吟じるのが「薄闇の庭に一人立つ伸一にきこえた」。季節は共に「五月」である。

「ささやかな事件」におけるいくつものモチーフと人物関係を援用し、ずらし、あるいは消去し、全体としては反対方向へと再構築されたかに見える「葉桜と魔笛」。その実際の成立過程を辿ることは難しい。ただ、虚構を生んだ先に現実が顕在化していくこの物語が、尾崎が「高峰」として「目ざし」た志賀直哉的リアリズムの世界から得た数々の要素を、きわめてフィクショナルな世界へと飛躍させることで成立したとするなら、これは相当に戦略的かつ逆説的なアレンジと言えはしまいか。

かつて太宰を芥川賞候補者に推薦もし、適度の距離をもって太宰と往き来した尾崎は、後年までも太宰作品に対し批判的でありつつもよき理解者であったと思われる。(8) 自作が踏まえられた「葉桜と魔笛」を読んだとき、尾崎もまた自身との資質の違いにあらためて何らかの感慨を覚えたであろうか。

一九三六（昭11）年六月、砂子屋書房から『晩年』が出た翌年の四月、同社より尾崎の『暢気眼鏡』は刊行された。これが太宰にも進呈されていることは、同年四月八日付の尾崎宛書簡で明らかである。この後、全集ではやはり一九三七年とされる一二月八日、砂子屋書房気付で、

御高著いただき、不変の御厚志、心からの御礼申しあげます。一篇一篇、いろいろなこと思ひながら　読みつづけて居ります。
私が　ずゐぶん深い共鳴を感じてゐる読者の一人であることを、疑つてはいけません。

との文面がある。これは「ささやかな事件」所収の第二短篇集『竹盗人』（一九三七・一一、砂子屋書房）のことと考えてほぼ間違いないだろう。つまり、『若草』掲載の一ヶ月後に再度、「ささやかな事件」は太宰の目に触れた可能性がある。この後も、著書寄贈への返礼として「一読　たちまち全部を読んでしまひました／私は尾崎一雄の愛読者のやうであります」（一九三八年一二月二六日付）、結婚後は「豚妻のさとでは、六十五の老母も一緒に、妹、姉、みな尾崎さんの読者なのです。」（一九三九年月不詳二三日）といった書面が散見される。

結婚前後のこの時期、読書好きの石原家の存在は太宰作品の執筆事情に大きく関わっていたはずで、とりわけ最後に挙げた書面より、石原家の女性達が「尾崎さんの読者」であることを意識して「葉桜と魔笛」が書かれたという想像は容易にはたらく。彼女達が単行本などで「ささやかな事件」を読んでいたとするなら、「葉桜と魔笛」は一読してそれを踏まえたものであることが明らかであろう。それはまた『若草』読者にも当てはまる。

義母の松江時代の実話をクライマックスである口笛の伏線として取り込み、しかも尾崎の小説よりも虚構性と口

マンチシズムに富んだ物語を織り上げてみせた太宰。「ささやかな事件」は賑やかな家族関係の中で展開したが、太宰にとってはむしろ、それとは対照的な二者関係に封じ込められた世界にこそ虚構への跳躍を盛り込む可能性は見出されたように思われる。

注

（1）津島美知子「御崎町」（『増補改訂版　回想の太宰治』一九九七・八、人文書院）
（2）廣瀬晋也「戦争というフレーム・芥川の菊と太宰の葉桜［芥川龍之介往還Ⅰ］」（『近代文学論集』二三、一九九七・一一、日本近代文学会九州支部）
（3）三谷憲正「「葉桜と魔笛」評釈（三）」（『太宰治研究』一九、二〇一一・六、和泉書院）
（4）以上、紅野敏郎「後記」（『尾崎一雄全集　第一巻』一九八二・二、筑摩書房）による。
（5）尾崎一雄「あの日この日」（『群像』一九七〇・一〜一九七三・一二、後、一九七五・一、講談社）第三回には、尾崎が「腎臓結核」になった「妹の看護を手伝つた」、とある。当時のこの事実を太宰が知りえたとすれば、「葉桜と魔笛」のモチーフへの契機となった可能性も否定できない。
（6）以下、引用は『若草』掲載本文に拠る。
（7）本書第四章三参照。
（8）尾崎一雄「太宰治君」（一九三八・一、初出不明、後、『玩具箱』一九四七・三、文化書院）、「太宰君を憶ふ――一愛読者として」（『近代文学』二五、一九四八・九）、「志賀文学と太宰文学」（『作品』二、一九四八・一一、原稿表題「太宰君の場合」）などによる。なお、安藤宏は「作品別同時代評価の問題点」（『国文学』四四―七、一九九九・六）の『晩年』の項で、太宰の「文壇デビューに尾崎の果たした役割は大き」い、と指摘する。

第六章　「誰も知らぬ」論――〈恋愛談〉を越えて

「誰も知らぬ」（『若草』一九四〇〈昭15〉・四）は、四十一歳の安井夫人が二十年程昔のことを語るという、「葉桜と魔笛」（『若草』一九三九〈昭14〉・六）にも似た枠組みを持つ、女性による告白体の作品である。

女学校時代の友人で文学好きの芹川と「私」は卒業後も往き来があったが、青年との交際を打ち明けられて以来、彼女との間は疎遠になっていく。二十三歳の春の夜、駆け落ちした二人を連れ戻すと言って訪ねてきた芹川の兄を、「私」は不意に追いかけずにはいられなかった。その時のことは夢のようでありながらいやにはっきりしているのだが、何事もなく今に至っている、という話である。

この作品は同ジャンルの他作品に比して言及されることが非常に少なかった。先行研究としてはまず、語り手の名が「安井夫人」であることに注目し、鷗外作品を受容した一篇と見て初めて作品としての意味をなすとした、出原隆俊による論考[1]がある。氏によれば、作品の「様々な仕掛けに目を向ければ、やはり鷗外作品への太宰の強い意識が観取される。」「その本当の面白味は、「安井夫人」があってこそ成り立つ」、という。これに対し、櫻田俊子[2]は「作品が十分に自立した作品であることを明らかにする」べく再読を試み、「私」と芹川の対照性において「一瞬の自我の目覚めと家からの自立挫折」が描かれた、と結論づけた。

話者が「安井夫人」であってもなくても成り立つ完結した作品としての意味を見出すために、ここでは櫻田氏の観点とはまた別に、語り手が自他についていかに語り、それを眼前の聴き手がいかに受容しうるか、という双方のありかたに注目してみたい。

一　語りが提起する問題

「誰も知らぬ」という表題を持つこの作品は、「誰も知つてはゐないのですが、」と自分の言動について語り始められ、「まるで嘘みたいなお話でございます。」と末尾近くで閉じられる。これの指す核心部分は春の夜の場面のようであるが、全体がこのように始まる語りをそもそも聴き手はどのように受けとめればよいか。これは、虚構であることが暗黙の共通了解となっている小説という形態において、虚構内の事実としてそこに記されたことを最後まで読み進める根拠は何か、という問題に重なるところがある。

まず、「誰も知つてはゐない」と本人が言う内容が事実か否かは、他の誰にも確かめようがない。可能な選択肢は語られる言葉を信じるか否かのみだが、聴き手は、語りに耳傾ける行為の継続それ自体によって、冒頭の言葉が課したはずの信不信を問うハードルをひとまず脇へ置くことになる。他方、語り手は自分の言動を説明する中で「どういふ気持であつたのでせう。私は未だにわかりません。」とも言う。そして、最後に「あなたには、おわかりでせうか。」と聴き手は問われる。

最初から信不信のハードルを据え、肝腎と思われる場面に意味づけの空白を残し、その虚実の如何を聴き手に預ける。つまり、この話は一方的な語りだけでは自立せず、聴き手の受容のありかたに強く依存している。「私」の思いとは別に、語り手と聴き手がいかに言葉を共有し、その間に信頼関係をいかに築き上げるか、といった問題をこの話は投げかけていることになる。

ところで、この作品に登場する語り手は「私」のみではない。「私」の語りには、祖父の原敬をめぐる昔語りと芹川の恋人をめぐる打ち明け話の二つが内包され、後者だけが全体の告白内容と直接結びついている。つまり、祖父と芹川を語り手として「私」はそれぞれに対する聴き手にもなる。そして、語られたことを聴き、聴いたことを語っていく連なりのさらに外に「私」の語りを聴く「あなた」、ひいては、「あなた」の存在までも含む話を書いた作者太宰とそれを読む読者がいる。

ただ、その構造は初期のいくつかの作品のように通常の小説の枠組みを逸脱するものではなく、他の女性告白体作品と同様、身の上や過去の思い出が語られる一見シンプルな形式である。したがって、唐突な恋心の噴出を「秘密」として「あなた」に打ち明ける話、とだけ読んでも何ら差し支えはない。

では、読者と作品・作者との関係はどうか。掲載誌『若草』が文学好きの若い男女向け文芸雑誌であり、太宰もまたそうした読者層を意識して書いたであろうところから、「安井夫人」（『太陽』一九一四・四）を念頭に作品を読むことが期待された可能性は十分ある。ただ、それは「安井夫人」抜きでは作品が成立しない、ということとはまた別であろう。(3)

出原氏が「安井夫人」に注目した一方で、この作品を「閉ざされたテクスト内において緊密な完成度を保っているとは考えにくい」とした根拠は、次の三つに要約できる。

①「情念の奔出」による行動の理由が明示されず、作品の「根幹が極めて脆弱」である
②「恋の相手の人間像についてはほとんど読み取るべき情報を与えられていない」
③「祖父と関わることになったエピソード」の意味が「定かではない」

ここでは、掲載誌と読者との関係については後に別方向から光を当てるとして、話の順に沿って、まず③から再考しよう。

二　真偽と受容をめぐる思い出話

ずつと以前、東京駅で御災厄にお遭ひなされた原敬とは同郷で、しかも祖父のはうが年輩からいつても、また政治の経歴からいつても、はるかに先輩だつたので、祖父は何かと原敬に指図をすることができて、原敬のはうでも、毎年お正月には、大臣になられてからでさへ、牛込のこの家に年始の挨拶に立ち寄られたものださうですが、これは、あまりあてになりません。

この部分では、語り手の祖父に対して「私」はその聴き手であり、かつ、語られたことを伝える語り手でもあるが、語りは一貫して祖父への不信で覆われ、その理由もこの後にあるように、要は、「好きでない」、だから「あてにならない」」、と言っているのに等しい。「強い東北訛」が直接話法での再現を封じる分、祖父像は「私」の主観で強く押し出される。祖父の語りの真偽は「私」の話の聴き手には判断できないところに隔離されている。

私は、すぐに退屈して、わざと大袈裟にあくびをしたら、祖父は、ちらとそれを横目で見て、急に語調を変へて、原敬は面白くなし、よし、それでは牛込七不思議、昔な、などと声をひそめて語り出すのでした。なんだか、ずるい感じのおぢいさんでした。原敬の話だつて、あてにならないと思ひます。

祖父にしてみれば、この話題変更は、自分に「ちつともなつかない」孫の「機嫌を」とるべく、相手の関心に合わせようとしたまでのことである。しかし、自分の態度に迎合して「ずるい」ので「あてにならない」、と今もる。

「私」は手厳しい。

ここでの信不信は、聴き手が語り手を理解しわかりたいと思うか否かによって決定され、それはそのまま語られたことの真偽の判断にまで直結する強度を持つ。「私」は祖父の話を、わかりたくないから嘘、と言っているのである。あるいは、わかりたいから嘘ではない、という場合もあろうが、こうした判断を人はしばしばすることがある。

「原敬の話」とはそもそも、それが実話であるという点においてのみ意味のある類の話で、事実として受容されねば何の価値も面白味もない。さらには、もし事実と受けとめられたにしても、聴き手によってはそれにどれほどの価値があるのかと言いたくもなろう。話のこうした性格は、初めから嘘であることを織り込み済みでこそ面白がることのできる「牛込七不思議」と対照的に置かれているために、より明らかとなる。その話が事実か否かということと、それが受け入れられるか否かということとは、全く別次元の問題なのだ。父が「優しく」「頭を撫でて」教え諭した「おぢいさんは嘘を言ひません」という言葉が祖父の印象を何ら変えることなく、今もこのように語られる所以である。

さて、そんな「私」が祖父の葬儀の翌日、周囲の「お悔み」に迎合して「その都度、泣」いたと言う。祖父と孫の別れというおきまりの形が用意されれば、現実の感情とは無関係にたやすくそこに自分が乗っていき、偽りの情緒の共有が完成することを、「私」は祖父の死の直後に体験した。こちらでは、わかりやすさや定型が無自覚に相互了解の中に置かれることで容易に力を持ち、共犯的な嘘が醸成されている。感情の内実が額面通り表現・受容される確証などない、ということは、それが事実か否かということと、それがいかに表現・受容されるかということが別次元の問題であることに他ならない。

このように、はたらきかけ、語りかける側とそれを受け取る側の間では、真偽と疎通という異なったレベルの問題が接続されたりよじれてつながったりする可能性が孕まれる。奇妙な思い出話から抽出できるこうした事態が、以降の本題にどう関わってくるのか。それは最後に確認しよう。

三　芹川の告白を聴く「私」

自分に何ら関心のないものとして祖父の話が後景に退けられていく一方で、芹川の話は、逆に強い関心を「私」の中に生み、自らそこに積極的に意味を与えていこうとするものである。

芹川の打ち明け話の発端はアルバムだった。「私は芹川さんの、うるさいほど丁寧な説明を、いい加減に合槌打つて拝聴しながら」見ていく。写真が事実の切り取りで、それにさらに言葉で意味づける、つまりは幾重にも加工されることの「うるさ」さ。また、恋人の写真をさりげなく見せて打ち明けたいという芹川の欲望。こうしたものへの皮肉な眼差が「[…]などとひとりで口早に言ひ始めて、私が何も知つてやしないのに、洗ひざらひ、みんな話して下さいました。」といった言い回しに表れる。さらに、この打ち明け話を受けて、「主人と家来みたいな形であったはずの関係の転倒が意識され、「ねたまし」さや「うらやまし」さといった感情が自覚されながら、「私」の語りは人の打ち明け話から自身のそれへと移っていく。

その写真の綺麗な学生さんは芹川さんと、何とかいふ投書雑誌の愛読者通信欄とでも申しませうか、そんなところがある（の）でせう？　その通信欄で言葉を交し、謂はば、まあ共鳴し合つたといふのでせうか、俗人の私にはわかりませんけれど、ここでは、後に単行本（『女神』一九四七〈昭22〉・一〇、白文社）再録の際に「の」が挿入されることにより、「投書雑誌」(4)と「私」との間に距離を置くニュアンスが強められ、それは「俗人の私にはわかりません」に対応する改変となっている。なお、この手前からも、「その方面は、さつぱりだめ」とするいわゆる〈文学〉的なるものの対極で、「私」は「俗人」と自身を位置づけていた。(5)「俗人」「俗な気質」という「私」の自己評価は語りの中で三度繰り返されるが、この認識が強く定着するのはそのうちの最後の叙述、即ち芹川の打ち明け話を聞いてからのやりとりの時点で、これがそれ以前の様々な記憶を覆うように語り全体に及んでいるのではないか。芹川との思い出の中で最も強烈な印象を残し、「私」に様々な思いを抱かせたのは、他ならぬこの時点であったに違いない。

いろいろ芹川さんから教へていただきましたけれど、私には、ひどく恐しい事みたいで、また、きたならしいやうな気さへ致しました。一方、芹川さんをねたましくて、胸が濁ってときめき致しました

しかし、芹川に「攻め」られて、「私」は隠微な思いを次のように「そのまま申し述べ」る。

私ほんたうは、あなたたちの事なんだか恐しいの、相手のおかたが、あんまり綺麗すぎるわ、あなたを、うらやんでゐるのかも知れないのね、

芹川が「機嫌を直し」、兄に「反対」されている、と話すに至り、「私」の心情表現はさらに次のように変化する。

あの人の無邪気さが、とても美しく、うらやましく思はれ、私の古くさい俗な気質が、たまらなく醜いものに

思はれました。

「きたならしい」から「綺麗すぎる」へ、さらには芹川の「無邪気さ」を「美しく」思い、逆に自分を「醜い」と感じるに至るという、対象が入れ替わりながらの一連の変化（二重傍線部）は同時に、芹川に対する「ねたまし」さから「うらや」み・「うらやまし」さへ、という微妙な表現の変化（一重傍線部）と連動し、最後の「うらやまし」さは先の「美しく」に並列されるような性質のものとなる。兄の心配が親身のものであるとわかった上でその「反対なんか気にしてゐない」という芹川の覚悟は潔く、それに対して、たった今まで芹川の異性関係を「きたならしい」としか感じられなかった「古くさい俗な」自分こそ「醜い」。打ち明けられて兄と「同じやうなことを言」ったとはいえ、自分と兄でその意味はまるで違う——「私」の芹川への印象のこうした変化や自覚は、「家の兄さんにだけは、このことを打ち明けてある」と知らされたことに始まっている。

「小さい女王」として官僚の家で大事にされるばかりのひとり娘「私」にとって、親とは違ってそのようなことを「打ち明け」られる「兄」という存在は、まず新鮮であったに違いない。この兄の存在の「私」の中での拡張は異性として以前に、兄妹という関係への羨望から始まっていたと考えられる。すると、「誰か間に男の人がひとりはひると」女友達の関係が変質してしまう、という、その「男の人」の意味にも、表面上とは別の可能性が生まれてくる。

四　「兄」を読み直す

さて、「三月末」の春の夜の兄との対面場面は、出原氏指摘の①②で問題とされた、後の「私」の行動の理由とその対象の「人間像」を直接求めうる唯一の箇所だが、目につくのは、自他の言動に意味づけを交えてきたそれまでの語りが、ここで〈小説〉的な直接話法へと切り替わることである。

「芹川さんは、このごろお見えになりませんのよ。」と何も聞かれぬさきに口走つてしまひました。

「お嬢さん、ご存じだつたの？」と兄さんは一瞬けげんな顔をなさいました。

「いいえ。」

「さうですか。あいつ、ゐなくなつたんです。ばかだなあ、文学なんて、ろくな事がない。お嬢さんも、まへから話だけはご存じなんでせう？」

「ええ、それは、」声が喉にひつからまつて困りました。「存じて居ります。」

　この会話体は、「私」の動揺の始まりを外から眺め直して顕在化させていくように機能する。傍線部のように答えが反転するのは、目前の兄と芹川との間での自分の位置に困惑していたからであろうが、語る現在もこの場面に関して「私」は自身の視点からまとまった意味づけをしようとしない。それまでの語りが、「いま考へてみると、」といった過去と現在の認識の差異や芹川との関係の変化を自覚しつつ表出されていくことである種の安定を保っていたのに、ここがこうした話法となっていくのは、それがいかにも「私」にとって〈小説〉的な場面で、そこで〈作中人物〉となる「私」には意味づける以前の記憶であったからだ。

　さらに、回想に伴う意味づけが鳴りをひそめたのと入れ替わりに、次のような台詞には芹川よりも兄の側によりそいたい欲望が見え隠れしてくる。

「［…］お嬢さんには、あいつ、このごろ、何も言はなかつたんですね？」

「ええ、このごろは私にも、とてもよそよそしくしてゐました。まあ、どうしたのでせう。おあがりになりません？　いろいろお伺ひしたいのですけれど。」


「お互に遠慮が出て」「どちらからもあの写真の一件に就いて話するのを避けるやうになり」、という芹川との関係についての手前の語りを、傍線部は堂々と裏切っていたのである。

続けて読もう。


「は、ありがたう。さうしても居られないのです。これから、すぐあいつを捜しに行かなければなりません。」

見ると、兄さんは、ちやんと背広を着て、トランクを携帯して居ります。

「心あたりがございますの？」

「ええ、わかつて居ります。あいつら二人をぶん殴つて、それで一緒にさせるのですね。」

兄さんはさう言つて屈託なく笑つて帰りましたけれど、私は勝手口に立つたままぼんやり見送り、

ただの闇雲な反対ではなく、叱りつけた上でその選択を受容することは、恐らく「私」の家庭では考えにくい事態で、わけても「兄」という立場ならではの愛情のありかたと言える。ただ、「私」にとって彼は異性でもある。異性の兄弟のない者にわからぬ感覚の部分は、擬似的に恋愛感情から類推され、二つはないまぜにされるしかない。「ぼんやり見送」る「私」は、何に取り残された感触を抱いていたか。関わっていけない〈ドラマ〉、ましてや、自分の身には決して生じようのない事件への憧憬と、その事実に真剣に関わってきてくれる「兄」という存在への

羨望とは一体である。芹川は兄も恋人も持っているのだった。そこに自分も行きたい。感情が「唐突に燃え上」るのは、男と「兄」的存在の区別が不分明になっていくときでもある。

どういふ気持であつたのでせう。私は未だにわかりません。あの兄さんに追ひついて、死ぬまで離れまい、と覚悟してゐたのでした。芹川さんの事件なぞてんで問題でなかつたのです、ただ、兄さんに、もいちど逢ひたい、どんなことでもする、兄さんと二人なら、どこへでも行く、私をこのまま連れていつて逃げて下さい、私をめちやめちやにして下さいと私ひとりの思ひだけが、その夜ばかり、唐突に燃え上つて、［…］私は最後の一つの念願として、兄さあん！　とできるだけの声を絞つて呼んでみました。

「芹川さんの事件なぞてんで問題でなかつたのです。」と本人がどのような意味で言ったにせよ、「私をこのまま連れていつて逃げて下さい」と願う衝動が「芹川さんの事件」に触発されての一種の模倣であるらしいことは、さしあたり大方の読者が推察しよう。しかし一方、普段使い慣れた呼称であるとは言え、「私」は確かに「兄さあん！」と感情を噴出させている。「兄」の存在への羨望という点を考え併せた時、〝「私」と兄〟を〝芹川と男〟に重ね合わせて模倣したと読むだけでは、片手落ちになるのである。そしてまた、この一瞬の激情の後、何もなかったかのように「母」のもとに戻るというのは、自身の家庭環境と「兄」のいないひとり娘という自分の与えられた境遇に戻ることに他ならない。

それにしても、二人の行く先に「心あたり」のある「兄は何故「私」を訪ねたのか(6)」という謎が、依然解かれないままである。これについても後で考えねばならない。

五　『若草』投稿作品における兄妹・姉弟

兄妹と恋人関係への未分化な羨望について、今しばらく視野を広げて考えてみよう。まず、こうした感情は、太宰の他の女性告白体作品にあって、姉弟という形でいくつか見出せる。

うらの原つぱで、ねえちやん！　と泣きかけて呼ぶ子供の声があはれに聞えて来ましたが、私は、ふつと手を休めて考へました。私にも、あんなに慕つて泣いて呼びかけて呉れる弟か妹があつたならば、こんな侘しい身の上にならなくてよかつたのかも知れない、と思はれて、

という「燈籠」（『若草』一九三七〈昭12〉・一〇）では、年下の恋人水野との経緯が語られ、また「女生徒」（『文学界』一九三九〈昭14〉・四）にも、

庭の向ふの原つぱで、おねえちやん！　と半分泣きかけて呼ぶ他所の子供の声に、はつと胸を突かれた。私を呼んでゐるのではないけれども、いまのあの子に泣きながら慕はれてゐるその「おねえちやん」を羨しく思ふのだ。私にだつて、あんなに慕つて甘えてくれる弟が、ひとりでもあつたなら、私は、こんなに一日一日、みつともなく、まごついて生きてはゐない。生きることに、ずゐぶん張り合ひも出て来るだらうし、一生涯を弟に捧げて、つくさうといふ覚悟だつて、できるのだ。

と類似の叙述がある。尤も、こうした姉弟あるいは兄妹をめぐるモチーフは太宰の独創に始まるものではない。

坪井秀人は、(7)「この時期、少女たちが書くということがかなり常態化してきている。またそれが雑誌に載ったりとか、メディアに出るということが一般化してきているなかで、名前をもっている作家たちがそれらを利用していくという構造があったと思う。」と指摘しており、山口俊雄(8)もこれを「太宰とその愛読者たちとの共同制作」という言葉で説明している。とりわけ、「『若草』が太宰治の作風に与えた影響を見逃すことはできない。」と大國眞希(9)は指摘し、さらに、「結果的に、太宰の女性独白体作品とその読者は、相互で影響を与えあっていた」と結論づける櫻田俊子(10)は、先の「兄さあん！」と『若草』の「読者通信」にある「よきおにいさま」というフレーズを重ねて見ている。

ただ、兄妹・姉弟と恋愛をめぐる物語性の接点を探るなら、より参考となるのは、同じ読者投稿でも「読者文芸」中の一部門「小品」欄であろう。ここでは他の「詩」「歌謡」「短歌」「俳句」「感想評論」と同様、選者が投稿作品の中から秀作を選び、選評をするのだが、太宰が入手し目を通していた可能性が高い自作掲載誌からも、義理の間柄を含む兄妹・姉弟的関係を疑似恋愛の物語として描いた「小品」を、いくつも拾い出すことができる。

例えば、太宰の作品（「雌に就いて」）が初めて掲載された一九三六（昭11）年五月号では、姉の夫に淡い恋心を抱く「私」がその出立には立ち会わずに「にいさん」と呼びかける「義兄」（横浜　城緋那子）が、選者北村秀雄により特選となっている。

また、その次の入選作「暮靄」（大阪　秋篠ナ、子）は、「故郷を遠く離れてたつた一人下宿生活を送つてゐる少年の人懐つこさが、男兄弟を持たぬ［…］乙女心に又なくいとほしいものに思はれて」、周囲には従姉弟と思われながら、「姉さん」「銀公」と呼び合う関係になる若い男女の話である。銀介の部屋に出入りし何かと世話をし続けるうちに、彼が医学生として成長していく姿がゆかりには「眩し」く映り始めるが、彼の方では「姉さんはまだお嫁にゆかないの?」と問うばかりである。

見知らぬ男に銀介の面影を見つけ動揺したとき、ゆかりは次のような行動に出る。


日頃、次々と持込まれる勿体ないやうな縁談にも不思議な位気乗りのしない自分の心が、今こそはつきりと摑めたと思つた。ゆかりは、かつて覚えぬ胸苦しい亢奮の中で、

『銀ちやん!　銀ちやん!!　銀ちやん!!!』

爆発した情熱の侭に、愛する者の名を呼びつゞけた。


この箇所は「誰も知らぬ」を想起させるばかりではない。婚期を逸しつつある面倒見のよい年上の女性と前途有望な若い学生という設定を応用し、不幸な事態を招く関係に仕立て直していけば、二十四歳のさき子と十九歳の学生水野の物語「燈籠」まではあと一歩である。勉強している傍で「鉛筆を削つて」やるほどに過剰な世話好きは「万引」へと、年下の青年に学力を追い抜かれていくしかない当時の女性の教育環境は「教育が足りない」という男の心ない言葉へと反転しうる——もしこのように参考にされていたとしたら、こうした「小品」に対する太宰の視線は相当に冷徹なものであることになろう。

さらに、その次に掲載されている「落書」(兵庫　三崎功子)は、「若草」で知り合った男性との文通を母に禁じられ、高校生との交際の噂を立てられ、停学にもなった大人びた同級生について、「遠まきに注目され取沙汰されるのは、真実のところ随分といやだつたらう」と思い出す話である。太宰作品掲載誌の一つの欄に「誰も知らぬ」と少しずつ接点を分け持つような話が三つ並んでいるのは、ただの偶然であろうか。

「喝采」掲載の同年一〇月号では、前掲「暮靄」と同じ書き手による「紲」が入選作となっている。澄川とまど

かの縁談は家庭事情によって破談となり、まどかの従姉に話が移る。先の見合い相手であったまどかにコケティッシュにふるまわれ「おにいさま……」と呼びかけられて青年は動揺する、という話である。

「燈籠」掲載の一九三七（昭12）年一〇月号における、選者原田善郎による特選「うすぐも濃雲」（東京　神田耶蘇基）は、遠い雪国に赴任した兄と残されたその友人の妹が互いに相手への恋心を抑圧したのでは、と直感し、自分もまた「何故あのときもつと激しく恋に身をゆだねきれなかつたのであらう」と過去を「悔恨」する妹の語りである。「義兄」（東京　瑞丘千砂子）では、亡姉の夫の再婚相手と目されている妹が、実は以前より彼から愛されていたのでは、と直感し、それまでの呼称「義兄さん」から打って変わって突然「喬さん！」と名前を呼んでしまったことに自分でもたじろぎ「真赤に」なる。これなどは異性を意識したというだけならいかにもそうなりそうなパターンであり、「誰も知らぬ」の呼称「兄さあん！」と対比させられる。また「同い歳」（大阪　黒城朱子）では、相手も自分も共に二十八歳であることにこだわる結婚直前の女性が、男の「アルバム」を「一頁づつ、念を入れてめくつて」いくうちに現れた少女を、「僕の教へ子」「友達の妹」で「この人と結婚しようと思つてた」「可愛いでしよ」と説明され、動揺する。

「I can speak」掲載の一九三九（昭14）年二月号における舟橋聖一選の入選「兄妹」（樺太　野田よし子）では、兄の同僚で「がつしりと逞しい」腕を思い出させる塚田と同じ「青春の熱した香り」が兄の体から放たれたことに、妹が動揺する。「ア、秋」掲載の同年一〇月号の特選「兄妹」（東京　柏文夫）は、終わった恋を思い切れないでいる兄をふがいなく思う妹が、「恋の残骸」である手紙や写真を共に燃やしながら、「何よ、あんな奴。」と「啜泣き」始め、兄が「兄妹愛」を感じる話である。

結婚対象にならない・なりにくい、禁じられた異性関係は、擬似的な兄妹・姉弟関係として意識されやすい。あるいは、実の兄妹という安全な関係性に主要人物を置き、そこを経由して、恋の相手という語りにくい存在は想起され、語られる。昭和十年代『若草』の若い投稿者達はそうした設定で、兄妹・姉弟関係と男女関係の境界の曖昧さそのものに隠微な恋への憧憬を託していったものと思われる。また、恋の情熱は相手への強い呼びかけという形で発露されることが多く、それはほぼ定型化した終わり方のひとつでもあった。

六　「私」の告白を読む『若草』読者

既に前章でも確認したように、『若草』はプロの作家の掲載作にも太宰作品との類縁関係が見出され、今後さらに検討が加えられるべき興味深い媒体だが、諸々の創作事情が物語る通り、性別を問わずいわゆる〈素人〉の文章をしばしば借用する太宰にとって、とりわけ「小品」の数々は、対読者戦略を練りつつ、先の「燈籠」で推察したように自らのアレンジ能力を発揮できる恰好の素材であったに違いない。これは女性告白体という文体のレベルに限ったことではない。では、それらはどのように活用されたか。

結婚が前提とならない年上の男性への淡い恋愛感情を描こうとする場合、投稿者達はしばしば、「にいさん」という呼称が自然となる設定を用意した。「誰も知らぬ」の場合も、その〈家柄〉の差異と共に、「私」と芹川の兄の双方が家の跡継ぎになると決まっている以上、結婚は想定できない関係にある。そこで、兄と一緒になろうとすれば確かに駆け落ちを選ぶしかないが、同時に、普段から「気易く」呼び習わしている「兄さん」以外の呼称もありえない。こう見ると、「誰も知らぬ」はいかにも「小品」欄に並ぶいくつもの不発の恋愛談とよく似た設定を持つかに見える。この型に馴れ親しんだ読者なら、「情念の奔出」による行動に何ら必然性が示されなくても、あるいは兄の「人間像」がわからなくても、それらを無意識のうちに補い、ごく自然な恋物語として読んでしまえる。即ち、出原氏の指摘する①②を容易に乗り越えてしまうのである。

しかし、「誰も知らぬ」には「小品」群と決定的に異なる現実がある。それは、主人公の女性が恋愛関係と兄妹関係のいずれにも身を置かない対岸から、一方的にその両方を見せられていることである。彼女は家庭環境の対照的な一対の兄妹に対置されるひとり娘で、しかも駆け落ちした妹を追う兄をまのあたりにしている。妹と男の関係を心配して出立する兄は誰にとっての「男」にもなることはなく、まさに「兄」以外ではありえない。「小品」群のようには兄妹関係と男女関係とを内面的に越境させせようのない情況に、「私」はおかれている。しかし、兄を追おうとした「私」のふるまいは、既に見たように「小品」群とはその意味を異にしながらも、「小品」に似ているという錯覚を読者の中に引き起こす。二つの関係が交錯する「小品」の型を利用し、「兄」という存在への憧れと恋への憧れを「私」の中で不分明にしていくことで、この錯覚は生まれる。

こうして結果的には、投稿者達が繰り返し書くステレオタイプを逆手にとり、夜の事件を刹那的な恋心の噴出とのみ読む、あるいはその唐突さにやや困惑気味になる『若草』読者[11]に、謎かけをしているとも言えよう。「私」の語りは、聴き手「あなた」への問いと見せかけつつ、実は、「小品」的な型にどれだけ馴らされ、あるいはそこからどれだけ自由になれるかという、作者太宰から読者への試みでもあった。

ところで、この後の太宰作品には次のような記述が出てくる。

私は、ひとの恋愛談を聞く事は、あまり好きでない。恋愛談には、かならず、どこかに言ひ繕ひがあるからである。

（「令嬢アユ」、『新女苑』一九四一〈昭16〉・六）

艶聞といふものは、語るはうは楽しさうだが、聞くはうは、それほど楽しくないものである。私も我慢して聞いたのだから、読者も、しばらく我慢して聞いてやつて下さい。

自分は、どういふものか、女の身の上噺といふものには、少しも興味を持てないたちで、それは女の語り方の下手なせゐか、つまり、話の重点の置き方を間違つてゐるせゐなのか、とにかく、自分には、つねに、馬耳東風なのでありました。

（「律子と貞子」、『若草』一九四二〈昭17〉・二）

（「人間失格」、『展望』一九四八〈昭23〉・六～八）

どのような打ち明け話も多かれ少なかれ語り手の主観で切り取られ、言葉のフィルターをかけられ、成立した時にはひとつの虚構と化している。とりわけ「恋愛」とは当事者にとっては最も個別的で打ち明けるに値すると信じたい経験かも知れないが、語られることによってむしろそうではないことを露呈させていくことが多い。別の言い方をすれば、語り手の望むように聴いてくれる聴き手がいなければ「恋愛談」は「恋愛談」として成立しないわけで、これは打ち明け話というものの特質を端的に示す。芹川の打ち明け話に対する当初の「私」の受けとめ方が想起されよう。

「恋愛談」に拒否感が生じる根源には恐らく、告白の言葉が何かを指示し掬い上げるために常に他の何かをふるい落とし、そうであってこそ初めて意味を持つという、その逆説的な本質に語り手がひときわ無頓着となりがちであること、そして、聴いてもらえる「恋愛談」とするべく語り手が自分の経験をたやすく定型に流し込んでいくことへの懐疑が含まれている。「小品」の書き手とその読者との関係もまた「恋愛談」を成立させる馴れ合いの共通了解を内包し、パターンによって理解し合えると素朴に信じている節がある。「恋愛談」とは似て非なる「私」の告白は、むしろそうした点を衝くものとしてあった。

七　虚実の境界の曖昧化

このように言葉それ自体が虚構を形成することの端的な事例として、「恋愛談」では虚実が曖昧になっていくが、そのことは「私」の打ち明け話のありかたにも表れていた。

私は、あの夜、縫ひものをしながら、うとうと眠つて夢を見たのでございませうか。夢にしては、いやにはつきりしてゐるやうでございます。あなたには、おわかりでせうか。まるで嘘みたいなお話でございます。

ここの「おわかりでせうか。」は「夢」か事実かを問うている、ととりあえず読める。が、そもそもその「夢を見た」ようにも思われる箇所とは、どの範囲なのか。

芹川の兄がやってきた夜、「私」は部屋で母と縫い物をしていた。

Ⓐ私が母と二人でお部屋にゐて、一緒に父のセルを縫つて居りましたら、女中がそつと障子をあけ、私を手招ぎ致します。あたし？　と眼で尋ねると、女中は真剣さうに小さく二三度うなづきます。なんだい？　と母が眼鏡を額のはうへ押し上げて女中に訊ねましたら、

女中に呼ばれ、いったん部屋を出て勝手口で話して見送った後、激情に駆られた行動は次の二つの箇所に挟まれている。

Ⓑそれからお部屋へ引返して、母の物問ひたげな顔にも気づかぬふりして、静かに坐り、縫ひかけの袖を二針三針すすめました。また、そつと立つて、廊下へ出て小走りに走り、勝手口に出て下駄をつつかけ、それからは、なりもふりもかまはず走りました。

Ⓒ静かにお部屋の障子をあけたら、母は、何かあつたのかい？　といぶかしさうに私の顔を見るので、ええ、芹川さんがゐなくなつたんですつて、たいへんねえ、とさりげなく答へて、また縫ひものをはじめました。母は、何か私につづけて問ひたいふうでしたが、思ひかへした様子で、黙つて縫ひものをつづけました。それだけの話でございます。

兄を見送って勝手口から戻ってきた後が、Ⓑではなく直ちに後者の場面Ⓒに接続されたとしても、不自然ではない。つまり、停留場まで兄を追ったこと（ⒷとⒸの間）は、現実の行動と見なされても、あるいは「私」が「うとうと眠つて」見た「夢」や願望の中でいつしかつくり出された記憶であっても、どちらでもよいように語られている。しかし、このことに思い当たれば、さらに「夢」の範囲をそのもうひとつ手前であるⒶとⒷの間、即ち兄の来訪場面まで遡れることに気づくだろう。

兄を追いかける場面が虚構であったとするならば、そこへ向かう前提が「私」の中で補われるのもまた自然である。兄の来訪の現実的な理由について保留していたが、もしこの段階から「私」の虚構的な願望が始まっていたとすれば、謎は氷解する。同時に、この場面が意味づけられない話法へと変化している理由にも納得できる。

ただ、これですべて説明がつくわけでもない。

例えば芥川龍之介「魔術」（『赤い鳥』一九二〇・一）で、現実と夢が魔術師ミスラの「御婆サン。御婆サン。」という呼びかけで区切られ、雨音が聞こえてきたように、虚実の境界には何らかの符牒がしばしば置かれる。ここでも、現実としてはただ静かに縫い物が続いていただけかも知れない時の流れの中で、各々の傍線部のように母の問いかけが場面を区切っていた。それらは、まず女中に向けて（Ⓐ）、次は「私」に向けられる表情のみで（Ⓑ）、そして「私」に向けられる言葉と表情で（Ⓒ）、という違いがある。ただ、これらの現実味の濃淡は区切られている情況の虚実の序列と対応するわけではなく、むしろそうした整合性を考え始めると、読みは却って混乱に導かれる。つまり、虚実の境界が複数の可能性を持ち、単一の読みを成り立たせないことにより、この語りにあって境界はいよいよ曖昧にさせられているのである。

八　虚構を書くこと・読むこと

「誰も知らぬ」の語りは、「恋愛談」と錯覚して聴かせる形を盛り込みながら、その内実は「恋愛談」とは言いがたい、対岸の火事ならぬ対岸の恋をめぐる打ち明け話であった。しかしそれは同時に、そうした話の特質である語りの虚構的性格を可視化させるように語られてもいた。とりわけ最後に至って、聴き手は「あなたには、おわかりでせうか。」と選択を任され、かつ、その前後で「いやにはつきりしてゐるやう」「まるで嘘みたいなお話」「でも、之は秘密にして置いていただきませう。」とダブルバインドをかけられた結果、虚実の間に宙吊りにされる。(12)

一方、『若草』読者には、感情に即してこうした言動が伴うものだという、型による受容の文脈が与えられているために、最初から虚実の判断は不要である。もちろん、感情の表出が額面通りの内実を表している確証はない。つまり、感情の発露が激しければその感情はより本物というわけでもなく、かと言ってそれが嘘とも限らない。感情が内実通り表出されるかということと、いかにそれが表出されるかということとは別次元の話である。だが、そもそも事実か否かはその話を受容するか否かともまた別次元であったのだから、読者がこの夢か現実か不分明な件を受容することには何の障害もない。

祖父の思い出話において先取りされた考え方は、形としては「私」の語りの内にありながら、実際には作品の思惑として語りの外から強くはたらきかけ、このように語り手と読者双方によって現実・虚構の間の越境を可能にしていく事情をかいま見させる。それは最終的には現在の読者をも巻き込んでいくだろう。打ち明け話の核心が虚構である可能性が排除できないことは、その話がでたらめで「私」が信用ならぬ語り手である、ということにはならない。こうして、「私」の「誰も知らぬ」夜の事件はいずれにも聴かれ読まれる可能性を持ったまま、最後まで語り通されるのである。

「雪の夜の話」（『少女の友』一九四四〈昭19〉・五）や「惜別」（一九四五〈昭20〉・九、朝日新聞社）でも繰り返し記される「遭難者の美しい行為」のエピソードについて、「一つの約束」（一九四四、不詳）は次のように言う。

> 月も星も、それを見てゐなかつた。しかも、その美しい行為は儼然たる事実として、語られてゐる。
>
> 言ひかへれば、これは作者の一夜の幻想に端を発してゐるのである。
>
> けれども、その美談は決して嘘ではない。たしかに、そのやうな事実が、この世に在つたのである。
>
> ここに作者の幻想の不思議が存在する。事実は、小説よりも奇なり、と言ふ。しかし、誰も見てゐない事実だつて世の中には、あるのだ。さうして、そのやうな事実にこそ、高貴な宝玉が光つてゐる場合が多いのだ。
>
> それをこそ書きたいといふのが、作者の生き甲斐になつてゐる。

一般的意味での「事実」と「誰も見てゐない事実」とを対比・区別し、後者を作者は書きたいとする。書かれねば存在しないも同然、書かれることによって初めて存在する「事実」とは、虚構の謂に他ならない。

作家の役割が「誰も見てゐない事実」を掬い上げることにあるのならば、読み手は、わかりたくないから嘘、という「私」の祖父に対するあの判断を転倒させた、「嘘みたい」だからこそわかりたい、という次元で書き手との間に信頼関係を結ぶこともまたできるのである。ここから振り返ると、表題「誰も知らぬ」とは、これまで形にされたことのない「誰も知らぬ」ことの意味を新たに書き手と読み手の相互関係によって見出そうとする、そうした方向を目がけるまでの広がりを持った言葉となるだろう。

注

（1）出原隆俊「「誰も知らぬ」試論―太宰の鷗外受容の一端―」（『太宰治研究』六、一九九九・六、和泉書院）

（2）櫻田俊子「太宰治『誰も知らぬ』論―家と自我をめぐる物語」（『日本文学論叢』四〇、二〇一一・三、法政大学大学院）

（3）「水仙」（『改造』一九四二〈昭17〉・五）の「草田惣兵衛」「草田夫人」は、「忠直卿行状記」（『中央公論』一九一八・九）の作者菊池寛の初期の筆名・草田杜太郎を借用したもので、内容の関連性をほのめかす程度の軽い重ね合わせで用いられたと考えられる。ここから類推するに、「鷗外の歴史小説が好きでした」という理由だけで「私」を「安井夫人」にした、という最も軽い意味づけもありえなくはない。他方、「芹川」に関しては、太宰が芥川に傾倒していた高校時代に考えていた筆名の中の「芹川驎一郎」（「西洋史」ノート落書、渡部芳紀『太宰治　心の王者』一九八四・五、洋々社　の口絵にあり）あるいは「芹川麟一郎」（「自然科学・地理学習ノート」落書、『図録・生誕一〇五年　太宰治展―語りかける言葉―』二〇一四・四、県立神奈川近代文学館）が読者には見えぬところでひそかに響いている。「正義と微笑」（一九四二〈昭17〉・六、錦城出版社）の主人公も芹川進であり、「芹川」とは太宰の好んで用いる名字であったようである。

（4）井原あや「作品集『女性』の誕生―太宰治〈女性独白体小説〉に関する一考察―」（『相模国文』三〇、二〇〇三・三、相模女子大学）では、この「投書雑誌の愛読者通信欄」は『若草』の「読者通信」に符合するものとして読める、と指摘されている。

（5）例えば「令嬢アユ」に、「やはり私は俗人なのかも知れぬ、そのやうな境遇の娘さん（芸妓か娼婦…木村注）と、私の友人が結婚するといふならば、私は、頑固に反対するのである。」とあり、「俗人」とはいわゆる常識的価値観・男女観を持つ者への揶揄的表現として用いられている。ただし言うまでもなく、「私」と太宰の認識は等しいわけではなく、六節で述べたように文学少女・青年達を相対視する傾向が太宰にもしあるならば、実はその性格如何によってはそちらを「俗人」と考えている可能性もある。兄の「ばかだなあ、文学なんて、ろくな事がない。」といった言葉も、「文学」対「俗人」の図式を意図的に崩す気配がある。

（6）注（2）に同じ。

（7）「五つの切り口で味わってみる　素材　ディスカッション」（山口俊雄編『太宰治をおもしろく読む方法』二〇〇六・九、風媒社）の「書きたい少女、書きたい女性」の項での坪井秀人の発言。

（8）山口俊雄「素材活用の達人・太宰治」（注（7）前掲書）

（9）大國眞希「メディアから見た太宰治―『若草』」（『国文学』四七―一四、二〇〇二・一二）

（10）櫻田俊子「太宰治・女性独白体作品を生んだ時代背景―雑誌と女性読者」（『日本文学論叢』三八、二〇〇九・三）

（11）「座談室」の読者による「前号合評」（一九四〇・六）では、「誰も知らぬ」について「フレッシユにしてユニーク、良いですね。大いにその作風を以て新境地を開拓して下さい。」「青春の題で若々しい点を取るも別に強い感動は覚えなかつた。軽く読める程度」と触れられているのみである。

（12）中村三春「ランダム・カルタ―太宰治のアヴァンギャルディズム―」（『ユリイカ』三〇―八、一九九八・六、後、『係争中の主体―漱石・太宰・賢治』二〇〇六・二、翰林書房）では、「懶惰の歌留多」（『文芸』一九三九〈昭14〉・四）における「「嘘つきのパラドックス」の一変種」を指摘する中で、「何を信じ、何を信じないのか、虚構であるのか、ないのかという判断は、その基準となるフレームが解体したために、すべて中止されなければならなくなる。」と述べている。

第七章　作中の手紙をめぐって——書き手と受け手の力学

太宰治の作品には、手紙の持つ特性を生かして書かれたものが数多くある。手紙という日常に実在する生々しい形式が虚構内に持ち込まれることによって、作品はどのような意味を持ち始めるのか。とりわけ、女性による告白あるいは女装文体という方法が特徴的なこの作家の作品にあっては、手紙の書き手と受け手の性差にいったん目配りしていくと、見えてくることもあるように思われる。

一　手紙の特性と太宰作品

かつて野口武彦[1]は手紙の「言語伝達手段」としての特質を、「同一空間に共在していない」「特定の発信者」と「それに対応するやはり特定の受信者」との間で成立する「書き言葉」、という点から説き起こした。これを踏まえて、一通の手紙が個別的な関係性と一方向性という特性を併せ持つ、ということをまず確認しよう。

例えば、不特定多数に向けて匿名で差し出されるいわゆる〈不幸の手紙〉というものがかつてあった。それを受け取ったときの薄気味悪さは、やはりそれが誰か見知らぬ「特定の」人物の手によってまぎれもなく「特定の」自分に宛てられたからなのであり、手紙の特性を逆手にとったインパクトの与え方と言える。これは、同一文面の一斉配信が容易で、アドレスも英数字記号の無作為な順列組み合わせでつくり出せる、つまりは発信者と受信者の個別的な関係性をほとんど意識させない迷惑メールの場合などとは、比較にならない。さらに、手紙はメールとは違って、筆跡や複製の難しさが個別性・私物性を強く意識させる。

また、野口氏は「話し言葉でその都度確認しながら意志疎通を進めることができないから、手紙で送達するメッセージの情報内容は、より精度が高くなくてはならない（非・冗長性）」ことと「原則的な非・公開性」および「保存可能性」という三点をその「心理的価値」の根拠として挙げた。目の前に相手がおらず、自分の発した言葉に対する反応がすぐ見えない、という時間的な間延びは、心理的には逆に緊張感をもたらし、見えない相手側の情況への憶測を生んだり、反応の未着への不安からさらに手紙を書き募ることで、むしろ一方性をより強める方へ向かっていったりするかも知れない。直接の対面でない以上、言葉の授受は往復書簡のように必ず相互性が約束されるとも限らない。

さらに、「原則的な非・公開性」や「保存可能性」という点でよく似た形式である日記と比べてみよう。日記が書き手の手元に残り、自ら再読可能で前言撤回もありうるのに対し、手紙は、控えをとるような場合は例外として、通常は書き手の手元に文面は残らず、いったん届けられ読まれてしまった言葉を修正・撤回することはできない。理解のしかたも返事の有無もその処理方法も、送り先に一切委ねられる。個別性・秘匿性が前提であるから、受け手が手紙を人目に晒すことは非難されもしよう。法的な著作権も書き手の側にある。しかしまたその個別的な関係性のゆえに、廃棄・返送・無視する事態も生じようし、その行為自体について第三者からは問われそうにない。それもまた個別的なコミュニケーションの形や結果なのである。手紙の特性とは、自分の書いた言葉が具体的な他者の手にモノとして渡されることで生じてくる、こうした容赦なさを否応なく含んでいる。

さて、太宰作品は元々、その語り口も内容もひとりの読み手にのみこっそり語りかける感じである、としばしば言われてきた。そうした〝手紙性〟の高さが太宰らしさを形作ってきたとも言える。例えば、タイトルのつけ方ひとつとってみてもそうである。具体的な送り手を想定した設定になっている「みみづく通信」（『知性』一九四一〈昭16〉・一）にせよ、そうした設定のない「東京だより」（『文学報国』一九四四〈昭19〉・八）にせよ、作品そのものを読者に向けて差し出すかのようで、〝手紙性〟はある程度自覚的にイメージとして取り込まれてもいた。

また、実際に手紙だけで構成された作品も多い。通常の書簡体小説としては、典型的な往復書簡形式の「風の便り」（『文学界』『文芸』『新潮』一九四一・一一〜一二）、一方からのみの「パンドラの匣」（『河北新報』一九四五〈昭20〉・一〇・二二〜一九四六・一・七、原題「雲雀の声」）、話の大部分は往信から成るにもかかわらず、短い返信の側に謎かけを伴った「トカトントン」（『群像』一九四七〈昭22〉・一）などがある。これらとは別に、既存の形式の踏襲にとどまらない来信集「虚構の春」（『文学界』一九三六〈昭11〉・七）については、前掲野口氏他、中村三春[2]、榊原理智[3]の貴重な論考があり、他に、杉本好伸[4]による論考など、太宰の書簡形式に対する関心の深さとそのありかたについては既に様々な観点から指摘がなされている。

しかし、今挙げたような作品では、まず何よりも物語の枠組みが手紙なのであって、手紙の存在そのものが作中人物同士の関係のありかたに強くはたらきかけてきたり、あるいは関係の反映であったりするわけではない。ここで考えようとするのは、先に述べたような、ややもすれば厄介な特性を持つ通信手段としての手紙が出てくる作品から、人間関係と言葉についてのどのような見方を抽出できるか、ということである。したがって、何がどう書かれたか以上に、どう受容されたか、あるいはされなかったか、に注目せずにいられないような手紙を、ここでは取り上げる。

例えば、書いた手紙が何らかの理由で戻ってきて再度自分の目に触れることになったり、あるいは、返事の出しようがない、出せない、出されない手紙であったり、手紙そのものが空白であったりする場合。手紙のありかたとしてはかなり変則的なこういったケースにおいてこそ、手紙は物語展開にとって中心的な装置としてはたらく。のみならず、手紙を書き、受け取るという営みの隠れた本質を照らし出す契機となるのではないか。

　そのような数例を、次に、三つの観点から紹介する。

二　変容する手紙――「誰」「散華」

「誰」（『知性』一九四一〈昭16〉・一二）には、「私」が数年前に先輩に宛てた借金申し込みの手紙が出てくる。「私」はゆえあってそれを見せてくれと訪ねて行き、そこで先輩が一句一文ごとに朱筆で評を書き加えた自分の手紙を見せられる。次に挙げるように、本文ではまず手紙の全文引用の後、数行置いて加朱部分を括弧書きで挿入した全文が再び示されている。(5)

　――○○兄。生涯にいちどのおねがひがございます。八方手をつくしたのですが、よい方法がなく、五六回、巻紙を出したり、ひつこめたりして、やつと書きます。この辺の気持ちお察し下さい。[…]何事も申し上げる力がございません。委細は拝眉の日に。三月十九日。治拝。」

　意外な事には、此の手紙のところどころに、先輩の朱筆の評が書き込まれてゐた。括弧の中が、その先輩の評である。

　――○○兄。生涯にいちどの（人間のいかなる行為も、生涯にいちどきりのもの也）おねがひがございます。八方手をつくしたのですが（まづ、三四人にも出したか）よい方法がなく、五六回、巻紙を出したり、ひつこめたりして（この辺は真実ならん）やつと書きます。この辺の気持ちお察し下さい（察しはつくが、すこし変である）［…］何事も申しあげる力がございません（新派悲劇のせりふの如し、人を喰ってる）委細は拝眉の日に。三月十九日。治拝。（借金の手紙として全く拙劣を極むるものと認む。要するに、微塵も誠意と認むるものなし。みなウソ文章なり）

この並列から、先輩による評によって手紙全体の印象がずらされたことが一目瞭然で、「私」は読者と共に、自分の手紙を受け手の視点も含めて外から読み直すことになる。しかも、話全体としてはそうした自分を再度記しているわけである。

ただ、加筆された評はもちろん手紙の書き手に読まれることを前提に書かれたものではない。また、文面を切実な懇願というよりもむしろ一種のパフォーマンスとして捉えているようで、加筆も手紙への返事そのものではなく、そのパフォーマンス性への批評になっている。手紙はこうした朱筆を中に抱え込むことによって、真意を尽くそうとする手紙とは別のものに変じている。

もうひとつ別の例を挙げよう。「散華」（『新若人』一九四四〈昭19〉・一）では、詩人の卯三田が出征地から「私」宛に出してきた手紙のうちの四通が示される。いずれも詩のような分かち書きで、「私」はその手紙の変化の様子を通じて戦地の差出人がおかれている情況や内面をうかがい、コメントを加えていた。しかし、とりわけ最後の一通を「私」はそれまでのものとは別格とし、三度にわたって引用する。

私は、（遺稿集の…木村補）開巻第一頁に、三田君のあのお便りを、大きい活字で組んで載せてもらひたかつたのである。あとの詩は、小さい活字だつて構はない。それほど私はあのお便りの言々句々が好きなのである。

御元気ですか。

遠い空から御伺ひします。
無事、任地に着きました。
大いなる文学のために、
死んで下さい。
自分も死にます、
この戦争のために。

「純粋な衝動が無ければ、一行の文章も書けない所謂「詩人気質」」を持った者が厳しい検閲を意識させられ、言葉を奪われた情況で書き送ってきた、いわばぎりぎりの言葉である。その作品内事情と同時に作品自体の書かれた背景を考え併せると、この文面を三度にわたって称揚したことを簡単に時代への迎合と裁断するわけにはいかない。「私」は自分に向けられた「大いなる文学のために、／死んで下さい。」という言葉が「自分も死にます、／この戦争のために。」と対になっていることで、それがむしろ、検閲をくぐり抜けてあなたは〝生きて下さい〟、という意味を隠し持っていることに気づいたはずである。

さて、この葉書を受け取った後、三田の戦死を「私」は新聞で知り、これを遺稿集の冒頭に「大きい活字で組んで載せてもらひたかつた」と記した。遺書とは究極の一方向性を持った手紙で返事のしようのないものだが、そうであるからこそ、受け手はそれをどう受容するかを他の手紙以上により内面的に問われる。ここで受け手はこれを公開し、個別的な関係の外に置くことを望んだ。分かち書きの手紙は遺稿集の冒頭に掲げられることによって名実共に詩となり、受け手の希望を強く反映した別種のものへと跳躍する。

書き手に受け手が書かれた手紙を再び見せるのも、亡くなった書き手に受け手が手紙を冒頭に据えた遺稿集を捧げるのも、現象としては書き手に受け手が手紙を差し戻す行為であるとも言える。しかしまた一方、そこで行われた変形自体、書き手への受け手からの返信の変種であるとも考えられる。このように、出された手紙をそのままにとどめず、受け手の側からの一方的なずらしが行われたにせよ、それが書き手への関心に裏打ちされているという点でこれらは共通する。手紙の往き来の形としては一方向であっても、ここには互いへの関心が存在し、言葉が相互に行き交う前提は備わっていた。

ちなみに、これらのやりとりの可能性はいずれも男と男との間にあった。ところが、男と女の関係ではこうしたやりとりがあからさまに非対称になる。

三　遁走する手紙──「燈籠」「恥」

「燈籠」（『若草』一九三七〈昭10〉・一〇）には、自分のために万引きをした女さき子に宛てた男水野の手紙が出てくる。

やがて私は、水野さんからもお手紙いただきました。

──僕は、この世の中で、さき子さんを一ばん信じてゐる人間であります。ただ、さき子さんには、教育が足りない。さき子さんは、正直な女性なれども、環境に於いて正しくないところがあります。僕はそこの個所を直してやらうと努力して来たのであるが、やはり絶対のものがあります。人間は、学問がなければいけません。先日、友人とともに海水浴に行き、海浜にて人間の向上心の必要について、ながいこと論じ合つた。僕たちは、いまに偉くなるだらう。さき子さんも、以後は行ひをつつしみ、犯した罪の万分の一にても償ひ、深く社会に陳謝するやう、社会の人、その罪を憎みてその人を憎まず。水野三郎。〈読後かならず焼却のこと。封筒もともに焼却して下さい。必ず。〉

この手紙で特徴的なのは、封筒共々「読後」の「焼却」を念押しする言葉が末尾に置かれることである。文面は「僕は、この世の中で、さき子さんを一ばん信じてゐる人間であります。」「社会の人、その罪を憎みてその人を憎まず。」と、女に対して自分が悪人になることを周到に回避しているが、同時にそれを「焼却」せよと命じることで、これらの言葉を自ら裏切り、自分と相手との関係を切ろうとしている。相手との間に個別的な信頼・了解関係が成り立っておらず、その個別的関係よりも社会的体面を優先させた要求と言えるだろう。「焼却」を命じて体面を懸念するくらいなら最初から手紙を出さねばよいのだが、一方で女に伝えたい内容はあり、そのどちらも成り立たせようとするところにこの手紙の特質がある。

もとより、本来受け手に委ねられているはずの手紙の処理方法を相手に命じることは、一種のルール逸脱乃至違反である。手紙という、言いたいことだけを一方的に通告できる書き手の自由をとった以上、受け手の自由を妨げる権限はない。信頼関係に基づかないそのルール違反に、文面の善人性とは裏腹の人間性がおのずと浮かび上がる。

「恥」(『婦人画報』一九四二〈昭17〉・一)は、男性作家戸田に対して自分が抱いていたイメージの勘違いを直接会って知らされた女性和子が、それまでの自分の手紙の返却を求める、という話である。話全体が和子から女友達への恥と嘆きの告白という枠組みで成り立ち、その中に、彼女が勘違いをしたまま戸田に宛てた長い二通の手紙と一度だけ返ってきた戸田の短い葉書の書面が全文引用される。が、ここで注目したいのはそれらの文面ではなく、その後、彼女自身の手紙二通が一筆も付せられることなく返送されてきたこと、またそれに彼女がひどく傷つくこと、である。

二、三日経つてから、私のあの二通の手紙が大きい封筒にいれられて書留郵便でとどけられました。私には、まだ、かすかに一縷の望みがあつたのでした。もしかしたら、私の恥を救つてくれるやうな佳い言葉を、先生から書き送られて来るのではあるまいか。此の大きい封筒には、私の二通の手紙の他に、先生の優しい慰めの手紙もはひつてゐるのではあるまいか。私は封筒を抱きしめて、それから祈つて、それから開封したのですが、からつぽ。私の二通の手紙の他には、何もはひつてゐませんでした。もしや、私の手紙のレターペーパーの裏にでも、いたづら書きのやうにして、何か感想でもお書きになつてゐないかしらと、いちまい、いちまい、私は私の手紙のレターペーパーの裏も表も、ていねいに調べてみましたが、何も書いてゐなかつた。この恥づかしさ。おわかりでせうか。頭から灰でもかぶりたい。私は十年も、としをとりました。小説家なんて、つまらない。人の屑だわ。嘘ばつかり書いてゐる。ちつともロマンチツクではないんだもの。普通の家庭に落ち附いて、さうして薄汚い身なりの、前歯の欠けた娘を、冷く軽蔑して見送りもせず、永遠に他人の顔をして澄ましてゐようといふんだから、すさまじいや。あんなの、インチキといふんぢやないかしら。

「誰」の「私」は、朱筆を入れられた形で再び自分の手紙に直面するものの、それが深刻な「悪」を湛えた文面でなくただ滑稽なものであった、と確認することで救われていた。かたや、同じように自分の手紙を再び目にしても、「恥」の和子は徹底的な無視を受け手の唯一の返事として受け取らねばならなかった。決して返事のない手紙だったのではなく、返事は実は付せられたも同然だった。しかもそれが言葉によってでない分、和子はより打ちのめされている。

あるいは、彼女の二通が直接手渡されていれば、戸田の何らかの表情をうかがうこともできたかも知れない。しかし、戸田の手紙の返送も彼女の求めに応じただけであって、「燈籠」の水野とは違い、戸田には何ひとつやましさはない。それどころか、そもそもの発端は女性の側の一方的な思いこみと、相手が見えないことから手紙を一方的に二度も送りつけたところにある。それに対して、相手の男性もまた一方的に応えただけなのだ。いわば、書き手の自由に対して受け手の自由で応えたことになる。一方、彼女の側からすれば、一方的に返ってくる無言によって、逆に自分の一方性を思い知らされることが「恥」なのである。

しかし、彼女にとってこの「恥」が相手の仕打ちの結果として意識されるのも、無理がない。そしてまた事実、「永遠に他人の顔をして澄ましてゐようといふんだから、すさまじいや。あんなの、インチキといふんぢやないかしら。」という結語における和子の戸田像は、「燈籠」の水野の姿と重なってくる。彼らは共に、手紙の一方向性を無意識のうちに利用し、焼却を命じたり一筆もなしに返却したりすることによって、女との関係性から自らの存在を消そうとするのである。しかし、皮肉にもそのふるまいこそが、関係への彼らの姿勢を一層浮き上がらせることになる。

女との関係の行き違いを顕在化させつつ、男達は行き違い自体から遁走する。これを保身のための賢い処世術とするなら、次に見る女達は愚かということになるのだろうか。

四　突き抜ける手紙――「斜陽」「葉桜と魔笛」など

「恥」の和子の手紙のあまりの一方性・思いこみは、無視という返事の形でかわされてしまうわけだが、このような忌避の一方で、それ以前の太宰作品の作中人物の中には、一方的で独善的な励ましのトーンをむしろ望む男達もいた。「猿面冠者」（『鷭』一九三四〈昭９〉・七）は、そうした文面の手紙が出てくる最初の作品である。

――［…］あなたには、わるものへ手むかふ心と、情にみちた世界をもとめる心とがおありです。それは、あなたがだまつてゐても、遠いところにゐる誰かひとりがきつと知つて居ります。あなたは、ただすこし弱いだけです。弱い正直なひとをみんなでかばつてだいじにしてやらなければいけないと思ひます。

作品の入り組んだ構造については既に多くの論があるが[6]、作中作の中の女から〈作者〉の男に宛てられるというきわめて破格な手紙が、それまでの小説の安定した構図に断層をつくり出し、〈作者〉と作中の「彼」とが一体化させられていく、というのが大枠での了解であった。自分が創作したはずの女から自分に対して、という本来なら来るはずのない手紙。しかし、それはそもそも小説を書き直そうとした段階で「いまの自分こそ、そんなよい通信を受けたいものだと思つた」ところに発端がある、という。

女、特に少女が男に励ましの手紙を出す形は、この後も「めくら草紙」（『新潮』一九三六〈昭11〉・一）や「俗天使」（『新潮』一九四〇〈昭15〉・一）で繰り返される。「俗天使」では、「女生徒」（『文学界』一九三九〈昭14〉・四）の主人公が〈作者〉に宛てた手紙が出てくるが、これを書いているのは語り手であることもまた明示されている。

ひとつ、手紙でも書いて見よう。

「をぢさん。サビガリさん。サビシガリさんでも無ければ、サムガリさんでも無いの。サビガリさんが、よく似合ふ。いつも、小説ばつかり書いてゐるをぢさん。けさほどは、お葉書ありがたう。ちやうど朝御飯のとき着きましたので、みんなに読んであげました。そんなに毎日毎日チクチク小説ばつかり書いてらしたら、からだを悪くする。ぜひ、スポオツをなさいます様おすすめ致します。［…］

［…］

私は、このごろ、とても気取つて居ります。をぢさんが私のことを、上手に書いて下さつて、私は、日本全国に知られてゐるのですものね。〔…〕」

だらだらと書いてみたが、あまり面白くなかつたかも知れない。でも、いまのところ、せいぜいこんなところが、私の貧しいマリヤかも知れない。実在かどうかは、言ふまでもない。

作中人物が〈作者〉に手紙を宛てる――それは書かれた〈作品〉への返事でもあるだろう――という、「猿面冠者」の破格な形を、後年、太宰はもっとさりげなく当然のように示してみせた。それほどにこの作家にとって、虚構内存在は自明な枠組みの中にはもはや収まらない。虚構の枠を相対化し、その外側から小説とその作り手ひいては読者との関係に揺さぶりをかけるこうしたありかたは、変則的な手紙の送受信を話のうちに仕込むことで書き手と受け手の関係の自明性を崩そうとする志向と、軌を一にしている。

さて、女から男への一方的な慰め・励まし、これは容易に恋文にまで発展する。「斜陽」（『新潮』一九四七〈昭22〉・七～一〇）のかず子が上原に宛てた手紙は計四通、そのうち三通は東京に会いに行くまで、最後の一通は上原の子を身ごもった報告として書かれたが、いずれにも返事はない。ここでも女に対して男は、自分の存在を消そうとする姿勢である。

これに対してかず子は、初めのうちは相手の気持ちに探りを入れるように想いを小出しにしているが、次第に本心を晒け出していく。

それで、私、あなたに、相談いたします。
私は、いま、お母さまや弟に、はつきり宣言したいのです。私が前から、或るお方に恋をしてゐて、私は将来、そのお方の愛人として暮すつもりだといふ事を、はつきり言つてしまひたいのです。そのお方は、あなたもたしかご存じの筈です。そのお方のお名前のイニシヤルは、M・Cでございます。私は前から、何か苦しい事が起ると、そのM・Cのところに飛んで行きたくて、こがれ死にをするやうな思ひをして来たのです。

［…］

［…］だから、あなたにお願ひします。どうか、あのお方に、あなたからきいてみて下さい。［…］あのお方は、ほんとに、私を、どう思つていらつしやつたのでせう。それこそ、雨後の空の虹みたいに、思つていらつしやつたのでせうか。

問題は、あなたの御返事だけです。私を、すきなのか、きらひなのか、それとも、なんともないのか、その御返事、とてもおそろしいのだけれども、でも、伺はなければなりません。［…］あなたからの御返事が無ければ、私、押しかけようにも、何も、手がかりが無く、ひとりでぼんやり痩せて行くだけでせう。

逢へばいいのです。もう、いまは御返事も何も要りません。お逢ひしたうございます。私のはうから、東京のあなたのお宅へお伺ひすれば一ばん簡単におめにかかれるのでせうけれど、［…］どうしてもそれが出来ません。おねがひでございます。どうか、こちらへいらして下さい。ひとめお逢ひしたいのです。［…］

［…］

もう一度お逢ひして、その時、いやならハツキリ言つて下さい。私のこの胸の炎は、あなたが点火したのですから、あなたが消して行つて下さい。私ひとりの力では、とても消す事が出来ないのです。

以前に送った自分の手紙を撤回することはできない。相手の思いがわからず自分と相手の感情がずれたままでも、返事が来ない以上、彼女は自分の手紙を自身で受けてさらに進んでいくしかなく、相手の本心を確認する以前に会いに行くことを選ぶ。同じ一方性でも「恥」では現実の前に無残に敗北するが、こちらではこれらの手紙の持つ一方向性は現実を越えていくための積極的な力に変換されていく。そして、最後の一通まで辿り着いたところで、それこそが彼女の「道徳革命の完成」への「第一回戦」であったことが明らかになる。

けれども私は、これまでの第一回戦では、古い道徳をわづかながら押しのけ得たと思つてゐます。さうして、こんどは、生れる子と共に、第二回戦、第三回戦をたたかふつもりでゐるのです。
こひしいひとの子を生み、育てる事が、私の道徳革命の完成なのでございます。
あなたが私をお忘れになつても、また、あなたが、お酒でいのちをお無くしになつても、私は私の革命の完成のために、丈夫で生きて行けさうです。

相手の反応を見る前に進むことで、相手との間のずれをよりあらわにしつつ、しかし関係の亀裂やきしみを自覚し、女達は結果としてそれを引き受ける。最後に子供の写真を送り、自分のよりどころを知らせることで訣別の挨拶とする「秋風記」（『愛と美について』一九三九〈昭14〉・五、竹村書房）のK、「一生の大事」と書き送り、「男爵」を呼び寄せる「作戦」を企てた「花燭」（同前）のとみ、作家の夫に「愚かな懸命の虫一匹」と思わせる遺書を書き遺して自害した「女の決闘」（『月刊文章』一九四〇〈昭15〉・一〜六）の女房、「あなた」との価値観の差異を語り通し、別れを告げる「きりぎりす」（『新潮』一九四〇・一二）の「私」——女から男へ宛てられたものの多くに、類似の例を見出すことができる。

最後に、何通もの手紙が物語のもうひとつの主役とも言える「葉桜と魔笛」（『若草』一九三九〈昭14〉・六）で、まとめとしよう。

通常の手紙の往き来は、ここには一切ない。第四章でも見た通り、妹の書いた〈男の手紙〉はすべて妹に戻ってくるし、姉はそれを男の手紙として盗み読みする。かたや、姉の書いた〈男の手紙〉は思惑通りに妹には男の手紙として読まれることなく、これもまた姉のもとに戻る。そして双方とも男から女に宛てられたかに見えて、実は女から女へ宛てられた手紙であったことが、後で明らかになる。ここでは、姉が妹のためにと男になりすまして一心に書いた手紙の方を問題としよう。

僕は、あなたを、どうしてあげることもできない。それが、つらさに、僕は、あなたと、おわかれしようと思つたのです。〔…〕けれども、それは、僕のまちがひ。〔…〕僕たち、さびしく無力なのだから、他になんにもできないのだから、せめて言葉だけでも、誠実こめてお贈りするのが、まことの、謙譲の美しい生きかたである、と僕はいまでは信じてゐます。

事実が明らかになるまでは、この手紙はまぎれもなく〈男の手紙〉であり、本当の愛情を「口笛」を吹く行為で示そうとする励ましであった。が、妹の痛切な告白の後、妹を救う力はいったん失われる。彼女達の手紙の虚構性、また決して往き来することもなく返事も来ず、ただ戻ってくるばかりという一方向性もまた明らかになる。

しかし、この文面は無意味なままでは終わらない。この後、「口笛」が聞こえ、妹は穏やかな死を迎える。姉が手紙に「口笛吹いて、お聞かせしませう。」と書き、またそれを姉が「声立てて」読んだことが、この救いを呼び込んだことは確かである。病気と知って一度は遁走した〈男〉が戻ってくる奇跡は、姉が妹のためだけでなく同じ

「年ごろの女」として思いつめた果てにもたらされた。手紙の束に対する一方的な思いこみに端を発して書かれた、男になりすました女の虚構の手紙として戻ってきてこそ、現実は越えられたのであって、〈男の手紙〉のままではそれはありえなかったのである。

五　一方性の自由と関係性の不自由

「せめて言葉だけでも、誠実こめて」と言った場合、それが決して「言葉だけ」ではありえない、という意味で語られていることは、誰しも了解するところだろう。

言葉が言葉だけでなくなったとき、つまり現実の困難や見通しのなさへの不安を乗り越えて何らかの具体的行動がとられたとき、その人間の言葉は初めて信じるに足る力を持つ。これもまた容易に納得される考え方だろう。では、それが思いこみや勘違いに基づこうと、相手の意に反したものであろうと、社会的に批判されることであろうと、ということになると、どうか。しかし太宰作品にあっては、女性がこうしたある種の過剰さと逸脱の役割をしばしば担い、虚構によって現実を乗り越えていく。

男から女宛、女から男宛の手紙のいくつかを並べてまず見えてくるのは、具体的な他者との関係の齟齬、あるいは社会的通念とのずれが言葉を繰り出すほどに決定的になっていく中で、そのディスコミュニケーション、ずれや不調和を抱えてなおも前に進んでいくか身を翻すか、という姿勢の違いであった。とは言え、一般論としての男女の手紙の優劣、もしくは今述べたようなしたたかな、時には暴走的な属性を女が持つ、といったことを導くのが、ここでの本意なのではない。また、太宰の女性観を云々するつもりもない。

もちろん、手紙は女性にとってより親和性が強く、情況に大きく左右されずに自己を表現しうる数少ない手段のひとつであった、という歴史的事情を、太宰の女装文体が手法として逆手にとった気配は十分読み取れる。しかし、最終的にここでは男女の手紙の差異だけを取り出すのでなく、関係の問題として手紙を捉えよう。いったい、男であれ女であれ、そうした過剰さを人が溜めこみ放出するとはどういうことなのか。ディスコミュニケーションは関係の不在なのではなく、それこそがむしろ人間のコミュニケーションの必然的なありかたであるという前提で、言葉を介しての関係の困難とその具体的な姿を浮かび上がらせる装置として、太宰作品における男女間の手紙を見ることはできないだろうか。

思えば手紙とは、関係における言葉の自由の残酷さを体現したもの、と言えるかも知れない。電話や直接対面しての対話と比較すれば、このことはよくわかる。

対話にあっては、手紙とは違って小刻みに即座の反応を求められる。また、互いの言葉は意を尽くす以前に、相手の反応やその場の醸し出す雰囲気、力関係によって絶えず左右される。言葉そのものを正確に再現したり、前の話題に忠実に戻ってきたりすることが難しい分、やりとりはしばしば曖昧で不合理なままに過ぎ去りもする。そうした言葉の煩わしさもまた、太宰作品の主要なテーマではあった。

これに対して手紙の場合、書き手は能う限りの時間と労力を尽くしてどのように言葉を駆使してもよい。書いている最中に限っては、受け手がこれを邪魔することは一切できないのである。しかし、書き終えられ送られ、届いた瞬間から、今度は受け手がそれをどのように読んでもよい側となる。のみならず一節でも述べたように、処理に関する権限が与えられる。手紙を出す側は一見優位にあるかに見えるが、実は不利な側に転じるリスクも併せ持っている。

書き手の自由と受け手の自由の綱引き。受け手の自由を凌駕するべく、書き手は自らの自由を懸命に駆使するしかない。そもそも手紙を出すこと自体が、その内容を伝えるにとどまらず、相手へのこちらの関心をも伝え、正負いずれの方向にせよ関係を希求したり変化を求めたりする行為なのであって、その希求の深さに関して自他が同じであることを最初から前提とすることはできない。仮に相手と互角となっても、それが継続し、手紙の往き来が永久運動化することは、仕組まれ公開を前提とされた往復書簡でもない限り、現実的には難しい。会話のために会おうとするときですら、どちらか一方がより強くその場を求めることが多いわけで、非対称性は男女の間に限らず、人間関係にあってあまりにも自明なことである。だからこそ、書き手は「言葉だけでも、誠実こめて」、関係に対する相手の関心とその継続を引き出そうとせずにはいられない。そこにおのずと過剰な態度が孕まれてくる。

太宰作品の男女間の手紙に象徴的に表れる非対称性は、例えば第九章で検討する「駈込み訴へ」（『中央公論』一九四〇〈昭15〉・二）のイエスとユダの関係などと同質のものである。師を売るという逸脱行為そのものとしてのユダの言葉。その語りからは、言葉の自由と不自由がどれほどないまぜに溢れ出していることか。一方的な語りが進むにつれて、二人の関係の物語と共に、言葉のそうしたありかたそのものが前面に浮かび上がってくる。

手紙の持つ一方性の自由と関係性の不自由とは、言葉の二律背反――どのようにでも現実を語れるが、語った途端、語ったというその事実に、あるいは自らがつくり出した言葉による〈現実〉に、どうしようもなく拘束される――そのものである。一方の側からの語りがそれ自体の中に亀裂を抱え込んでしまう姿を露呈させるのと同様、非対称の関係の悲喜劇をつくり出していくにあたって、男女間の手紙もまた十分活性的な装置となる。

注

（1）野口武彦「小説手法としての手紙―太宰治と『虚構の春』―」（『国文学』二四―一四、一九七九・一一）

（2）中村三春「バベルの書簡―ミステリアス「虚構の春」―」（『季刊 iichiko』一〇七、二〇一〇・七、後、『花のフラクタル　20世紀日本前衛小説研究』二〇一二・一、翰林書房）の他、書簡体小説全般については「言葉を書くのは誰か―現代書簡体様式の再帰性―」（『昭和文学研究』二四、一九九二・二、後、『フィクションの機構』一九九四・五、ひつじ書房）がある。

（3）榊原理智「「虚構の春」―手紙と小説の間」（『国文学』四七―一四、二〇〇二・一二）

（4）杉本好伸「〈空白〉の語り―「吉野山」の作品構造―」（『太宰治研究』一一、二〇〇三・六、和泉書院）。本書第十三章一参照。

（5）「黄村先生言行録」（『文学界』一九四三〈昭18〉・一）・「花吹雪」（『佳日』一九四四〈昭19〉・八、肇書房）でも、座談筆記者「私」の「ひそかな感懐」「蛇足にも似た説明」を括弧内に挿入するという、同様の手法が用いられる。

（6）渡部芳紀「『猿面冠者』―作品の構造―」（『立正大学教養部紀要』八、一九七四・一二、後、『太宰治　心の王者』一九八四・五、洋々社）をその嚆矢とする。

第八章　「清貧譚」論――ロマンチシズムから追放されない男

一　「ロマンチシズムの発掘」の背景

「清貧譚」（『新潮』一九四一〈昭16〉・一）は、中国・清代の蒲松齢による伝奇小説集『聊斎志異』[1]（一七六六刊）中の「黄英《こうえい》」という一篇を原典とする翻案である。両者に共通する物語をまず紹介しよう。

菊を熱愛する男（「黄英」では馬子才・「清貧譚」では馬山才之助、以下同）は、佳い菊の苗（芽）を求めてはるばる遠方へ赴き、入手の帰途、菊について語り合える少年（陶・陶本三郎）とその姉（黄英《こうえい》・黄英《きえ》）と知り合い、彼らを貧しい家に住まわせる。菊を育てて売って生計を立てたいという弟に男は反撥し、次第に裕福になっていく姉弟との絶交・和解を繰り返すうち、姉との結婚がほのめかされ、やがて同棲するようになるが、男の面目からまたもや決裂、しかし最終的には意地をはるのをやめ、生活の一切を姉弟に任せるようになった。ある時、酒を飲んで弟は菊の姿に戻り、男は姉弟が菊の精であることを知るが、黄英の姿はそのままであった。太宰は舞台を江戸に移し、名前も置き換えている。

「清貧譚」は従来、太宰自身が後に「新釈諸国噺」の「はしがき」（『新潮』一九四四〈昭19〉・一、後、「凡例」、『新釈諸国噺』一九四五〈昭20〉・一、生活社）で次のように言及したことが重視され、本格的に翻案の方法を獲得した原点・出発点と見なされてきた。(2)

三年ほど前に、私は聊斎志異の中の一つの物語を骨子として、大いに私の勝手な空想を按配し、「清貧譚」といふ短篇小説に仕上げて、この「新潮」の新年号に載せさせてもらつた事があるけれども、だいたいあのやうな流儀で、いささか読者に珍味異香を進上しようと努めてみるつもりなのである。

『新潮』では「清貧譚」以前に「走れメロス」（一九四〇〈昭15〉・五）が発表されている。同じ新年号ということであえて「清貧譚」を引き合いに出したとも言えるが、太宰としては「走れメロス」は『新釈諸国噺』とは別物であり、「清貧譚」こそ『新釈諸国噺』により近い「流儀」で書いたという認識があったのかも知れない。また、掲載誌『新潮』以外で既発表の翻案ジャンルに入る「女の決闘」（『月刊文章』一九四〇・一～六）・「駈込み訴へ」（『中央公論』一九四〇・二）・「盲人独笑」（『新風』一九四〇・七）とも相対的には手法が異なるとも言える。

さて、さっそくその冒頭から入ることにしよう。

以下に記すのは、かの聊斎志異の中の一篇である。［…］私は、この四枚半の小片にまつはる私の様々の空想を、そのまま書いてみたいのである。このやうな仕草が果して創作の本道かどうか、それには議論もある事であらうが、聊斎志異の中の物語は、文学の古典といふよりは、故土の口碑に近いものだと私は思つてゐるので、その古い物語を骨子として、二十世紀の日本の作家が、不逞の空想を案配し、かねて自己の感懐を託し以て創作也と読者にすすめても、あながち深い罪にはなるまいと考へられる。私の新体制も、ロマンチシズムの発掘以外には無いやうだ。

むかし江戸、向島あたりに馬山才之助といふ、つまらない名前の男が住んでゐた。

創作方法に関する自注に続き、「私の新体制も、ロマンチシズムの発掘以外には無いやうだ。」というくくりの一文でいったん改行するものの、行空きもなく物語は開始される。この後、語り手は強い個性を持って顔を出すこともなく、わずかに二箇所、原文の漢文を引き合いに出すだけで、終始語りに徹している。

　この冒頭部分に注目した米田幸代[3]は、「作品そのものに〈作者〉の創作態度が組み込まれているのであり、それに沿ってテーマを読み解くことは重要である。」と指摘した。確かにこの書き出しは、太宰において「ロマンチシズムの発掘」を可能にする翻案という方法と、物語内部における「ロマンチシズム」の具体的な成立のありかたとが、不可分であることを示唆している。即ち、翻案としてこの一篇の内容を読み込むことは、この時期の太宰にとっての「ロマンチシズムの発掘」の意味や成立事情を解読する鍵ともなる。

　創作姿勢を要約すると同時に、後に続く物語の中身に流れ込んでくるキーワードとしての「ロマンチシズムの発掘」。事実、この時期の前後、「ロマンチシズム」への言及は多い。米田氏は同時代およびこの前後の太宰の「ロマンチシズム」の位置も丹念に辿った上で、一篇に即した結論としては、

才之助も菊作りに敗れたことにより、やはり一度は「リアリズム」を突き付けられる。しかしそれを了承し思い切る勇気を持つことによって、新たな世界に生き始め、新たな「ロマンチシズム」を「発掘」していくのだ。

という読みを引き出している。物語を要約すればそうなるかも知れない。ただ、これと並んで「〈作者〉」について

は、「リアリズムを生きる存在」としての「作家の姿そのものを作品化するのではなく、それとは対極にある「ロマンチシズム」の世界を描」こうとすることが彼にとっての「新体制」「ロマンチシズムの発掘」だった、と述べており、「リアリズム」の「対極」という従来通りの図式に置かれたものを「新たな「ロマンチシズム」」としてよいのか、という疑問は残る。

これに続き、太宰の「ロマンチシズム」についてさらに展開させたのが、高橋秀太郎による近年の研究である(4)。高橋氏は米田氏の「「ロマンチシズム」とは、作者自身を思わせる主人公にとって、追い求め、自己を没入したいと切望するが、現実には手に入れることができない対象として現れる」という指摘を踏まえ、「理想」や「〈過去〉」との「隔たり」を前提に「〈いま・ここ〉」を「肯定」するという意味において「〈ロマンチシズム〉」は機能している、と指摘した(5)。具体的には、「清貧譚」より少し手前の、旅先で「完全に、ロマンチックから追放」され「糞リアリズムになつ」てしまった作家が「どうにかして自身に活路を与へ」たいと思う「八十八夜」（『新潮』一九三九〈昭14〉・八）、「高邁で無い」「好色の理想を、仮りに名付けて、「ロマンチシズム」と呼んでゐる」語り手による「デカダン抗議」（『文芸世紀』一九三九・一〇）などに即して、このことは説明されている。

これに補足する意味で、「清貧譚」の約一年半前に出た「花燭」（『愛と美について』一九三九・五、竹村書房）を補助線としてみよう(6)。

これは「清貧譚」と酷似した人間関係と筋書きを持つ。「三十二、三と見受けられる」男爵と渾名される男が主人公だが、その家でかつて小間使いをしていたとみは今は女優となり、休暇中、男爵を家に呼び寄せ、弟の協力を得て一芝居打ち、結婚を画策する。「僕も、あのひと好きだ。姉さん、結婚してもいいぜ。苦労したからね。」という最後の弟の言葉が、三郎と黄英のやりとりにあったとしても不思議ではない。とみが「沼津」ロケの休暇中にもうひとつの芝居を弟と共に計画したところから三人の関係が回り始めたように、苗として菊の姉弟と才之助が最初に出会っていたのもまた「沼津あたり」であった。ただ、主人公は「滅亡の民であるといふ思念」を持っていたが「うまく人柱なぞといふ光栄の名の下に死ね」ずに今は無為の日々を送る、初期の太宰的なイメージを引きずっており、語り手はあくまでも彼らの幸福を「衷心から祈つてゐる」、という表現でとどめている。

そして、この「花燭」から「清貧譚」までの間に、「ロマンチシズム」への言及が度々ある。「八十八夜」や「デカダン抗議」以外では、学生に向けて訴える随想や学生と現在の自分との懸隔をあらわにする話に、それは表れる。

学生本来の姿とは、即ち此の神の寵児、此の詩人の姿に違ひないのであります。地上の営みに於ては、何の誇るところが無くつても、其の自由な高貴の憧れによつて時々は神と共にさへ住めるのです。

此の特権を自覚し給へ。この特権を誇り給へ。何時迄も君に具有してゐる特権ではないのだぞ。ああ、それはほんの短い期間だ。その期間をこそ大事になさい。

（「心の王者」、『三田新聞』一九四〇〈昭15〉・一）

いまは、世間の人の真似をするな。美しいものの存在を信じ、それを見つめて街を歩け。最上級の美しいものを想像しろ。それは在るのだ。学生の期間にだけ、それは在るのだ。

（「諸君の位置」、『月刊文化学院』一九四〇・三）

壁に掛けてある制服と制帽を颯つとはづして、［…］私のはうに差し出した。［…］

［…］

着換へが終つた。結構ではなかつた。結構どころか、奇態であつた。袖口からは腕が五寸も、はみ出してゐる。ズボンは、やたらに太く、しかも短い。膝が、やつと隠れるくらゐで、毛臑が無残に露出してゐる。ゴルフパンツのやうである。

（「乞食学生」、『若草』一九四〇〈昭15〉・七～一二）

「授業中にも、浪の音が聞えるだらうね。」

「そんな事は、ありません。」生徒たちは顔を見合せて、失笑しました。私の老いたロマンチシズムが可笑しかつたのかも知れません。

（「みみづく通信」、『知性』一九四一〈昭16〉・一）

「乞食学生」は、三十二歳の小説家「私」が学生達と意気投合するが、すべて夢であったという話である。今、自分が「ロマンチシズム」を望んでももはや昔には戻れず滑稽なだけだ、だからやがては失われるその「特権」を「大事に」せよ、とせめて若い学生には呼びかけたい。「花燭」では将来の可能性を漠然と示すにとどまっていた物語だが、このように「ロマンチシズム」は過去に失われ、既に自分のものではない、という自覚を経た後、「清貧譚」では物語が完結し、「ロマンチシズムの発掘」が可能になるわけである。そこにはどういう事情があるのか。

やや迂回したが、三節以降では「清貧譚」に即してこの「ロマンチシズム」をめぐる変化を考えていくことになる。それに先立ち、次節ではまず、原典からの改変と先行研究の概略をひとわたり見ておこう。

二　異類性の再配置

「鶴女房」に代表される日本の異類婚姻譚のパターンは、およそ次のような流れを辿る。即ち、人間が動物を救助した結果、動物は姿を人間に変えて婚姻関係に入る、または経済的援助を施す（報恩）という始まりから、「見るな」といったタブーへの人間の裏切り、それに続く正体発覚を経て、婚姻の破局に終息する、というものである。

この形は西欧にも広く見られるという[7]。

しかし、「清貧譚」の原典「黄英」も含めて、『聊斎志異』各篇には底流に報恩の要素が若干見られるとは言うものの、そのほとんどはこうしたプロットの中に収まらない。

原典では、「毎日北の庭へ来て馬のために菊の手入れをした。」「僕がかうして毎日厄介をかけてゐるのですが、いつまでもかうしてはゐられないのです、菊を売つて生計をたてたい」とあり、確かに大筋としては家を富ませることに向けて菊作りの超人性を発揮する報恩譚である。だが、途中ではむしろその大筋から逸脱し、これに逆行した言動が多い。何よりも、家を大きくし物を次々と家に運び込み、という富をもたらす行動は、最終的には恩返しになっていても、途中では馬の意向を逆なでし、生計をめぐる意見の対立を度々引き起こす。

ましてや恩返しに直結しない局面での彼らは、日本人的感覚ならその関係上、当然相手の意に沿ったり気を遣ったりしそうなところ、遠慮もおもねりもしない。恩返しする側であっても、彼らは恩に縛られない。むしろ、あまりにも自由奔放にふるまい、度々人間を翻弄し困惑させる。異類の側に元々圧倒的な行動の優先権があるのは、『聊斎志異』中の多篇の持つ個性でもある[8]。

具体的には次のような件である。

- 口論の後、陶の側から交流を拒絶する（馬の所で寝食をやめ、「呼びにやるとやつと一度位は来た。」[9]）
- 菊作りの方法を教えてくれと馬に請われても、陶は応じない
- 馬の妻の死を陶が予知した上で、これを待つかのような言動をとる（「四十三箇月の後」「手紙を出した日」の符合）
- 陶が行く先を告げずに長期不在となり、馬が「家は幸に金があるから」と説き伏せ、強引に連れ戻さねばならなくなる

・陶が馬の友と大酒を飲み、二度にわたって正体をさらす

しかし、翻案にあたって太宰は、これら特に陶をめぐる箇所に関して関係のありかたを転倒させたり、事実そのものを変更・消去したりしている。そして結果的に、弟三郎の超人性のうち、恩返しに帰結する菊作りの能力については原典を踏襲して存分に発揮させ、それ以外の奔放な行動を取り除いた(10)。他方、姉黄英については、弟と同じ菊作りの能力の方は消去し、それ以外の異類らしい自由奔放さを逆に発揮させた。とりわけ太宰が独自に盛り込んだのは、馬を放って才之助の菊畑を荒らさせたことと「白い柔い蝶」となって才之助のもとに「忍び入つた」ことで、特に後者は女性の行動でなくては成り立たない。

実際は共に異類である二人だが、才之助はそのことを知らない。そこで、見かけ上は人間として菊作りをめぐって男同士対立させられる役割を弟が、女性の奔放さによって才之助との関係を次の段階に移行させていく役割を姉が、それぞれ分け持つことになる。異類婚・恩返しという原典の伝承的モチーフに対し、太宰作品では男女の間と対等な男同士という三者関係の鮮明な輪郭が与えられた。

「清貧譚」の物語内部の読みに関わる先行の議論を概観すると、才之助の「清貧」の主張が確固とした理念や信念ではないことは今や共通認識と言えるが(11)、才之助変化の過程でその主張の空洞化が繰り返し描かれた意味については、まだ追究の余地がある。さらに、姉弟の「愛情」により才之助が「内面的な成長」を遂げ、救われた(12)、といった読みに対しては、三郎と才之助の勝敗は「語りの指向」によってつくられたものであるとして、この「愛情」の質に疑問が出され、また実際の三者関係は「無理解の輪」で、しかも最後にその図式はずらされる、という指摘がある(13)。「無理解の輪」かどうかは措くが、これは、姉弟から才之助に向けて一方的な力だけがはたらいている関係、といった読みの再検討を促すものである。異類である以上、姉弟が優位にあるのは当然といえば当然だが、その正体が明かされないうちは対等な人間同士でもあり、この二重性を以て彼らが向き合っていることにも留意し

たい。

以下、原典からの書き換えによって再構築されていった物語展開の解読を通して、最終的に冒頭「ロマンチシズムの発掘」の意味とその成立事情に向けて論を進める。

三　関係の始まり——新たな「ロマンチシズム」へ

人間と異類との出会いは、どのような意味を持って始まるか。

菊の芽を入手した帰途、原典では「一人の少年に逢つた。」「だんだん近くなつて話しあつてみると、」とあるだけである。この後、「陶の代りに馬が返事をして、」といった多少の強引さはあるものの、姉弟の寄寓はごく自然な流れで読める。

かたや「清貧譚」では、「振りかへつて見ると〔…〕につと笑つたやうである。」「少年は、近寄つて馬から下り、」「ひどく馴れ馴れしい口調で問ひかけて来る」、という具合にむしろ三郎の方から接近している。しかし、対話の途中から「思慮分別を失」い、独善的な理由からわが家へ無理矢理誘おうとする才之助に、三郎は困惑し始める。「江戸へ出て、つとめ口を捜さなければ」ならない陶本姉弟は、結果的には絶好の〈職場〉を見つけることになるのだが、この段階では才之助に対してあくまでも精として距離を保ち、見守るつもりだったのが、彼の強引さによって予定が狂ったのではないか。「菊の花どころでは無かつた」と三郎は言うが、これはあながち逃げ口上でもなく、既に指摘されているように「痩馬を頼りに何か別の方法で生活したいと考えていた」(14)可能性は高い。人と化した精は、人間同士の関係の煩わしさに巻き込まれていくのである。

ただ、才之助の独善は、決して彼らが否定できないものと表裏一体でもあった。

いつまでも自分と同じ間隔を保つたままで、それ以上ちかく迫るでもなし、また遠のきもせず、変らずぱかぱか附いて来る。

それは才之助が「少し変だと気が附」くほどの具合なのだった。これは、「一つ、二つの見事な苗」を苦心惨憺して見つけて持ち帰ろうとする、菊を愛する才之助に、菊の精がとりつかずにおれなかった、ということだろう。偏愛というありかたは人間同士なら煩わしいと忌避されもするだろうが、才之助の場合は原典を踏襲し、偏愛ゆえにその対象に魅入られるところから関係は始まる。(15)

そう考えることで、黄英が三度にわたって繰り返す「御恩報じ」という言葉本来の意味もまた明らかになってこよう。原典よりはるかに強調された才之助の強引さとその独善ゆえに、寄寓させてもらうことはもはや恩の意味を失っている。とすれば、彼らにとって本来の恩は才之助が菊を熱愛していたこと以外にはないし、それがなければそもそもこうした接近もまたありえなかった。しかし、彼らが自らの正体を明かすのが最後である以上、本来の恩の内実もまた最後まで語られることはない。

さて、才之助の菊作りは元々、才能の有無とも無関係で他者との比較も不要な、現実生活から遊離したものであり、だからこそ生活の貧しさを忘れるほど没頭できた。つまり、陶本姉弟が登場せねば、この偏愛は一種の自己完結的な〈ロマンチシズム〉であり続けたはずだった。(16)それゆえに彼の設定は「独身」に変更されもしたのである。「佳い菊の苗が、どこかに在ると聞けば、どのやうな無理算段をしても、必ず之を買ひ求めた。千里をはばからず、と記されてあるから相当のものである事がわかる。」という件は、彼の菊へのロマンチックな姿勢を端的に表している。

ところが、黄英は知り合った翌朝、さっそく馬を放して畑を荒らさせる。(17)隠された本来の恩返しの根本にある才之助の菊への偏愛・自己完結的〈ロマンチシズム〉を見かけ上否定することからしか、この恩返しは始まらない(18)。

ただ、この恩返しの開始時に、姉弟は自分達が生計の手段にしようとしていた痩馬も失った。姉は、それまで自分達の念頭にあった、別に仕事を求めようという現実生活の方向性と、才之助のそれまでの〈ロマンチシズム〉の双方を公平にリセットし、仕切り直した地点から、両者の関係を始めようとする。馬を放つことによって弟は菊の手入れを始めないわけにはいかず、それが才之助の自己完結的〈ロマンチシズム〉をこの後、現実の側から照射する準備立てをし、相対化していくことにもなる。そのように既存の〈ロマンチシズム〉が「リアリズム」によって試され、自分達の生活と緊密に結びつけられることこそが、結婚という新たな「ロマンチシズム」に向かうためには不可欠の過程であった。ここに、目指される「ロマンチシズム」の性格の一端を読み取ることができる。即ち、これは「リアリズム」の対極にあるものではない。思えば、この時の「御恩報じ」という言葉は、菊への偏愛に心から応えるために現実的な富をも与えようという意味において、心のレベルと物質のレベルが矛盾しない、つまり「ロマンチシズム」と「リアリズム」とが両立しうることを先取りしてもいた。これはその後、黄英が次々と才之助の家にものを運んでくる件にも当てはまる。

四　男と男の間――才之助と三郎

原典では「喜んで」菊の手入れを始めた陶だが、「清貧譚」の三郎の方は姉に言われて「渋々」取りかかる。菊作りの他に仕事を求めるという当初の方針からすれば、彼としては、正体を伏せたまま人間として菊の精の力を発揮することが不本意だったのだろうが、その後――恐らく姉の説得があったのだろう――彼は潔く自分の役割を引き受け始める。

かたや才之助の側では、畑荒らしの件に加え、「いい菊を作つて差し上げませう」と三郎に言われて一層プライドを傷つけられたために、「さむらひのやうな口調で」「清貧」の意地を張り始める。この後、才之助にとっての菊作りは、黙ってひとり営んでいれば〈ロマンチシズム〉であったものが、他者との比較におかれ、自尊心に触れたために、「おのれの愛する花を売つて米塩の資を得る等とは、もつての他」ということさらな「リアリズム」排除の体裁で純粋性を主張せねばならなくなっていき、実体はいわばひとり芝居にも似た「半狂乱の純粋ごつこ」（「みみづく通信」）に変じていく。自身の〈ロマンチシズム〉が守りきれなくなる危機感ゆえにこうした意地は生まれ、同時にその意地が一層〈ロマンチシズム〉に変質をもたらしていくのである。

さて、馬の反論に原典の陶が「笑つて」異論を唱えるのに対し、三郎は「むつとした様子で、語調を変へて、」原典とほぼ同様の内容をかなり強い表現で言い返している。「天から貰つた自分の実力で米塩の資を得る事は、必ずしも富をむさぼる悪業では無い」とは、精としてはこれ以外の手段で生きていくのが難しいことを思わず吐露した言葉でもあろう。三郎は最初から人間に対して悟りきった優位にあるわけではなく、自分を人と見ている才之助にふさわしく対等に向き合おうとし、だからこそ「大いに閉口」もするのだが、他方、才之助の「私は、私の菊と喜怒哀楽を共にして生きて行くだけです。」については「それは、わかりました。」と「苦笑して首肯いた」。自己完結的〈ロマンチシズム〉ゆえに口をついて出た言葉が、図らずも将来のロマンスの予言ともなる。姉の意を汲んでふるまっている三郎には、そのことが見えているのである。

この後、菊を育て上げて裕福になった姉弟に憤りを見せた才之助を見つけて「いらつしやい。お待ちしてゐました。」と「にこにこ笑ひながら立つてゐる」のは、原典の「手をとつて曳き入れた。」を生かしているが、以降も三郎が「うなだれて」みせれば、才之助の側も「神妙に言つて一礼」する。自分の言動に対する相手の反応を通し、人間が関係の中でいかに揺さぶられ、あるいは硬直した心がいかにほぐされていくかを見て、そのつきあい方を徐々に学習していくのが、三郎の聡明さである。

しかしこの後も、二人の関係は「どうも、しつくり行かな」い。菊の作り方を教わりたがる男に対し、原典の陶が「口で教へることはできないですが、それにあなたは、菊で生計をたててゐらつしやらないから、そんな術はいらないでせう。」とにべもないのに対して、三郎は、

「［…］私は、これまで全部あなたにお伝へした筈です。あとは、指先の神秘です。それは、私にとつても無意識なもので、なんと言つてお伝へしたらいいのか、私にもわかりません。つまり、才能といふものなのかも知れません。」

「［…］私の菊作りは、いのちがけで、之を美事に作つて売らなければ、ごはんをいただく事が出来ないのだといふ、そんなせつぱつまつた気持で作るから、花も大きくなるのではないかとも思はれます。［…］」

と言う。これは「その場かぎりの［…］いいわけとして大して意味をなさぬ[19]」ものではない。菊の精の「いのちがけ」は彼の育てた菊が「いのち限りに咲いてゐ」たのと響き合っており、ここで三郎は率直に菊の精としての真意を語っている。ただそれは、「ごはんをいただく」云々といった表現に表れているように、今は人間として生きねばならないという前提で、素性を明かさず人間に理解されるように翻訳した説明でもある。そこで、精として先天的に自らに備わっている能力も「才能といふものなのかも」と言うしかなく、これが才之助の劣等感をまた揺り起こしてしまうことになる。つまり、才之助の意地はその性情のゆえのみならず、三郎が実は精でありながら素性を隠して人間でいるという二重性によっても増幅されていく。三郎の正体が最初から知れていれば、才之助は彼と張

り合いはしない。

異類と人の間にある事実としての能力差よりも、対等な人間同士として向き合うからこそ、むしろ意識されてくる優劣。その劣等感が彼をより無用な「剛情」をはる滑稽な存在とし、現実としての劣勢はつくり出される。

三郎の側からすれば、正体を隠して能力を発揮したために人間の「剛情」につきあわされているわけで、彼がただの人間であれば、あるいは同じ「剛情」で報いようとし、あげく愛想を尽かしたかも知れない。が、彼は人間ではないためにこうした負のループに巻き込まれることもない。だからこそ関係は持続し、「剛情」な才之助は見放されることもなく、黄英にバトンが渡るのである。

否、実は才之助も含めて彼らは結局関係を諦めず、ないがしろにもしない。異類の人間に対する寛容さ、姉の意を受けて是非とも結婚を実現しようとする弟の使命感、そして彼らの報恩の動機としての才之助自身の菊への偏愛。幾重ものロマンチシズムへの志向によって才之助は守られている。それを根底で支えるのは、異類婚姻譚という伝奇性の強い原典の枠組みである。

五　男と女の間——才之助と黄英

やがて、三郎は「思ひつめたやうな口調で」「姉さんと結婚して下さい。」と仲介を買って出るが、才之助は「やはり男の意地で、へんな議論をはじめてしま」う。菊作りをめぐる「清貧」議論は結婚に関わる「男子」の「面目」の問題に変奏され、この後、才之助が「男子として最も恥づべき事」「最大の不名誉」と言葉を突き返すも、物質的豊かさと共に黄英を受け入れる、という流れが二回繰り返されることになる。ただ、三郎・黄英それぞれに向けられた意地の根は同じだが、黄英との関係にあっては三郎との時のように硬直と緩和の間を往還するにとどまらない。以下、その流れを確認しよう。

「いいえ、みんな、あなたのものです。姉は、はじめから、そのつもりでゐたのです。結納なんてものも要りません。あなたが、このまま、私の家へおいで下されたら、それでいいのです。姉は、あなたを、お慕ひ申して居ります。」

先述のように彼らの才之助への関わりでは、現実的に富んでいくこと即ち「リアリズム」と、愛に対して愛で応える行為としての結婚即ち新たな「ロマンチシズム」とが、矛盾せず一体になって用意される。他方、黄英の感情を聞かされた才之助の方では、「私も正直に言ひますが、君の姉さんを嫌ひではありません。ははは。」と、変質した〈ロマンチシズム〉ともうひとつの可能性としての「ロマンチシズム」とが軋み合い始める。

この後、原典の「黄英は又馬の家がきたないので、南の家に居らして入婿のやうにしようとしたが、馬はきかないで日を択んで黄英を自分の家へ迎へた。」は次のように変更された。『聊斎志異』の他篇で異類の女性が男のもとを訪れる、あるいは去る時の表現だけを借り、独自の場面をつくり出したのである。(20)

「[…]帰って姉さんに、さう言ひなさい。清貧が、いやでなかつたら、いらつしやい、と。」

喧嘩わかれになつてしまつた。けれどもその夜、才之助の汚い寝所に、ひらりと風に乗つて白い柔い蝶が忍び入つた。

「清貧は、いやぢやないわ。」と言つて、くつくつ笑つた。

黄英の「くつくつ笑」いながらの言葉は、才之助の「清貧」一辺倒の物言いを無効にする。その自在なふるまいも、あなたの「純粋ごつこ」としての「清貧」など受け入れることは何でもない、だが本当の「ロマンチシズム」は目の前にこそあるではないか、と言いたいかのようだ。これを自己完結の〈ロマンチシズム〉に対して、関係の「ロマンチシズム」と名づけてもよいだろう。

その後、才之助の叱責も聞かず「笑つてゐるばかり」の黄英が「必要な道具」を家に持ち込んでくるのに対し、彼は「大きい帳面を作り、［…］運んで来る道具をいちいち記入して」いく。これは、物質的に豊かになること即ち俗化と見なし、これと「清貧」の〈ロマンチシズム〉とをステレオタイプな二項対立としてしか意識できないために、二つを区分けしようとするふるまいだが、まさにそうした硬直した精神をこそ黄英は「笑つてゐ」たのである。「私の三十年の清貧も、お前たちの為に滅茶滅茶にされてしまつた。」とは、この硬直ぶりをよく示す。原典の「おまへのために」から「お前たちの為に」への変更は、この「愚痴」が三郎との感情的な齟齬から来るひと続きのもの、つまり理性的な信念に基づいた主張でないこと、をあらためて話者の外側から明らかにしている。

黄英の「淋しさうな顔」「泣声」は、才之助の性向を見抜いた上で彼の〈ロマンチシズム〉の変質の行き着く先を思い知らせる手管と読めるだろう。後に、黄英は何もかもわかった「笑顔」で再び才之助を迎えるのだから。しかし、彼は新たな関係の「ロマンチシズム」の出発点にありながらそのことに気づかぬどころか、今や自らの変質した自己完結の〈ロマンチシズム〉、言い換えれば「清貧」の〈ロマンチシズム〉によってそれを捨てかける。対等な男としての三郎に向けてぶつけ続けたのと同じ主張を、何ら意地を張る必要もなく最も愛したい黄英に向けたとき、才之助の中で初めて内面と言葉の乖離は限界に達したはずである。

この前後、原典では、共に暮らし始めて馬が剛情から抜け出すまでの過程は行きつ戻りつしている。が、太宰は、才之助の意地が黄英の闖入と同棲中のもめごとを通してほぐされていく過程を、黄英の「白い柔い蝶」と「白い笑顔」の明示によって二段階を経るように整理した。ここで彼の「清貧」の〈ロマンチシズム〉は再度試され、関係の「ロマンチシズム」にまで引き上げられることになる。「白い柔い蝶」が一瞬のロマンスへの誘いであったのならば、「白い笑顔」の方は「どうにも寒くて、たまらなくなつて」現実的な救いを求めて戸を叩いた先にあるもので、それが共に黄英であることにおいて、才之助の中で望むべき「ロマンチシズム」と「リアリズム」とはようやく合致を見た。

その後、「ちつとも剛情を言はなくなつた」才之助は「すべて黄英と三郎に任せ、自分は近所の者と将棋ばかりさしてゐた」。菊への偏愛が黄英への愛に移行したことで、菊作りはもはや執着すべきものではなくなり、三郎との競い合いも「近所の者と」の「将棋」に取って代わられた。愛する者の出現は同時に隣人との関係回復にまで及び、勝敗への執着は遊戯のレベルに移行したのである。

六　菊に戻ることと「女体のまま」——三郎と黄英の結末

さて、「清貧譚」の結末において、原典は最も徹底的に整理・再構成されている。太宰が原典をそのまま踏襲したのは、弟は菊に戻るが、姉は人間の「女体のまま」だった、という点である。

「清貧譚」から振り返れば、原典は必ずしも合理的につながりを追える展開にはなっていない。例えば、陶が正体をさらす契機のためだけのように新たな人物曽が唐突に登場し、また、菊への変身に関して二度目は明らかに馬に責任があるにもかかわらず馬は曽を筋違いに恨み、かたや曽の方は後に酔死してしまう。とりわけ、「見てはいけない」と言われていたにもかかわらず「もとの人になるのを」見ようとして菊をいったん枯れさせてしまう件は、既に正体がばれてからとは言うものの、やはり一種のタブー侵犯であり、二節で紹介した日本的な異類婚姻譚の型からすれば破婚は間違いない。馬が失敗したときの黄英の反応を田中訳は「しまつた。」とかわしているが[21]、何しろ原文は「殺吾弟矣。」なのである。

また、馬は黄英と同じ処置によって陶を元の姿に戻そうとするが、これは「二人が菊の精だと云ふことを悟つたので[22]、ますます二人を敬ひ愛した」、つまり自分と彼らとの決定的差異を認めた者のふるまいとは言えず、むしろ一層身の程知らずである。しかも、この事件は最後まで馬と彼らとの能力差を明示し続けることになり、異なる世界の和解として物語は終わっていない。

では、原典からこれら必ずしも一貫しない要素を排除し、死のイメージも消去し、ただ一度きり、姉の制止も聞かずに自らの意志で三郎を菊に戻らせた意味を考えよう。

「姉さん、もう私は酒を飲んでもいいのだよ。家にお金も、たくさんたまつたし、私がゐなくなつても、もう姉さんたちは一生あそんで暮せるでせう。菊を作るのにも、厭きちやつた。」

自分のこれまでの苦心と役割を矮小化するようなこの物言いは、むろん韜晦である。才之助が男女関係によって「剛情」から解放され、人間同士としての関係が安定したのなら、たとえ「姉の正体がわかっても「もう」才之助との絆はこわれないとの確信を、三郎が抱いた[23]」ことは確かである。原典の結末の整理・再構成も、同じ人間としての和解がまずあった上で根本的な違いを受容する、という順序こそが三郎にとって重要であったからだろう。

このような意味で時が熟したと同時に、三郎自身にしてみれば、もう人間との対等なつきあいはこりごり、という気分が感じ取れなくもない。才之助と黄英が人間の男女関係として「ロマンチシズム」を成立させたように、彼にとっては人間でない世界へ戻れることが、保留されていた幸せの成就なのかも知れない。元々、三郎にとっての菊作りは、才之助にとってのそれが〈ロマンチシズム〉であったのと対照的に、代替の困難な仕事であった。そこで、人間とのやりとりの中で「菊を作る」側を経験した果てに、彼は自らが菊であることにあらためて自身の「ロマンチシズム」を発見したわけである。姉と才之助は最初から度々互いを意識しては顔や頬を「赤らめ」るというロマンスの符牒を示していたが、三郎はようやく菊に戻った時点において「薄紅色」の花を咲かせ、「幽かにぽつと上気」する。ここも原典の「酒の匂」に付加された「清貧譚」独自の描写であった。

黄英のからだに就いては、「亦他異無し。」と原文に書かれてある。つまり、いつまでもふつうの女体のままであつたのである。

一方、「女体のまま」の黄英は、むろん彼女が人間との生活によって菊に戻りたいと思ったりはしないという三郎の確信を裏づけるものだが、ここで作者太宰の女性観を参照すると、別の意味でもこの結論は成り立つ。正体を明かしても大丈夫という三郎の判断を含む物語の外側から、別次元の力もはたらいているのである。

振り返れば、黄英は結末で正体が明かされる前、既に一度「白い柔い蝶」として才之助の前に現れていた。もちろんこれを奔放でしなやかな女性の比喩とだけ読んでも差し支えない。が、語り手の強い力がはたらく隠喩によって黄英が異類であることが先取りされ、才之助もまた異質な存在を受容する前段階に置かれた、と読むこともできる。つまり、最後に本来の正体が明かされる以前から、黄英は半ば異類として描かれていたのである。さらに遡れば、才之助は最初から菊を思わせる黄英の「柔かな清らかさ」に惹かれていた。これもまたごく自然な恋心とだけ読めるが、人間の男から見た女の元々持つ異類性に惹かれていたということでもある。

「女人訓戒」(『作品倶楽部』一九四〇〈昭15〉・一)で太宰は、女性が容易に動物に同化するどころか、むしろ動物に本来備わらない性質までも先取ってしまう憑依性とその愚かさを極端な筆致で記している。[24] 後に「女類」（『八雲』一九四八〈昭23〉・四）でも「男類、女類、猿類」といった分類を開陳しており、これらを併せると、太宰作品における女性は異類との間に互換性があり、人即ち男、これに対立する存在としての異類、その一種としての女、という位置にあるようだ。

これを踏まえれば、永遠のハッピーエンドを告げるかに見える結語は、「原文に書かれてある」通りであるという風を装いながら、女それ自身が男から見て既に異類である以上、変化の必要もない、という意を含むことになる。黄英は菊の精としての能力は発揮しないが、女であることそれ自体において最初から潜在的に異類性を明かしていたも同じで、したがって「女体」のままの異類でも何ら不思議はない、というわけである。

なお、「清貧譚」の姉妹的作品「竹青」（『文芸』一九四五〈昭20〉・四）にあっては、最初から女（竹青）は異類として現れ、最後では現実の妻と異類の女が一体化する。異類としての女性は容易に男に受け入れられるし、それが人間の女性と互換性を持つことによってのみ、現実の妻は受容される。のみならず、この話では男（魚容）自身も変身し、人間とは別次元の男女のロマンスを体験した後、「神女」という正体を告白されてその立場の決定的な違いをも知らされることになる。[25] よって、竹青は魚容に対し、陶本姉弟（女性と異類の男性）二人の役割を共に負って向き合っている、と見ることもできる。

七　「ロマンチシズム」形象化の過程

あらためて確認すれば、この物語は、菊の花を偏愛していた男が「女体のまま」の菊の精と結婚する話であった。この話の流れは、自己完結的〈ロマンチシズム〉がまず「清貧」の〈ロマンチシズム〉へと変質し、それが最終的に関係の「ロマンチシズム」へと引き上げられていくことに沿っている。この変化のためには、他者、あるいは他者の価値観という「リアリズム」がぶつけられることが必要で、新たな「ロマンチシズム」はこれと矛盾せず、むしろこれを受容することで初めて成立するものであった。

ここで一九三九年における「ロマンチシズム」を「八十八夜」「デカダン抗議」などの中に再度振り返ろう。具体的な他者を置き去りにしたままのこうした「理想」「ロマンチシズム」、これらは確かに脆弱である。例えば「デカダン抗議」の女性は語り手に「ロマンチシズムを解しない」「つまらない女」として現時点で斬り捨てられ、彼が「いつくしみたい」のは「その夜の私」ばかりなのだ。関係の中で見れば、それはあまりにも独善的である。

これらを経由した先に「清貧譚」を置くと、新たな「ロマンチシズム」を「発掘」する方法として「黄英」がいかに恰好の素材となったかが理解される。この話の成立にとっては、「ロマンチシズム」実現を図る黄英と、その意を受けて精でありながら対等な人間（他者）として関わり続ける三郎という設定が必要だった。見つけた菊の苗が「一つ、二つ」と記されたように、彼らは二人で一人でもある。そして、「発掘」されるべき新たな「ロマンチシズム」の性格は、やがては破綻する〈ロマンチシズム〉との差異において描かれた。才之助の変化は、「〈過去〉」の〈ロマンチシズム〉から「追放」されたという自覚からこそ新たな「ロマンチシズム」が成立しうることを発見していく、ある期間の太宰文学変遷の過程と重ね合わせることができる。

「花燭」では、「むかし、ばらばらに取り壊し、渾沌の淵に沈めた自意識を、単純に素朴に強く育て直すことが、僕たちの一ばん新しい理想になりました。」という弟の言葉が男爵の「人生の出発」を触発するが、これを男爵のそれまでの生き方に沿って言い直せば、いったんは敗残した自己完結の〈ロマンチシズム〉を依然観念的に持てあましていた男が、そこからリアルな再生と共に新たな関係を手に入れる、ということになろう。ただしそれは、一節でも見たように、将来の可能性としてほのめかされるにとどまっていた。

そして、この物語の完結を可能にするのが、『聊斎志異』の翻案という方法だった。[26]『聊斎志異』各篇は近代に入って様々な形で受容され、国木田独歩・芥川龍之介・佐藤春夫などが翻案しているため、同じ作家の仕事として席を並べたいという太宰の思惑も想定されよう。が、それ以前に、一年半程前に既に現代の婚姻譚を書いていた太宰が改めて「黄英」に出会った——あるいは想起した——とき、異類の姉弟に役割を受け持たせ、類似の構図で新たな「ロマンチシズムの発掘」を企図した、とも考えられる。「清貧譚」は「竹青」と並び、人間同士の関係では可能性として書かれるにとどまったロマンスが異類婚姻譚という枠組みを与えられることで実現する物語である。

注

（1）太宰が原典として参照した文献は、田中貢太郎訳・公田連太郎註　蒲松齢『聊斎志異』（一九二九・一一、北隆堂書店）。津島美知子「書斎」（『増補改訂版　回想の太宰治』一九九七・八、人文書院）による。ただし、本章での『聊斎志異』各篇からの引用は『支那文学大観　第一二巻』（一九二六・三、支那文学大観刊行会）に拠った。太宰が参照したのはこれと同内容のものである。なお、田中貢太郎（一八八〇〜一九四一）は随筆雑誌『博浪沙』を同人井伏らと発行し、太宰もこれに「六月十九日」（一九四〇〈昭15〉・七）を執筆している。

（2）鴇田亨「太宰治「清貧譚」論」（『言文』四〇、一九九三・一、福島大学）、米田幸代「太宰治「清貧譚」論」（『同志社国文学』五六、二〇〇二・三）

（3）注（2）参照。

（4）高橋秀太郎「昭和十五年前後の太宰治―その〈ロマンチシズム〉の構造―」（『国語と国文学』八三―六、二〇〇六・六）、「太宰治の「ロマンチシズム」―否定・憧憬・受容―」（『東北工業大学紀要Ⅱ・人文社会科学編』三〇、二〇一〇・三）

（5）注（4）高橋氏、二〇〇六。

（6）後年刊行される作品集『花燭』（一九四八〈昭23〉・一、思索社）で『晩年』（一九三六〈昭11〉・六、砂子屋書房）

中の四篇と「花燭」「竹青」が並ぶことに着目した論として、平岡敏夫「「陰火」論」(『太宰治研究』一、一九九四・六、和泉書院)がある。

(7)関敬吾『日本昔話の社会性に関する研究』「Ⅱ　人間の誕生―人間と動物との婚姻―」(『関敬吾著作集　一　昔話の社会性』一九八〇・一〇、同朋舎 所収)における「動物女房型　A類」を参考とした。ここでは、植物との婚姻については言及されていない。

(8)戸倉英美「聊斎志異―異を志す流れの中で―」(『東洋文化』六一、一九八一・三、東京大学)には次のようにある。

聊斎志異の想像力は、唐以来強められてきた人間中心の磁場を、かき乱すように働くのではないか。[…]人間が次第に自信をなくし、自分自身の存在に不安を覚え始めたとき、もう一度超自然の力を借りて人間の自然を見直したもの、聊斎の志した異とは、このようなものだったと思えるのである。

また、同氏「変身譚の変容―六朝志怪から『聊斎志異』まで―」(『東洋文化』七一、一九九〇・一二)には、「人間と異類の位置が、完全に逆転しているのだ。汚れているのは今や人間の方であり、異類は容赦なくそれを見捨て、人間をまったく必要としない世界へ帰っていく。」とある。

(9)原文では「馬不語。陶起而出。」と「由此不復就馬寝食。」の間に「自是馬所棄残枝劣種。陶悉掇拾而去。」が入るが、陶の側からの拒絶を明示するため、田中訳では順を入れ替えるなど工夫しており、その異同を太宰も確認していたと想像される。なお、岡本不二明「『聊斎志異』の会話表現について」(『中国文学報』三七、一九八六・一〇、京都大学)は、『聊斎志異』中の「〝沈黙〟の記述」に注目しているが、この「不語」もきわめて多くを語る箇所である。『聊斎志異』ではこのように、心理はふるまい方によって表出されることが多い。「蓮香」の「李暈生頤頰。俯首轉側。」(李はぽつと頬を赤くして俯向いた。)などもその一例である。

(10)注(2)鴇田氏は「菊の精の不思議を語る原話の部分が、極力削除されている」、「原話の世界のもつ怪異性を縮小させ」た、と指摘している。

(11)注(2)に同じ。

(12)注(2)鴇田氏。

(13) 吉岡真緒「太宰治「清貧譚」論—物語の胎動—」（『曙光』二—二、二〇〇四・一二、日中文化研究会）

(14) 注（2）米田氏。

(15) 八木章好「牡丹考—『聊斎志異』異類譚札記（一）—」（『芸文研究』六五、一九九四・三）では、「馮鎮巒の評語」を引き、「真にそれを好む男の面前に、そのものの精が姿を現わし、男の情に応えるが如く、ドラマを展開していくというパターンは［…］『聊斎志異』の中にしばしば見られる」と指摘している。

(16) 合山究「明清時代における愛花者の系譜」（『九州大学教養部文学論叢』二八、一九八二・三）には次のようにある。

・明末以後の文人になると［…］花に淫する人物であることを公然と表明した［…］余りにも耽溺的な名号を自分に冠することは、己れ自ら偏頗な玩物喪志的人物であることを証明し、社会の指導者としての不適格性を、世間に向って宣伝するに等しいものだった

・当時、花は隠者のシンボルとみなされ、花に隠れる者が多くあらわれ、花作り（灌園生活）が一つの新しい隠逸形態として、士大夫間に定着したのである。

「玩物喪志」や「隠逸」は、まさに自己完結的〈ロマンチシズム〉の具現と見なせよう。

(17) 例えば『聊斎志異』の「小翠」でも、「謔」好きの妻小翠（実は異類）が夫元豊を熱湯に入れて正常にするという荒療治が描かれる。

(18) 高橋宏宣「太宰治「清貧譚」における〈江戸〉」（『解釈』五一—七・八、二〇〇五・七）に、「姉の黄英が「御恩報じ」を願い、姉の意向を汲んだ三郎が才之助を貧乏から救うべく菊作りに精力を傾注すればするほど、才之助の自尊心は傷つくことになる」と指摘されているように、恩返しは以降も逆説的な形でなされていく。

(19) 村松定孝「太宰治と中国文学—『清貧譚』と『竹青』について—」（『比較文学年誌』五、一九六九・三、早稲田大学）

(20) 田中訳『聊斎志異』の他篇に見受けられる同種の描写は、以下のようなものである。

・ある夜、桑が独り坐つて女のことを思つてゐるとひらひらと入つて来た女があつた。（「蓮香」）

・鳥のやうにひらりと入って来て几の前に立ったものがあつた。みると二十ばかりの麗人であつた。につと笑つて、（「竹青」）

・「［…］もう疑はれましたから、これからお別れいたします。」と、阿英は一羽の鸚鵡になつて、ひらひらと飛んでいつた。　（「阿英」）

なお、「につと笑つた」も田中訳に頻出するが、太宰「懶惰の歌留多」（『文芸』一九三九〈昭14〉・四）、「愛と美について」（一九三九・五、竹村書房）などでも既に同様の表現があり、田中訳との関連性は指摘できない。

(21) 後年の訳や翻案でも、次のように直訳は避けられている。

・「弟を死なしてしまった！」
（柴田天馬訳「黄英」、『完訳聊斎志異　三（角川文庫）』（全四巻）一九六九・八、角川書店）

・「弟はもう戻らないんじゃないかしら」
（森敦「そのかおりにも」、『潮』一九七六・一〇、後、『私家版　聊斎志異』一九七九・三、潮出版社）

・「あなたの息が三十郎を滅ぼしたのよ」
（小林恭二「菊精」、『小説すばる』二〇〇二・一〇、後、『本朝　聊斎志異』二〇〇四・一、集英社）

(22) 原文の漢文に接続詞はないが、田中訳の順接「ので」を太宰は「はじめて、陶本姉弟が、人間でない事を知つた。けれども、才之助は、いまでは全く姉弟の才能と愛情に敬服してゐたのだから、嫌厭の情は起らなかつた。」と逆接に変更した。恐らく近代的な異類への違和感を優先させたものと思われる。なお、注（8）戸倉氏（一九九〇）は「姉弟が菊の精であることを知り、馬はますます敬愛した」と田中訳に近い方向で訳し、「人間はただこのような心を持つことによって、異類との幸福な生活を得られる」と、ここに『聊斎志異』の世界観を見ている。

(23) 遠藤祐「菊の姉弟と人間との物語―「清貧譚」の登場人物たち―」（『学苑（人間文化学科特集）』七七三、二〇〇五・三、昭和女子大学）

(24) ここでの「女性を、あはれと思ふより致しかたがない。」「かなしや、その身は奇しき人魚。」といった表現は、「清貧譚」の「哀しい菊の精」に通じるものがある。

(25) 注（8）戸倉氏（一九九〇）は、次のように述べる。

あんなにも蔑まれ、虐げられてきた異類は、『志異』の中で、対等の関係すら飛び越して、人間の敬愛を受ける存在に変わっている。今では異類が人間の精気を吸い取るのではなく、人間が異類から、何らかのエネルギーのようなもの、貴いものを受け取っているのだ。

先述の「女類」などの分類により、「異類」を「女」に、「人間」を「男」に置き換えることで、これをそのまま「竹青」の説明とすることができる。

(26) 藤田祐賢「聊斎志異の一側面―特に日本文学との関連において―」（『慶応義塾創立百年記念論文集　文学』一九五八・一二）、山田博光「聊斎志異と日本近代文学」（『世界と日本』一九九二・三　帝塚山学院大学）に詳しい。

第九章　「駈込み訴へ」論――反転し続ける語り

一　作品の成立事情

あらゆるところから創作の素材を求め、独自の解釈を与える方法を得意とした太宰にとっては、聖書もまた多くの先行テクストの中のひとつであった。既成の言葉のはたらきの徹底的な再考から文学的出発を遂げたこの作家は、言葉によって立ち上げられていく信仰という形の吸引力に対しても、十分自覚的であったに違いない。したがって、聖書の一場面を話題としたり聖句を引用したりする場合を初めとして、何らかの形で太宰が聖書の記述を利用するとき、関心のありかたを一律に信仰や〈福音〉のレベルで捉えるわけにはいかないこと、その用い方が太宰独自のものであることは、今では広く了解されよう。

例えば、「正義と微笑」（一九四二〈昭17〉・六、錦城出版社）のように、聖書が人生の指針として書き手に受けとめられているからと言って、それを太宰の思想としてそのままスライドできるわけではないし、「朝」（『新思潮』一九四七〈昭22〉・七）の「深夜の酒は、コップに注げ」のように、聖書的言い回しが戯言的に使用されるからと言って、この時期に聖書が揶揄的に読まれるようになったわけでもない。あるいはまた、周知のように「トカトントン」（『群像』一九四七・一）と「斜陽」（『新潮』一九四七・七～一〇）では、「身を殺して霊魂をころし得ぬ者どもを懼るな、身と霊魂とをゲヘナにて滅し得る者をおそれよ。」という同じ聖句を別の意味で使用し、しかもそれは聖書の文意ともずれている。

田中良彦[1]は「聖書を題材つまり「物語構成の内的要素」とする作品」の「最初のもの」として「駈込み訴へ」(『中央公論』一九四〇〈昭15〉・二)を位置づけた。「物語構成の内的要素」とは千葉正昭[2]の用いた語で、同氏はマルタとマリヤの逸話を援用した「律子と貞子」(『若草』一九四二〈昭17〉・二)についても「物語の枠組として」聖書が用いられている、と後に指摘している。「聖書の人物配置図を借用[3]」して物語は聖書の趣旨を踏まえながらも、設定を現代に置き直したこうした作品と比べれば、聖書中の人物と事件をそのまま登場させた「駈込み訴へ」は、相対的には聖書に対する真正面からの翻案と言える。そこで、福音書のいずれを中心としてこれが書かれたかというつき合わせも行われてきた[4]。

ただ、確かに聖書の数節そのままの長い引用もあるものの、大部分は複数の福音書にわたって表れる有名なエピソードを踏まえたもので、先行テクストが確定し明示されている「女の決闘」(『月刊文章』一九四〇・一〜六)や「清貧譚」(『新潮』一九四一〈昭16〉・一)、『新釈諸国噺』(一九四五〈昭20〉・一、生活社)といった翻案とは若干性格が違う。書かれ固定されたものでなく人口に膾炙した一種の伝承に自由な解釈を与えて別の角度から語り直した、『お伽草紙』(一九四五・一〇、筑摩書房)のようなタイプにむしろ近い。

さらに、以下のような成立事情が現在のところ明らかにされている。

まず、既にこの時期、ユダがイエスを売る動機を金銭欲のみに求め、その後の自殺を懺悔とする考え方には疑義が呈せられており、ユダへの新たな意味づけはシェストフ『悲劇の哲学』(阿部六郎・河上徹太郎訳、一九三四・一、芝書房)を嚆矢として、当時流行した新興の思想の生きた具体例とさえ見なされていた[5]。有名な逸話を下地としてイエスとユダの関係が生身の人間同士の物語に変換される素地は、時代的に十分準備されていたのである。

また、太宰個人の聖書経験に話を移せば、既に多くの論者によって指摘されているように、この作品の成立にとって、塚本虎二主宰『聖書知識』（一九三〇・一〜一九六三・六）からの影響と前後し[6]、一九三四年より始まった山岸外史との交友、および彼の著作「人間キリスト記」の存在は無視できない。太宰は、ユダの造型について山岸との間に影響を与え合ったはずである[7]。いくつかの条件の重なりにより、聖書、わけてもユダという人物は太宰作品にとって重要な素材となった。

ここでは、同時代におけるユダ解釈の中でも太宰にとって特に身近な「人間キリスト記」から得ることのできた、ユダ造型のための枠組みや他の人物との関係のありかた、これらを「駈込み訴へ」成立の外側の事情としてまず確認することから始める。そして後半では、それを念頭に見えてくる太宰によるユダ像を抽出しつつ、聴き手を前にした回想の告白という方法によって、独自の〈愛〉と〈裏切り〉の物語が成立していく、その経緯を作品内部から追っていく。

二 「人間キリスト記」から「駈込み訴へ」へ

山岸外史が「人間キリスト記」を発表したのは、『コギト』一九三七（昭12）年一二月から翌年六月にかけてで、単行本（『人間キリスト記　或ひは　神に欺かれた男』一九三八・一一、第一書房）に対しては太宰が「「人間キリスト記」その他」（『文筆』一九三九〈昭14〉・七）という推薦文を書いている。太宰自身は、一九三六年一〇月一三日から翌月一二日にかけての武蔵野病院入院中、聖書の差入を所望した他[8]、入院中の記述として「HUMAN LOST」（『新潮』一九三七・四）で、「「猶太の王。」（キリスト伝。）」なる「プラン」に言及していた。またそれ以前に『もの思ふ葦（その三）』（『文芸通信』一九三六〈昭11〉・一）の「最後のスタンドプレイ」で、最後の晩餐とユダに言及しており、明らかにユダへの関心を示している。この時期の書簡からも察せられるが、太宰は「人間キリスト記」

発表以前から山岸との交流の中で聖書について盛んにやりとりをし、聖書にまつわる物語を構想していたと思われる。

「人間キリスト記」と「駈込み訴へ」との比較から、既に菊田義孝[9]は、「神の国など考へたこともない」ユダの「リアリスト」ぶり、イエスと同じ若者である点、商人としての才覚をイエスに認めてもらえないところから来る「怨恨に似た気持」、これに加えて田中良彦[10]は、イエスのマリヤへの「恋」、最後の晩餐でイエスがユダに一片のパンを「犬や猫に」対する如く与えたといった箇所の類似性を発見し、「人間キリスト記」が太宰にとってイエス像とユダ像の対照性を形作る基本となったことを中心に指摘している[11]。なお、

たしかに当時、ぼくたちの間には黙契があって、二人の会話のなかから生れた言葉で、その発言者がどちらであったか不明になったような言葉は、早い者勝ちに使用していいことに決めていたのである。早く発表したものの所有になるということである[12]。

という山岸の言葉を額面通りに受け取るならば、「人間キリスト記」には太宰の発想が先に採用された可能性もあるが、ここではあくまでも文章上に現れた順を影響関係の順と見なして、山岸の記したユダ像の太宰による摂取、またその差異において顕在化する太宰のユダ像に向けて検討を進める。

山岸によって造型されたユダは最初、次のようにイエスを見ていた。

ユダの欲したものは、耶蘇のやうに華やかな地位であり、また、その卓越してゐる魔力であつた。[…]ユダは、耶蘇の誠心といふものや、深い愛情を考へることが出来ず、ただ、表面的に耶蘇を眺め、また、外面的に

耶蘇を観察してゐた。十二人の使徒の中で、もつとも凡俗なものであり、また、もつとも卑俗なものであつた。イエスの本質を理解しない「表面的」な人間理解にとどまる「凡俗」で「卑俗」なユダ。これに対して、イエスはユダを「民衆の標本」と見なし、「説教の対象として」いわば「利用」したという。興味深いのは、山岸が二度にわたって聖書に該当箇所のないイエスとユダとの対話場面をつくり出している点で、「お前は、神になりたいと思ふか。」という同じ問いに対するユダの反応の違いが、その変化を物語ることになる。

ユダの最初の答えは次のようなものであった。

「出来ることなら、神様になりたいと考へます。」

と応へた。きはめて素朴に、きはめて、無邪気に答へた。［…］

［…］

「空を飛ぶことも出来ますし、それに、なんでも、思ひのままに行ふことが出来ますから。欲しいものをなんでも握ることが出来ますからね。」

さう言つて、ユダは、卑屈な顔をして笑つた。

この後、金の着服にも動じないイエスを「不思議」に思ったユダは「すこしばかり狼狽し、すこしばかり、耶蘇に対して、尊敬の念を深め」ていくようになる。他方、「耶蘇の説教を真剣になつて聞いてゐる」弟子達の様子が「意外」に思われていく中でその言葉を「すこしづつ［…］理解する」ようになるものの、それが「耳に痛」く「たまらない気持」を抱き、やはりイエスを「嘲笑りたい」と感じる、という心の揺れが描かれる。

ユダは、仲間の弟子達の様子も考へるやうになつた。［…］みな、［…］眼を灼かし、耳を聳て、耶蘇の語る言葉を一語も聞き漏らすまいと夢中になつてゐた。これは、意外なことだと考へた。驚くべきことだと考へた。自分が聞いてゐれば、耶蘇の言葉など、唐人の寝言としか考へられない。［…］それなのに仲間の弟子は、みな、真剣になつて聞いてゐる。いつたい、天国とは、なんであらうか。審判とは、何の意味であらう。ユダは訝りはじめた。

弟子達の存在がユダのイエスへの感情を左右する点で二篇は一致するが、その方向性を太宰はむしろ逆のままにしておく。山岸は一時的にもせよ、弟子達のベクトルと同じ方へ徐々にユダを向けて行くが、太宰の描くユダは彼らのイエス崇拝のありかたには一貫して逆らう。それは、「人間キリスト記」にあって「卑俗」な理解しかできない当初のユダの、「耶蘇が、有名な人間となり、やがて、王位につくものと考へて、その後に従つた」という発想を、太宰がむしろ「あいつらみんな右大臣、左大臣にでもなるつもりなのか、」と、他の弟子達への揶揄としてあえて用い直しているところなどにも端的に表れていよう。

そして、再度イエスに先と同じ問いを投げかけられたとき、山岸によるユダは「顔中を真赤にし、しどろもどろな様子を示した。耶蘇の眼をみることが出来なかつた。額からも脇の下からも冷汗を流した」。

ユダは、その時以来、なんとかして、聖《きよ》い人間にならうと努力し始めた。極めて好いものが世の中にあることが解り始めた。けれども、耶蘇の言葉をそれ以上悟ることが出来なかつた。努力すれば、努力するほど無器用になり、失態ばかり演じた。ユダは、ますます、卑屈な人間になつた。［…］誠実にも、愛情にも、かへつて、住むことの出来ない人間になつた。

その上、ユダは、自分が耶蘇から慇れまれてゐることも悟れば、利用されてゐるのに過ぎないことにも気が附いてきた。ユダの心は、はじめて、耶蘇に対する憎悪と怨恨に燃えあがりはじめた。[…] ユダは、耶蘇に逆恨みを懐くやうになつた。耶蘇の一言一句に反抗した。[…]

[…] 聡明な耶蘇は、ユダの心の変化をいつも眺めてゐたのである。[…]

（以上、「ユダの章」）

「人間」イエスに振り回され、心の動揺、内面を見透かされるという、新たなユダ像。「努力すれば、努力するほど」「かへつて」という不可抗力の逆説性に注目したい。とりわけ、「聖い人間にならうと努力し始めた」が、ついに悟れず、「卑屈な人間」となり、さらに「憎悪と怨恨」「逆恨み」へ、という一連の反転は、「駈込み訴へ」でも同様の「潔《きよ》い」「卑屈」という言葉で、

私は潔くなつてゐたのだ。私の心は変つてゐたのだ。ああ、あの人はそれを知らない。それを知らない。ちがふ！　ちがひます、と喉まで出かかつた絶叫を、私の弱い卑屈な心が、唾を呑むこむやうに、呑みくだしてしまつた。

という以降の流れにほぼそのまま継承されている。これはその手前にあるイエスの言葉「みんなが潔ければいいのだが。」を受けており、その表記は「ヨハネ伝」一三章一〇～一一節の、

イエス言ひ給ふ「すでに浴したる者は足のほか洗ふを要せず、全身きよきなり。斯く汝らは潔し、されど悉と

くは然らず」これ己を売る者の誰なるを知りたまふ故に「ことごとくは潔からず」と言ひ給ひしなり。(13)

を踏まえていると考えられる。

山岸は、浅薄さゆえの無理解から接近への努力、そして挫折へと、ユダによるイエス理解のありかたを弟子達からの感化も交えて緩やかに変貌させた。これに対して太宰の場合はまず、その後半が晩餐の場というごく短時間に凝縮され劇的な変化となって、最後の行動に結実していく因果関係が鮮明にされる。また、そこに至るまでのユダのイエスへの感情も山岸のそれとは違い、後述のように彼なりの明確な意志を持ち、独自の愛に終始とどまり続け、一貫性を保っていると主張されるもので、それは弟子達との差異において一層補強されて語られる。

以上、聖書にない会話の挿入、ユダとイエスの間に介在してユダの方向性に影響を及ぼす他の弟子達、とりわけ、「反抗」、改心、そして「卑屈」を経て「売る」決意に至る一連の流れ、これらが山岸から太宰が意識的に受容した可能性のある要素である。これらをヒントに、太宰なりの改変は行われたと考えられる。

最後に、山岸によるユダについての総括を見よう。

最後まで、耶蘇に求愛しながら、容れられなかつた自分の性の拙さを情ないものと考へてゐた。ユダは、この時、耶蘇の眼の中に、ほんの些かでも、自分を許してくれる眼色があるかと空頼みしてゐた自分の甘さを口惜しく考へ、耶蘇の冷たさを口惜しく思つた。

けれども、耶蘇の光る眼によつて、最後に、正しく悪の審判を与へられた自分を感じない訳にもゆかなかつた。ユダは、はじめて、耶蘇の心の方を正しいと信じた。みづからの心を否定した。はじめて、自分が生をこの世に得たことが誤りであることを悟つた。耶蘇の心より遙かに醜悪い自分の心を悟つたからである。それは利己的な驕慢な心であつた。慠りたかぶりながら愛情を強ひる心であつた。（「ゲッセマネの園において」）

基本的な造型は似ているものの、「駈込み訴へ」のユダは語り手によるこうした裁断から自由なところにあった。が、語り手にして裏切り者という一人二役で、語りの外と内双方の事情の只中におかれていることは、作中人物のいずれからも等距離に位置する第三者からの叙述とは違って、既にそれだけで語りのただならぬ起伏を予測させる。その困難と引き替えに、この方法は何を描くことを可能にしたのか。[14]

三　愛する者の語り

太宰が選んだ一人称語りの回想という方法については、既に先行研究で様々に指摘されてきた。「回想の中の様々に異る分析の可能な感情が、一語に表わされることによって現在の感情に結びついている」、「どこまでも虚像でしかない言葉の中に唯一つの真実を模索し続け混乱するしかない。」[15]とあるように、自らを回想する告白とは、所詮は一方向に収斂しない過去をあえて現在に収束させようとする志向であり、そうでなければ語り終えることはできない。とりわけここでの語りは、ユダが既に「「旦那さま」という聞き手を前にして」[16]いる情況なので、混沌を混沌のままに放り出すわけにはいかない。まずは初対面の他者に理解される説明を時々刻々求められ、しかも――多少の反応が返ってきている様子はあるものの――基本的には一方的に聴かれている言葉でもあるから、手前で発した言葉を自ら受けて先に進むのみ、という意味では単線的でもある。しかしその際、「私」は、聞き手の意見、反論、嘲笑いなどを先取りし応酬していく過程のなかで、自分も知らない「自分」がわかったりして揺れる」[17]とあるように、自覚したくないことまでも自覚させられることもあり、それを後戻りしようのないこの単線上で次々と露呈させていくわけである。

同時に、この語りは、「語っている今〝私があの人を殺す〟行為を実行している[18]」と指摘されたように、定まった目的に否応なく向かっていくものでもあった。「売る」ことは既に決意され、行動は開始されており、あらかじめわかっている結末が最後に待ち構えるばかりの語り。しかもその行動は、「対等であること・人間の寂しさをわかってほしい愛は、それが〝わかってもらえぬ〟ことによって、劣等感と優越感との錯綜する憎に転ずる[19]」段階を経、「「あの人（イエス）」と対等になる・なれるという願望を、さまざまな曲折を経て、追いつめられるかたちで〈裏切りという禁断の手段〉によって一応は実現することに[20]」なるものであるという。

語りの現在と過去の重なり、言葉の完結性と語りの非完結性、その行為遂行性など、踏まえるべき語りの言葉の性格を念頭に、内容に入ろう。

「イエスの言葉に対する徹底した不信からその物語が成立している[21]」ことはユダの語り全体を覆う大きな特徴で、それは「一言一句に反抗し」た山岸のユダ像を引き継ぐかのようでもある。特に、ユダが反撥し、くってかかるイエスの預言には、「狐には穴あり、鳥には塒、されども人の子には枕するところ無し。」を初めとして、文語訳聖書からの引用が多用されるが、他方、弟子達に個別に語りかける箇所やイエスの人間らしさが強調されるマリヤとの場面ではこの文体は採用されない[22]。前者の典型例は「禍害なるかな、偽善なる学者、パリサイ人よ、」に始まる長い引用で、これをユダは「口真似するのさへ、いまはしい。」とイエスがそのまま語ったかのように示しているが、もちろんこれは書き言葉と話し言葉の境界を意図的に朧化させているのである。書き言葉としての規範性と文語体の硬質な圧力はそれを取り巻く周囲の言葉、即ちおよそ権威からは程遠いユダの饒舌との間にコントラストを生む。

イエスの存在と言葉が通常目指されるべき規範としてあるのなら、それにことごとく逆らい、規範としての愛から逸れていこうとするユダは、どこへ向かっていくのか。

> あの人は嘘つきだ。言ふこと言ふこと、一から十まで出鱈目だ。私はてんで信じてゐない。けれども私は、あの人の美しさだけは信じてゐる。あんな美しい人はこの世に無い。［…］ただ、あの人の傍にゐて、あの人の声を聞き、あの人の姿を眺めて居ればそれでよいのだ。さうして、出来ればあの人に説教などを止してもらひ、私とたつた二人きりで一生永く生きてゐてもらひたいのだ。あああ、さうなつたら！　私はどんなに仕合せだらう。私は今の、此の、現世の喜びだけを信じる。次の世の審判など、私は少しも怖れてゐない。あの人は、私の此の無報酬の、純粋の愛情を、どうして受け取つて下さらぬのか。

天国・神といった超越者としての言葉を「信じてゐない」、という主張と表裏で出てくるのは、「信じてゐる」のは「あの人の美しさ」であって、自分の愛は「無報酬の、純粋の愛情」なのだ、という主張である。そこから「二人きり」になりたいという願望を持つユダにとって、イエスと価値観を共有しうる弟子やマリヤの存在は大きな障害と意識される。

彼らとの関係でユダの志向を見直そう。

> 天国だなんて馬鹿げたことを夢中で信じて熱狂し、その天国が近づいたなら、あいつらみんな右大臣、左大臣にでもなるつもりなのか、馬鹿な奴らだ。その日のパンにも困つてゐて、①私がやりくりしてあげないことには、みんな飢ゑ死してしまふだけぢやないのか。②私は天国を信じない。神も信じない。あの人の復活も信じない。なんであの人が、イスラエルの王なものか。馬鹿な弟子どもは、あの人を神の御子だと信じてゐて、さうして神の国の福音とかいふものを、あの人から伝

へ聞いては、浅間しくも、欣喜雀躍してゐる。③私はあの人の美しさを、純粋に愛してゐる。それだけだ。私は、なんの報酬も考へてゐない。あの人について歩いて、やがて天国が近づき、その時こそは、あつぱれ右大臣、左大臣になつてやらうなどと、そんなさもしい根性は持つてゐない。

「天国」を信じ「右大臣、左大臣」を夢見るような弟子達こそむしろ功利的である、というのであり、彼らにはない独自性をユダは主張する。それはまず、①商人としての才覚である「やりくり」上手、そして先にも見た②神の御子」への不信、ならびに③自分の「愛」の「純粋」さ、である。ここからすれば、「現実主義者」と「理想主義者[23]」という二側面は共に彼の独自性であって、弟子達に対抗しようとするこの主張にあって、二つは矛盾なく同時に成立する。

ユダにとっての弟子達の位置は、イエスとの唯一の「二人きり」の時間においてもかいま見える。聖書にないやりとりの挿入によって山岸はユダの変貌を表現したが、太宰はここを、イエスの教える「誠の父」の愛とは全く異質な、しかしユダなりに一貫した不変の「愛」を直接告白する場面とした。が、弟子達から離れて二人で暮らしたいと言うユダに対して、イエスは「ペテロやシモンは漁人だ。美しい桃の畠も無い。ヤコブもヨハネも赤貧の漁人だ。」と答える。話題に弟子達が持ち込まれることにより、彼の切実な告白は逸らされ、相対化されるのである。

弟子達のこの位置をさらに端的に示すのが、マリヤとの場面である。

あの人だつてまだ若いのだし、それは無理もないと言へるかも知れぬけれど、そんなら私だつて同じ年だ。しかも、あの人より二月おそく生れてゐるのだ。若さに変りは無い筈だ。それでも私は堪へてゐる。［…］ああ、もう、わからなくなりました。私は何を言つてゐるのだ。さうだ、私は口惜しいのです。なんのわけだか、わからない。地団駄踏むほど無念なのです。あの人が若いなら、私だつて若い。私は才能ある、家も畠もある立派な青年です。

ユダが人から人への愛を求めるのに対し、超越的なイエスは元々非対称な関係でしか対応しようとしない、という情況に加えて、マリヤの存在はユダの中に三角関係の妄想をつくり出し、ユダの自律性を脅かす。その危機からユダが求めずにおれないのが、先行研究でも指摘された、イエスと自分は「対等である」という主張であった。

四　言葉を失いゆく者の語り

だまされた。あの人は、嘘つきだ。旦那さま。あの人は、私の女をとつたのだ。いや、ちがつた！　あの女が、私からあの人を奪つたのだ。ああ、それもちがふ。私の言ふことは、みんな出鱈目だ。一言も信じないで下さい。わからなくなりました。ごめん下さいまし。ついつい根も葉も無いことを申しました。そんな浅墓な事実なぞ、みぢんも無いのです。醜いことを口走りました。

関係の構図を様々に語ってみせては否定し、ついに語れなくなっていく情況に陥るのは、今に連なるイエスへの激情を抱えつつ「旦那さま」を前にして単線的に語らねばならないからであり、この語りには自律的な言葉が困難にされていく力が内と外の双方からかかってきている。

しかし、実際にユダが言葉を失っていくのは、訴えている現在以前、イエスとの決裂に向かっていく局面においてであった。

ああ、あの人はそれを知らない。それを知らない。ちがふ！　ちがひます、と喉まで出かかつた絶叫を、私の弱い卑屈な心が、唾を呑みこむやうに、呑みくだしてしまつた。言へない。何も言へない。あの人からそう言はれてみれば、私はやはり潔くなつてゐないのかも知れないと気弱く肯定する僻んだ気持が頭をもたげ、とみるみるその卑屈の反省が、醜く、黒くふくれあがり、私の五臓六腑を駈けめぐつて、逆にむらむら憤怒の念が炎を挙げて噴出したのだ。

イエスの一言が引き金となって心が動転していくこの件は、この後のイエスの「一つまみのパンをとり腕をのばし、あやまたず私の口にひたと押し当て」た、というふるまいにより、決定的な決裂に連なる。ここは、「ヨハネ伝」一三章二七節「ユダ一撮の食物を受くるや、悪魔かれに入りたり。イエス彼に言ひたまふ「なんぢが為すことを速かに為せ」」を踏まえるが、売る動機づけがあたかもイエスによってなされたかのようにさえ読めるこの表現は、その行為を金目当てとは別方向に読み替えることを容易にしている。また、「卑屈の反省が、醜く、黒くふくれあがり、私の五臓六腑を駈けめぐつて、」という記述は聖書の「悪魔かれに入りたり。」とそのイメージが重なる。「神話や古伝承の中に複雑な相貌をあらわしているもろもろの人物たちの中で、ユダほど解釈に依存している人物は、他にはいないかも知れない」(24)と既に指摘されてもいるが、聖書の元々持つユダ解釈の余地と、イエスへの「卑屈な」感情を増大させていく山岸によるユダ像がここには共に生かされている。

相手との間に信頼関係が成り立ち、安心して向き合え、自分を保てる情況にいられれば、心と言葉は近いところにある。ユダが望んだ「二人きり」で「しんみりお話できた」とは、そうした情況であったはずだった。しかし、イエスとの間にそれは二度と訪れず、彼はイエスの前でひたすら言葉を失い、自分の居場所をも見失っていく。同時に、今語りつつあるこの心の動き自体、本来ならイエスに最も伝えたいものであったのに、それが決して叶わないどころか、ユダを理解する立場からあまりにも遠く「告白の相手としては最もふさわしくない[25]」者に向けてひたすら饒舌になっていくことを半ば強いられていく、受動的・他律的な告白とならざるを得ない。ここには、信仰に基づく愛とは別に、イエスをめぐる独自の規範を打ち立てることにも挫折したユダが、イエスに代わる反転したよりどころとして「旦那さま」を求めることにより、決定的に自身の「愛」を愛たりえないものと自ら証明していく過程が進行している。

ところで、先に見た、自律性の危機が「対等」性の主張を呼び込むという流れは、結末近くに再び現れる。

旦那さま、旦那さま、今夜これから私とあの人と立派に肩を接して立ち並ぶ光景を、よく見て置いて下さいまし。私は今夜あの人と、ちやんと肩を並べて立つてみせます。あの人を怖れることは無いんだ。卑下することは無いんだ。私はあの人と同じ年だ。同じ、すぐれた若いものだ。

振り返れば、冒頭において、

私と同じ年です。三十四であります。私は、あの人よりたつた二月おそく生れただけなのです。たいした違ひが無い筈だ。人と人との間に、そんなにひどい差別は無い筈だ。

と執拗に「対等」性の主張が繰り返されたことも、それが結末との間で円環をなしていると見た場合に、初めて理解されよう。イエスと「対等」になろうとする決意と引き替えでもあるかのように、ユダは「対等」な関係を自ら放棄した「旦那さま」という呼称で冒頭から役人に呼びかけていたのである。イエスとの関係にあって言葉を失い、かつ内面をあらわにされていく中で、彼の言葉は〝言葉にならぬ言葉〟としての行為へと追いやられていく。自律性の危機から一気に巻き返そうとし、新たな紛いもののよりどころを自分の側につけることを選択した時、独自性①の延長上にある「売る」ことは唯一の「対等」な行為となった。ユダはそのように決心して今ここにあり、語りはその決心の経緯を辿り直しているのである。

その際、皮肉なことに、「ちやんと肩を並べて立つてみせ」ることは、ユダがあれほど望んだ「二人きり」の最後の成就となり、またその行為自体が、「信じない」（独自性②）と言い続けた相手の最後の言葉――「おまへたちのうちの、一人が、私を売る。」――に対する正しさの証明になる。そもそもユダが繰り返していた「信じない」は、既に関係の呪縛からほとばしる叫びであったのであり、過剰なまでの否定への意志は、いかに逆説的な形なりとも関係に自らをつなぎとめずにいられない思いから生じていた。

五　裏切る者の語り

引き続き、「売る」行為へと向かう回想がどういう流れの中にあるか、追っていく。

エルサレム入城後、「純粋の愛」（独自性③）と「売る」行為は次のように結びつけられていく。

けふまで私の、あの人に捧げた一すぢなる愛情の、これが最後の挨拶だ。私の義務です。私があの人を売つてやる。つらい立場だ。誰がこの私のひたむきの愛の行為を、正当に理解してくれることか。いや、誰に理解されなくてもいいのだ。私の愛は純粋の愛だ。人に理解してもらふ為の愛では無い。そんなさもしい愛では無いのだ。私は永遠に、人の憎しみを買ふだらう。けれども、この純粋の愛の貪慾のまへには、どんな刑罰も、どんな地獄の業火も問題でない。私は私の生き方を生き抜く。

強調されるのは、あくまでも主体的・自律的に「私の生き方」即ち「純粋の愛」を選択し、「売る」ことを「固く決意」した、というユダの意志である。

それが、いよいよ金を差し出された段階で、「売る」行為への意味づけは「純粋の愛」の延長上にある「金が欲しくて訴へ出たのでは無いんだ。ひつこめろ！」から、対極の、最も卑俗なレベル即ち「金。世の中は金だけだ。」まで、語りの中で後退していくわけだが、この途中で何が起こっているのか。

あの、私に、三十銀。なる程、はははは。いや、お断り申しませう。殴られぬうちに、その金ひつこめたらいいでせう。金が欲しくて訴へ出たのでは無いんだ。ひつこめろ！　いいえ、ごめんなさい、いただきませう。

それまで語ってきた意味づけに沿って金をいったん強く拒否してはみせたものの、眼前の「旦那さま」を既に味方としつつある以上、ユダは金を受け取る方へと自分を転回させていくしかない。

さうだ、私は商人だつたのだ。金銭ゆゑに、私は優美なあの人から、いつも軽蔑されて来たのだつけ。いただきませう。私は所詮、商人だ。いやしめられてゐる金銭で、あの人に見事、復讐してやるのだ。これが私に、一ばんふさはしい復讐の手段だ。ざまあみろ！

超越者としてのイエスを認めない独自性②を前提に「対等」性を主張しようとすれば、相手との違いが前面に押し出されてこずにはいない。(26)「商人」という存在理由（独自性①）はそこではほとんど口実である。一方、独自性③「純粋の愛」は言葉の上で放棄され、これは次のように言い直される。

私は、あの人を愛してゐない。はじめから、みぢんも愛してゐなかつた。はい、旦那さま。私は嘘ばかり申し上げました。

「愛してゐなかつた。」とあえて前言撤回すること、あるいは「見事、復讐してやる」といった物言いは、それが事実か否かとは無関係に、自己認識・意志決定への確信といった個としての完結性を示し続けようとするユダの過剰な意志の発現であり、この自尊心こそが、二転三転するユダにおける唯一の一貫性である。

イエスとの関係、そして聴き手「旦那さま」の存在によって左右され続けた、ユダの心と言葉。そのように内面の自律性を失えば失うほど自己の完結性を求め自律的に語ろうとする、というアンビヴァレンスは、最も皮相な物語に自らを押し込めていくことになる。(27)もちろん、このように語り終えられたからと言って、最後にユダが解釈以前の役割――金目当てに売り渡した――に戻れるはずもなく、それはメビウスの輪のようによじれた、原型への〈回帰〉に他ならない。

自身の自覚する独自性に依拠しつつ、愛と裏切りを矛盾しないひとつのこととして、ユダはこれまで語ってきた。が、ここでその姿勢を言葉上「嘘ばかり申し上げました。」と唐突に手放すことで、彼の苦悩と言葉との間には極端な乖離が生まれる。その意味で、「誰に理解されなくてもいい」交換不能な「愛」を語ったはずの言葉と引き替えに、万人に流通する「金」を受け取るに至る、という事態は、ユダの言葉が最終的に辿り着いた性格を的確に示すものである。

しかしまた、これを表現として外から見れば、語りの一切を「嘘」であったと否定する言葉は同時に、そのすべてが痛切な真実であると主張する言葉に他ならない。現実主義と理想主義、自律と他律、愛と裏切り。幾層もの言葉の上での二律背反が反転しつつ両義性を以て語られたその果てで、真偽をめぐる最大の逆説がこれら全体を覆ってくるのである。

太宰が聖書を人間関係の物語として受容するにあたり、山岸の著述の存在は重要だった。ただ、そこで獲得したいくつかの設定を転用しつつも、一人称語りの回想という方法によって関係の具体的様相は辿られる。愛憎が一体化するほどに強い感情を持った対象というものは、いかに反撥しようがどこまでも一種の規範であり続け、そうした規範について語ることは、その内容を明らかにする以上にむしろ規範に対する自身の欲望を露呈させる。とりわけ、規範との関係において自身の独自性・主体性といった個としての完結性を主張することは、むしろそれらが幻想であることを自らあらわにしていくことでもあった。

聖書、イエスの存在と言葉、そして、ユダの行為を金目当ての裏切りとする従来の意味づけ。これらはそれぞれ、既存の権威や規範、解釈の原型として、入れ子状の壁のようにあらかじめテクストを強固に囲繞している。比喩的に言えば、ユダは語りの内側からこれらの壁を食い破ろうとし、またそれらに取り込まれてもいくのであった。他方、外枠である聖書の存在が見えている太宰はそうした規範の磁力に自覚的であり、ユダを通して「古典的秩序へのあこがれやら、訣別やら、何もかも、みんなもらつて、ひつくるめて、そのまま歩く。」（「一日の労苦」、『新潮』

一九三八〈昭13〉・三）という自らの創作姿勢に重なる道程をかいま見せたとも言える。

他者への強い志向があるところに、関係における言葉の諸相は顕在化する。規範の吸引力から離脱して自分自身であろうとするところに、原型への似て非なる回帰と自己喪失という逆説が生まれる。ユダがイエスを売るという逸話は、こうしたあまりにも人間的な事態を語りにのせていく上で恰好の素材であったに違いない。

注

（1）田中良彦「太宰治とキリスト教—山岸外史との関係から」（『武蔵大学人文学会雑誌』一五—一、一九八三・一〇、後、『太宰治と「聖書知識」』一九九四・四、朝文社）

（2）千葉正昭「太宰治作家論事典—聖書」（『太宰治必携』一九八〇・九、学灯社）

（3）以上、千葉正昭「昭和一六、七年の太宰治と聖書」（『日本近代文学』三七、一九八七・一〇）

（4）早くに、寺園司「太宰治と聖書」（『国語と国文学』四一—一二、一九六四・一二）で、全太宰作品と聖書との照合調査が行われた。また、三谷憲正「太宰治「駈込み訴へ」試論—〈ヨハネ伝〉をめぐる基礎的作業を中心として」（『金沢大学国語国文』二三、一九九八・二、後、『太宰文学の研究』一九九八・五、東京堂出版）では、「〈ユダ物語〉の骨格は「ヨハネ伝」を主軸に展開している」と結論づけられた。

（5）同時代にユダについての関心を触発する、亀井勝一郎「生けるユダ（シエストフ論）」（『日本浪曼派』一九三五・五〜六）があり、ユダの裏切りに対する新解釈が紹介されていた（五月号には太宰「道化の華」が掲載されている）。これについては、高橋英夫「ユダ的テーマの系譜」（『国文学』二七—七、一九八二・五）に詳しい。

（6）田中良彦「太宰治と「聖書知識」」（『太宰治と聖書』一九八三・五、教文館、後、注（1）前掲書）は、『聖書知識』（一九三〇・一〜一九四六・一二の範囲）と全太宰作品との照合を行い、「駈込み訴へ」との類似箇所を四箇所指摘した。さらに、注（4）三谷氏は、『聖書知識』の記述が「媒介として、あるいはフィルターとして、発想の翼を担っていた」として、「その利用の跡」数箇所について考察している。

（7）注（1）田中氏の論に詳しく紹介されている。
（8）中野嘉一「太宰治の回想記」（『太宰治研究』二、一九九六・一、和泉書院）
（9）菊田義孝「ユダの心―「駈込み訴へ」と山岸外史著『人間キリスト記』」（『国文学』二一―六、一九七六・五）
（10）注（1）に同じ。
（11）菊田・田中両氏の指摘した対照的な人間像や関係の構図の周辺に、さらに次のような表現上の類似点がある（以下、「人間キリスト記」を「人間」、「駈込み訴へ」を「訴へ」と略す）。

・あの魔術に心惹かれ、耶蘇を聖者と考へず、魔術師と考へ、その背後についていつたものなのに相違ない。（「人間」）
謂はば、私はあの人の奇蹟の手伝ひを、危い手品の助手を、これまで幾度となく勤めて来たのだ。（「訴へ」）

・その火の心をもつて反抗し、その鋭い眼をもつて、人々を眺め、水のやうに冷静なその心で、弟子達を啓蒙し、女性に、始めて、優美な微笑と寛容とを与へてこれを愍れんでゐたのである。（「人間」）
あの人はこれまで、どんなに女に好かれても、いつでも美しく、水のやうに静かであつた。いささかも取り乱すことが無かつたのだ。（「訴へ」）

・銀三十枚で耶蘇の肉体を売ることに、ユダは、ひとつの痛快味さへ考へることが出来た。金銭を笑つた耶蘇を、金銭で嘲つてやりたい欲望に近かつた。（「人間」）
いやしめられてゐる金銭で、あの人に見事、復讐してやるのだ。これが私に、一ばんふさはしい復讐の手段だ。ざまあみろ！（「訴へ」）

さらに、ラストで唐突に出てくる「鳥の声」もまた「人間キリスト記」に現れる。

・この足音に夜のねむりを破られた鳥の声が、高い空で、四つ五つとつづいた。羽音が梢をかすめて飛んだ。森のなかの静けさは、破られた。（「人間」）
ああ、小鳥が啼いて、うるさい。今夜はどうしてこんなに夜鳥の声が耳につくのでせう。私がここへ駈け込む途中の森でも、小鳥がピイチク啼いて居りました。［…］立ちどまつて首をかしげ、樹々の梢をすかして見ました。（「訴へ」）

(12)　山岸外史「〝生まれてすみません〟について」(『人間太宰治』一九六二・一〇、筑摩書房)。なお、同書には、「水到って渠なるが理想なんです」という山岸自身の言葉が見え(本書第二章参照)、あるいは「(この Who am I？は、他日、太宰が使っている。たぶん、ぼくの Who am I？だろうとぼくは考えている。)」(以上、「最初の日」)とある。さらに、「太宰のはるか後期の作品に、太宰が写楽について若い人になにかいっているところが書かれているところを読むと、あの言葉など、ほとんどぼくが当時太宰にいったのとおなじことを書いているような気がして、ぼくは妙な気がするのである。――」(「仏蘭西人形」)ともある。

(13)　以下、聖書の引用は『〈英和対照〉ヨハネ伝福音書』(一九二八、米国聖書協会)に拠る。なお、太宰の使用していた聖書については、鰭崎潤・水谷昭夫「対談・太宰治とキリスト教」(『関西学院通信　クレセント』一九七九・六)で鰭崎所持の「アメリカの聖書協会の」「昭和十年三月版」に近いものか、と推測されている他、田中良彦「聖書と日本文学―太宰治を中心に―」(鈴木範久監修　月本昭男・佐藤研編『聖書と日本人』二〇〇〇・三、大明堂)に詳しい。

(14)　この二つの役割は、「右大臣実朝」では近習と公暁に割り振られ、かつ、二人は潜在的共犯関係にある。これについては次章で述べる。イエスとユダ、実朝と公暁の関係の相似性と同時に、主人を美しい存在のまま死なせるという意味では、語り手近習とユダの役割にも近似性はある。

(15)　以上、森厚子「太宰治「駈込み訴へ」について―語りの構造に関する試論―」(『解釈』二五―二、一九七九・二)。

(16)　崔明淑「『駈込み訴へ』論―「ポリフォニー」的小説の聖書変容―」(『大学院研究年報』二七、一九九八・二、中央大学)

(17)　注(16)に同じ。

(18)　注(15)森氏。

(19)　注(15)森氏。

(20)　陸根和「『駈込み訴へ』論」(『実践国文学』四七、一九九五・三)

(21)　服部康喜「終わりへの存在―太宰文学におけるイエス像」(『敍説』一〇、一九九四・七、後、『終末への序章―

太宰治論―』二〇〇一・三、日本図書センター）
(22) 注（13）田中氏は、『聖書知識』によって太宰が既に塚本氏による「口語訳にも触れていた」可能性を指摘している。つまり、文語体の採用はある程度意識的なものであったと考えられよう。
(23) 渡部芳紀「『駈込み訴へ』論」（東郷克美・渡部芳紀編『作品論　太宰治』一九七六・九、双文社出版）
(24) 注（5）高橋氏。
(25) 井口時男「頽廃する二人称または再帰代名詞の喪失」（『ユリイカ』三〇―八、一九九八・六）
(26) 山岸「人間キリスト記」の「ユダの章」冒頭には「黒い文字は、白い紙の上に書かなければならない。神を描くためには、ひそかに、悪魔の助けをからなければならない。」とある。また太宰「姥捨」（『新潮』一九三八〈昭13〉・一〇）における「ユダの悪が強ければ強いほど、キリストのやさしさの光が増す。」「反立法としての私の役割」もあまりにも有名である。イエスはユダがいて初めて意味ある存在になる、というこうした当時のシェストフ的ユダ理解に、差異による「対等」性の主張は沿うものであった。
(27) 例えば、『お伽草紙』（一九四五〈昭20〉・一〇、筑摩書房）の「カチカチ山」の狸や「舌切雀」の婆の追い込まれた情況がその典型と言える。前著『太宰治翻案作品論』（二〇〇一・二、和泉書院）で既述。婆もユダも相手に対して「優しい言葉」を求め、他方、相手の言葉を「信じない」とも言う。なお、「優しい言葉」については、嘉数弓子「「駈込み訴へ」論」（『上越教育大学国語研究』五、一九九一・二）が別趣旨で既に指摘している。

第十章　「右大臣実朝」論——語りと行為の共犯

一　語りの性格——問題の所在

いわゆる〈中期〉太宰の長篇のひとつにふさわしく、「右大臣実朝」（一九四三〈昭18〉・九、錦城出版社）では確かになじみの太宰的世界がいくつも展開している。なるほど、実朝と公暁の関係は「駈込み訴へ」（『中央公論』一九四〇〈昭15〉・二）におけるイエスとユダの関係に重ね合わされよう(1)、実朝の言う「アカルサ」は「かるみ」（「パンドラの匣」、『河北新報』一九四五〈昭20〉・一〇・二二～一九四六・一・七）や「聖諦」（『お伽草紙』一九四五・一〇、筑摩書房）といった言葉と結びつけて考えられようし、義時の造型には「新ハムレット」（一九四一〈昭16〉・七、文芸春秋社）のクローヂヤスや「人間失格」（『展望』一九四八〈昭23〉・六～八）の大人達と同質のものが見出される、実朝の朝廷崇拝の様は戦時下の天皇制イデオロギーと無縁とは考えられない、太宰の実朝への憧憬は初期以来のもので実朝を書くことには彼なりの強い必然性があった(2)——このように、前後の作品や作品外の背景と結びつけられていくことからも、この作品がまぎれもなく太宰作品群の織りなす網目の中にあることは見てとれる。多くの着目点を有する作品として、先行研究も少なくはなかった。

しかし、これら従来の観点から様々に光を当ててみても、作品の全体像は必ずしも明快に見えてこない。近習の語りが実朝をめぐる物語を一定のトーンで覆いつくしている点にその要因を見る向きもあり、「奇妙に平面的」(3)「いちぢるしい平板化」(4)といった評価を度々受けることにもなった。

確かに、実朝を全面的に信頼・理想化し、一種の超越者として語ろうとする近習は、その裏づけのように周囲の様々な噂を先回りし紹介しては否定してみせる。ただ、その語り方は北条側の尼御台政子や相州義時についても酷似しており、明らかに彼らの政治性やその思惑がかいま見える言動を描写しながらも、同時にそのような他意はないと打ち消し、その代わりのように「生れつき不具のお心」を持つ義時の性格悪に何度も言及する。さらに、ほぼ終わり近くで、それまでの実朝賞賛を一気に相対化する公暁とのやりとりが全く異なった色調で展開され、最後に語りは鳴りをひそめ、複数の文献の引用によって右大臣拝賀の行列と暗殺の有様が示される。

素朴に考えてみるに、「歴史の大人物と作者との差を千里万里も引き離」(「鉄面皮」、『文学界』一九四三〈昭18〉・四)し、人間離れした実朝像を押し出すことだけが目的であるなら、それに逆行する噂や公暁の見解をわざわざ語らせるようなことはしないだろう。「私の見たところ聞いたところ、つとめて虚飾を避けてありのまま、あなたにお知らせ申し上げます。」といくら冒頭で約束しようと、それまで積み上げてきた実朝像を守り通すつもりであったならば、公暁との場面を語らせない選択肢もありえたはずである。別の解釈があることをとりたてて知らせておいてからそれを語気強く否定すれば、聴く側としてはむしろそれらの解釈の方が気になるだろう。つまり、語り手の思いがどうであれ、語らせている作者は固定的な実朝像の提示だけに収める気はない。

別の側面から見てみよう。例えば、実朝が京から御台所を娶ったことについて、「けがらはしい、恥知らずの取沙汰」から「贔屓の引きたふしのやうなもの」「思ひ過しの野暮な言ひ草」に至るまで、周囲で飛び交う様々な憶測が批判的に挙げられるが、それらに対置されるのは、それが実朝による「無邪気の霊感」であり、「みぢんも理窟らしいものが無く、本当に、よろづに、さらりとしたものでございました。」という見方である。あるいは、詠まれた歌に関しても、

> 隠れた意味だの、あて附けだの、そんな下品な御工夫などは一つも無く、すべてただそのお言葉のとほり、それだけの事で、明々白々、それがまたこの世に得がたく尊い所以で、つまりは和歌の妙訣も、ただこの、姿の正しさ、という一事に尽きるのではなかろうか

という説明で「いろいろの詮議」を退ける。あえて「意味」づけることや解釈することよりも無心であることの方が優位にあるという前提がここにはあり、その繰り返しによって無心の価値そのものはいよいよ前面に押し出されていく[5]。言葉や「意味」づけや「理窟」を越えたものの価値を否定しようとすること自体が、「意味」を介入させるものである以上、この前提の反証はきわめて難しい。要は、そうした「霊感」を信じるか否かの問題となるのである。しかしまた、こうした価値を饒舌な言葉によって語り続ける、即ち、「意味」づけないことそのものに「意味」づけをし続ける、という逆説的なありかたこそ、太宰作品の中でしばしば見られるものでもあった。

　そしてこのもう一方で、明確な事実としては指摘されないまま、得体の知れない義時像が語りの中に何度も姿を現す。

> 少しも間違つた御態度ではなく、間違ひどころか、まことに御立派な、忠義一途の正しい御挙止のやうに見えながらも、なんだか、そこにいやな陰気の影があるやうな心地がいたしまして、正しさとは、そんなものでない、はつきり言へませぬが、本当の正しさと似てゐながら、どこか全く違ふらしい、ひどく気味の悪いものがあるやうな気がするのは、私だけでございませうか。

先の「姿の正しさ」から少し離れたこの箇所で、義時は「正しさ」に関して実朝の無心の対極に位置づけられて

いるようだが、語り手がこの対照性を明白に説明したわけではない。ただ、両者の不和が徐々に顕在化していくようには語られている。

言葉で説明すること自体がパラドックスを生む「理窟」抜きの実朝像と、言葉で指摘し太刀打ちすることが困難な性格悪を孕む義時像と。[6] 言葉による伝達の困難を前提としたこうした明示と暗示による多層的な語りの駆使にあっては、読み手が何と何とを結びつけ、いかに物語の中に遠近を見出し、光を当てるかによって、語られたことの意味は左右される。即ち、ここでの語りのありかたがひとつの明確な方向性を持ったり「平面的」であったりすることからむしろ自覚的に逸れていこうとするものであることを、まず了解しておきたい。少なくとも、一連の近習の語りは通常ならばまず避けそうなきわめて〈人工的〉な語り、作品「右大臣実朝」を形作る語りでなければありえない、小説の戦略的な語りに他ならない。「作者太宰が導入した絶妙な話法装置は、［…］浮かび上がる実朝像が、じつはこれを熱愛する一人称の語り手の視野の中にのみ存在しており、したがってまた、これを自由に相対化しうるという仕掛けであった。[7]」という指摘を先駆として、九十年代以降の先行研究の多くは、まさにこれをどう見るかという点から切り込もうとしてきた。はたして「相対化」の果てに何が見えるか。こうした語りの性格と実朝の悲劇という物語の内実を、今一度具体的に結びつけて考えてみることが、ここでの趣旨である。

二　暗殺に関わる二人の位置――義時と公暁

「右大臣実朝」は、何よりもまず『吾妻鏡』その他の原典を明示的に持つために翻案と見なされるのだが、同時に、作中に引用された諸文献に限らず、実朝暗殺に至るまでの経緯に関する諸説をひそかに援用し、[8] 史実に対して別の意味づけがなされてもいる。実朝はなぜ、誰によって殺されたか。以下、ここに付せられた解釈に注目することとする。

「峻厳と」言ってもよいほどの政治的決裁力が、徐々に「どこやら奇妙な、おそろしいものの気配」に侵され、和田の乱を契機にその権能放棄に至る、という実朝の変貌。これをまず読み手は、「政治的に仮構された〈中立〉な語り手による「語らざる政治ドラマ」(9)の表層として知らされる。ただ、既成の歴史の枠組みが利用されているだけに、読み手も後の承久の乱などの史実をいつしか補って読み進めていく――実際、そうした読みを促すような記述も多い(10)――であろうから、そこに出現する実朝像は、政治の力学の中で悲劇的役割を負わされた受動的な犠牲者といったものになっていくに違いない。そして、先に述べたように、その情況を徐々につくり出していったのは曰く言い難い義時の性格悪ではなかったか、と思わせるところに、何度も語りは近づいていく。

したがって、実朝を殺したのは誰かという問いに対して語り手が用意していた答えは、直接手を下した確信犯の公暁か、情況を準備した義時か、ということになる。ただ、この二人に対する描き方の違いは歴然としている。

既に「「実朝」のみならず、「尼御台」をはじめとする北条執権家側の人間の内面に〔…〕遡及的に立ち入らない」という語りの特徴が指摘されているが(11)、公暁以外の主要人物達の語り口の描写は、確かにかなり似通っている。実朝はわずかな言葉を「微笑んで」語るばかりでなく、しばしば「お口早」であり、「みなまで聞かず、つづけて二、三度せはしげに御首肯なされ」ることもあり、あるいは「誰にともなくひとりごと」であったり、「口ごもりながら御遠慮がち」であったり、「うつむいて、低く呟くやうに」話す。この語り口は言葉と人間に対して不信感を持つ「舌切雀」(『お伽草紙』一九四五〈昭20〉・一〇、筑摩書房)のお爺さんを想起させるだろう。

実朝だけではない。尼御台も「軽く即座に」、義時も「ひとりごとのやうに、ぼんやり」「軽く無雑作に」「気軽く」というふうに。さらには鴨長明入道もまた「独り言のやうに」「奇妙な笑ひ」を浮かべ、「きよとんと」したその様はきわめて奇異な印象を醸し出す。彼らのこうした気配はいずれも、まるで言葉の背後の真意を読み取る隙を与えまいとするかのようだ。内面に立ち入れない分がこれらの描写で補われているようにも見え、結果的に、近習からは直接語られない部分の存在が否応なく読み手に意識されることになる。

こうしたよそよそしいやりとりの後であるだけに、公暁との会見場面はひときわ生き生きとし始める。わずかに蟹を食べる描写くらいしか見当たらないこの場面を生かしているのはまぎれもなく公暁自身の言葉で、それはまさに「何もののフィルターをも通っていない。よって読者には「私」と同じ影響力を持ったもう一つの言葉[12]」と言える。義時の性格悪がその中心にあるために言葉で明確に指摘できない無形の策謀に巻き込まれていくというだけでなく、それとは対照的に生々しく造型された人間に独自の必然性をもって実朝を殺させる、という二重の文脈がここにはある。公暁の言葉のうちに、仇討的要素あるいは義時との政治的紐帯を推測させるものが一切出てこないのも、そのゆえだろう。

作者は実朝暗殺をめぐる議論について、その政治的側面を内面に踏み込みがたい義時の邪悪さとして語らせて遠景とする一方、近景に独自の解釈をこめるべく、その本心を公暁に直接吐露させたと考えられる。先回りするならば、義時に対する嫌悪感をあれほど繰り返し語った近習が実朝暗殺そのものと暗殺者への思いを一切語らないのは、公暁とのやりとりでその真相はほぼ明かされているからである。

三　近習の回想における公暁

公暁との会見場面については、早くは同時代より注目され[13]、賛否両論があった。「いわば前期的な視点から中期の生き方の欺瞞性が批判されているともいえよう[14]。」といった指摘を経、九十年代には、「そこには〔…〕語りの苦しさの、最大の原因が隠されていた[15]」、「「私」と正反対な北条家の実朝観を知らされたことは「私」の実朝観を一時的に不安定な状態にさらす。「私」はその状態を安定に反転させるため、北条家の実朝観を覆そうとする。このことを起点として回想が構築されたと考えるなら、[16]」と、この場面を一層積極的に語りの根底に位置づけようとする意見が出てきた。公暁との会見の事実は何らかの意味で近習の語りのありかたを決定している、というのである。

近習の回想は、すべてが遠い昔に終わり、一連の過去を十分客観的に回顧できる時期に至ってもなお実朝についてだけは「念仏どころでなくなります。」という状態でなされる。その中でも特に、公暁との会見場面のみ遠い日の回想という姿勢が崩れ、語りがそこで「冷静さを失」っているとの指摘もあるが[17]、ここは語り手による意味づけの極力排除された〈小説〉的描写になっていると見たい。そして、語り手のその記憶への直接の立ち入れなさこそがむしろ、語りのありかた全体に及んでくるのである。

実際、そこから語りの最初に戻ると、冒頭から三章分ほどにわたって紹介されるエピソードにつきまとう噂や通説に対する強い口調は確かにことごとく、先回りして公暁の実朝観・人間観を覆そうとする反論のためであるかのように読める。また読む側としては、これらの情報をあらかじめふんだんに浴びてからこの会見場面へと進む以上、一種の免疫のようなものができているはずで、そこまで来たところで実朝像が根本的に穢されることもないわけである。

公暁が誰もかもを「馬鹿」呼ばわりしたからこそ「人間はみな同じものだなんて、なんといふ浅はかなひとりよがりの考へ方か、本当に腹が立ちます。」と近習は言うのであろうし、「あばた将軍」という公暁の言葉に思わず嚙みついた近習としては疱瘡の跡について「かへすがへす、したり顔の御穿鑿はせぬことでございます。」と今も繰り返さずにはおれない。実朝の京への執着が「田舎者」扱いされることへの懸念から来ているという公暁の指摘に対しては、御台所をめぐる噂の否定と共に、流鏑馬の報告に興じる姿や平家への思い入れを通して「アカルサ」への希求を語ることで、実朝の他意のなさを裏づけようとする。また北条側の「白痴」という実朝評価については当然のことながら直接には触れず、「思ひ込むと誰はばからずそれを平気で言ひ出す」という公暁の北条評価をここではそのまま受け入れ、「づけづけ思ふとほりの事をおつしやつて、裏も表も何もなく、」という説明で代替することで論点をずらしている。

しかし、否定しようとすればするほど、近習が公暁の言葉から今なお自由になれていないことも明らかになる。現に、語りの過程には明らかに公暁の見解に沿った表現が時折現れる。例えば、渡宋計画が「幕府の御視界の狭いお方たちには、ほとんど気違ひ沙汰と思はれた」といったように。さらに、こうした文脈においてだけでなく、公暁の実朝観はより積極的に語りの中に招き入れられている気配がある。精神上の「変化」の契機となる和田の乱の場面、炎に取り巻かれる中で、

そのお笑ひのお顔は、お痛はしいと申すよりは、もつたいない言草ながら、おそろしく異様奇怪のものでございまして、将軍家御発狂かと一瞬うたがはれましたほど、あやしく美しく、思はず人を慄然たらしむるものがございました。

とあった。最後で『増鏡』に「一語添えて[18]」、「世のなか、ふつと火を消ちたるさまなり。」と実朝の死の瞬間が表現されたことと重ね合わせると、公暁の指摘によって喚起された狂人のイメージは、「火」を媒介として物語全体にとって効果的にはたらいているようにも読める。

既に聞いてしまったことを聞いていないことにはできない。他でもない、実朝を殺した張本人の本心を知る唯一の立場となり、その実朝評価を二十年間かけて内面化してしまったからこそ、近習の心の行きどころのなさが語りにこうした動揺を生んでいるのである。公暁による意味づけを拒否するところに近習をかろうじて踏みとどまらせ

たのは、実朝を価値づける無心というよりどころとそれを何としても信じたいとする志向だろう。こうして、実朝への「信仰」に近い思慕とそれをどこまでも逆撫でしてくる公暁の実朝観との間に、近習は今もいる。公暁の言葉は明示されず意識化されない近習のもうひとつの側面そのものとも言えるのではないか。

四　「アカルサ」の頂点としての「ホロビ」へ――実朝と公暁

公暁の発言の中で中心をなすのは、京を相対化することを通して、実朝を自分と同じ位置にまで引き下げようとするところである。もちろん、「朝廷」を「京都」へと置き換えることによって公暁の言葉は政治的に骨抜きにされ、近習同様、その非政治性は確保された上で、である。それは、公暁にも義時の政治性が見えないことに対応している。

公暁は、自分は「山師」で、実朝は「田舎公卿」で「冠つけた猿みたい」なものだ、と言う。この指摘は、鴨長明の実朝に対する「都の真似をなさらぬやう。」「洒落の手振りをただ形だけ真似てもつともらしくお作りになつては、とんだあづまの片田舎の」云々という発言が伏線となっている。尤も、その長明も初めから語り手によって「見どころもない下品の田舎ぢいさんで、お顔色はお猿のやうに赤くて」、と引き下げられていた。同様に公暁の場合も、自身の言葉で自らを同時に引き下げており、実朝の前で「卑屈」になってしまう公暁の言い分そのものに必ずしも説得力はないかに見える。にもかかわらずこの場面が意味を持つのは、ここに公暁による実朝暗殺の必然性が先取りされているからである。

この後、近習は実朝の死を「アカルサハ、ホロビノ姿デアラウカ。」というかつての実朝の言葉の想起によって予感する。この言葉は二つ目の章において直接には「平家」のことを指していたようだが、その手前の「都ハ、アカルクテヨイ。」まで遡って考えた時、近習が実朝最後の「アカルサ」に「ホロビノ姿」を予感したのとは別の「アカルサ」の実体を、公暁が言い当てようとしていたことが見えてくる。

実朝が「アカルクテヨイ。」と言った「都」は、公暁によれば「軽薄」で「見栄坊」、「反省力も責任感も」ないところである。この見方からすれば、実朝の右大臣拝賀の祭礼こそ、そのような「都」の「猿」「真似」の極みであろう。それは「ほとんど御謙虚の敬神崇仏の念をお忘れになつていらつしやるのではないかと疑はれるほど、その御儀式の外観のみをいたづらに華美に装ひ、」とまで近習に言わせた諸々の行事、仏事の延長上にあったからである。さらには「都」からの使いへのもてなしのために「関東の庶民は等しくその費用の賦課にあづかり、ひそかに将軍家をお怨み申した者も少なからず」おり、「いまはもう、御家人といひ土民といひ、ほとんどその財産を失ひ、愁歎の声があからさまに随処に起る有様」にまで至っていた。もとより「アカルサ」は健全なものであってはならず、こうした不健全さや放埓ぶりこそ「ホロビ」に必然性を与えはする。しかし、恐らく実朝の念頭にあった「アカルサ」は、「相州ハ、マダ、死ニタクナイモノト見エル。」といった言葉からもうかがえるように、欲や生への執着を根本的に捨て去ったところに初めて生じるものであったに違いない[19]。

右大臣となったその後までも生き永らえていれば、実朝のありかたは「猿」「真似」のままであっただろう。しかし、「都」の似て非なる「アカルサ」を突き抜け、近習が予感していた真の「アカルサ」、即ち生の放擲という「ホロビ」そのものにまで行き着けば、「都」はもはや公暁の言うようには恐れるに足らぬものとなる。結果的に、公暁はその時機を捉え、実朝を「アカルサ」の体現者たらしめた。実朝殺害は自殺行為に等しいと覚悟の上、公暁は、「アカルサ」を志向していた実朝の生死と「死なうと思つてゐる」自らの生死とを重ね合わせたのである。実朝と公暁をイエスとユダになぞらえる指摘がある一方で、公暁は実朝の対立者ではない、むしろ「実朝の透明な虚無とこの公暁のデスペレートな暗黒は、表裏一体をなす[20]」、といった指摘も既にある。確かに、実朝だけではこの物語のカタストロフは訪れない。偽の「アカルサ」の不健全さを見抜きうる公暁という存在あって、初めて実朝は「アカルサ」の果てを体現し、「ホロビ」に至る物語は完結する。

五　予行される暗殺――近習と公暁

しかし、こうした物語の思惑は、当然ながら近習の語りの表面には表れてこない。近習は、人の心にことさら醜悪な本心や裏を読み取ろうとする公暁の「心の姿」自体を、「掃溜のやうな汚なさ」と一蹴するだけである。近習は終始そのように実朝を高みに置き続けねばならない。「アカルサ」の体現者たる資格を持った存在として実朝が語られることによって、その破局の必然性も、またそれを幇助した公暁の役割も明確になるのだから。その意味では、近習と公暁の実朝評価は正反対でありながら、実朝の悲劇に向けての役割は補強し合い、嚙み合っている。表層とは裏腹な二人のひそかな共犯関係の構図がかいま見えるのは、近習が公暁に切りつける箇所である。

「さうですか。それだから、あなたは馬鹿だといふのだ。なんでもいい。みんな馬鹿だ。〔…〕私は、蟹を食べてゐるうちは何だか熱中して胸がわくわくして、それこそ発狂してゐるみたいな気持になるんだ。つまらぬ事ばかり言つたやうに思ひますが、将軍家に手柄顔して御密告なさつてもかまひません。」

「馬鹿！」私は矢庭に切りつけました。

ひらりと飛びのいて、

「あぶない、あぶない。鎌倉には気違ひがはやると見える。叔父上も、いい御家来衆ばかりあつて仕合せだ。」

さつさと帰っておしまひになりました。

もちろんこの時の近習の言動には、実朝と自分に対する侮辱への怒りという動機がある。しかし、その動機とは別に、「馬鹿だ」を連発し、果ては自身も「発狂してゐるみたいな気持になるんだ。」といった自暴自棄な公暁のありかたを、近習がこの唐突な行為によってなぞり直していることに注目したい。

ここで近習が公暁を傷つけるなり殺すなりしてしまっていれば、実朝の死は先延ばしにされ、また近習がこのように実朝について昔語りをする機会も奪われてしまったはずだ。繰り返すが、実朝が「アカルサ」の体現者として語られることが可能になったのは、右大臣となったその頂点で実朝が殺されたからである。あえて乱暴な言い方をすれば、その意味では、近習が実朝を殺すことが物語の完結にとって最も手っ取り早い。しかし、実朝の死後その「アカルサ」を語り通すべき近習に、それをさせることはできない。公暁が殺し、近習は語る。近習が「馬鹿！」と呼ばわりながら公暁に切りつける、形だけの突出したこの行為は、それが無意味であるだけに、公暁が誰もかもを「馬鹿だ」と言った果てに実朝を暗殺したことの一種の先回り・予行として見た場合に初めて意味を持ち、物語の構造に組み込まれてくる。公暁の役割を近習に予行させられるほどに、二人は実朝の悲劇に向けて接近しているのである。

そろそろ二十年、憂き世を離れてこんな山の奥に隠れ住み、鎌倉も尼御台も北条も和田も三浦も、もう今の私には淡い影のやうに思はれ、念仏のさはりになるやうな事も無くなりました。

実朝の死に最も深く関わる者の名は、回想の冒頭に表れない。これはラストの暗殺場面における近習の黙秘にも対応している。近習自身が殺す側になりえて、実朝の死の必然性を公暁とただ二人共有していたというのなら、そうなるのは自然だろう。否、この作品は近習に暗殺について黙秘させたと言うより、近習の退場と入れ替わりに公暁を『承久軍物語』からの引用という形で再登場させたのである。

「かねて将軍ならびに右京大夫義時を討たんとて」の箇所の加筆が既に指摘されている。「義時と公暁がぐるであったという説を否定したいために[21]」という理由づけもできようが、実朝をめぐる義時に対する憎悪は近習自身の思いでもあったのである。しかし、公暁にも近習にも義時を討つことはできない。それは「俄かに心神悩乱し、前後暗くなりしかば、文章博士仲章を呼びて御劔をゆづり、退去し」たから、と言うよりも、彼らは義時と同じ土俵に立つことが遂にないからである。

表題通り「右大臣実朝」となったその果ての悲劇に向けて、物語は、近習と公暁とがただ会見したというだけでなく、二人の精神的なニアミスを用意していた。そのことは近習の意識には上っていない。しかし、語りを動揺させた公暁の言葉も含む近習の語り全体によって、結果的に実朝は真の「アカルサ」の体現者として物語られることが可能になった。さらに、近習と公暁の近似性とは異質な次元からはたらきかけてくるのが、義時の陰鬱な権力である。三者がこのように配置されたことによって、史実としての実朝暗殺からはまたひとつ新しい物語が生み出されたのである。

注

（1）奥野健男「生涯と作品　安定と開花の時代―中期―」（『太宰治論』一九五六・二、近代生活社）

（2）以上の論点はいずれも東郷克美「『右大臣実朝』のニヒリズム―戦争下の太宰治の一面―」（『成城大学短期大学部紀要』三、一九七一・一二、後、『太宰治という物語』二〇〇一・三、筑摩書房）で指摘され、その後の「実朝」論の基盤と言うべきものになっている。

（3）吉田凞生「『右大臣実朝』」（『国文学』一二―一四、一九六七・一一）

（4）饗庭孝男「『女生徒』『正義と微笑』『新ハムレット』『右大臣実朝』」（『太宰治論』一九七六・一二、講談社）

(5) 戦時下太宰作品における「無垢」「無心」の位置づけについては、井口時男「イロニーと天皇―「右大臣実朝」―」(『太宰治研究』八、二〇〇〇・六、和泉書院)に指摘がある。

(6) 性格悪と言葉による指摘の困難については、拙論「『お伽草紙』論 「瘤取り」」(『太宰治翻案作品論』二〇〇一・二、和泉書院)で言及した。

(7) 野口武彦「三人の実朝―言語の危機と危機の言語」(『海』一五―四、一九八三・四)

(8) 島田昭男「右大臣実朝論―その成立事情を中心に―」(文学批評の会編『批評と研究　太宰治』一九七二・四、芳賀書店)での指摘に基づき、嘉数弓子「歴史小説「右大臣実朝」考―執筆参考資料をめぐって―」(『太宰治』七、一九九一・六、洋々社)、および、これの再検討である松田忍「太宰治「右大臣実朝」論―雑誌「歴史地理」源実朝号(第三三巻第三号)との関係―」(『京都語文』一一、二〇〇四・一一、仏教大学)で詳細に検証された。

(9) 安藤恭子「『右大臣実朝』―〈死〉と〈崇敬〉のアイロニー―」(『国文学　解釈と鑑賞』六四―九、一九九九・九)。一方、北川透「不気味な魔物の影―戦争下の『右大臣実朝』―」(『日本文学研究』三五、二〇〇〇・一、梅光女学院大学)では、語り手のスタンスを「フィクションのなかにいる幼い眼と、すべてを見通す円熟した眼の間を、自由に往還する[…]自在な位相」とし、それこそが「権力のゲームを捉えるための装置」である、とする。

(10) 権錫永「アジア太平洋戦争期における意味をめぐる闘争(4)―太宰治『右大臣実朝』―」(『北海道大学文学研究科紀要』一〇九、二〇〇三・二)は、戦時下作品という点に着目し、語りにおける「「承久の乱」の強調は、一層ラジカルな《アンチ〈天皇制〉》というものを思い起こさせる」と指摘する。

(11) 注(9)安藤氏。

(12) 和田季絵「『右大臣実朝』論」(『無頼の文学』一九九四・一二)

(13) 野村尚吾「二つの峠―『心理的』と『右大臣実朝』に就いての覚書―」(『早稲田文学』一一―七、一九四四・六)など。

(14) 注(2)東郷氏。

(15) 鎌田広己「語り手の愛―太宰治『右大臣実朝』―」(『神戸大学文学部紀要』一八、一九九一・三)

(16) 永吉寿子「太宰治『右大臣実朝』論―回想する「私」/引用する〈作者〉―」(『日本文芸研究』五〇―二、一九

九八・九、関西学院大学）
(17) 注(16)に同じ。
(18) 注(8)嘉数氏。
(19) 「パンドラの匣」に、「この「かるみ」は、断じて軽薄と違ふのである。慾と命を捨てなければ、この心境はわからない。[…] すべてを失ひ、すべてを捨てた者の平安こそ、その「かるみ」だ。」とある。
(20) 注(2)東郷氏。
(21) 注(8)嘉数氏。

第十一章　昭和十年代・西鶴再評価の中で

太宰は「新釈諸国噺」（『新潮』一九四四〈昭19〉・一）の「はしがき」[1]で、「西鶴は、世界で一ばん偉い作家である。」と書いている。尤も、この時期、西鶴を「世界」的なレベルで評価しようとしたのは、太宰だけではなかった。

その世相と人性とに対する痛烈なる徹底的透察と奇峭高邁にして含蓄に富める表現とは正に世界文学史上の驚異也。
（佐藤春夫「近代文学の鼻祖」、『現代語西鶴全集』内容見本、一九三一〈昭6〉・五、春秋社）

もし日本語が、世界的のものとなる事があれば、西鶴も世界的な大作家として、認められるであらう。
（菊池寛「西鶴について」、『わが愛読文章』一九四四・四、非凡閣）

これらは決してかけ声だけの空疎なものであったわけではない。自国の古典を現在の文学とどう結びつけていくかという具体的な試みと議論の中で、西鶴の価値づけもまた模索されてきたのである。

その気運の只中にあって、太宰は『新釈諸国噺』執筆を通して、西鶴のどのような「偉さ」を感じていたのか。ここではまず、作品を取り巻く情況、とりわけ西鶴受容に関して同時代の文学界がどのような動きを見せていたか、に目を向けよう。古典や西鶴に関するこの時期の言説、西鶴に触発されて生まれた様々な作品に、太宰もまた無縁・無関心ではいられなかったはずである。そして、同じその空気を呼吸していた太宰は、自らの内に何を取り込むことができたのか。太宰の西鶴受容のありかたが同時代の受容史の中でどう位置づけられるのか、という課題への一歩としたい。

一　昭和十年代の古典受容

「古典龍頭蛇尾」（『文芸懇話会』一九三六〈昭11〉・五）は「特輯　日本古典文芸の伝統と現代文芸」に掲載された断片的な随想で、日本文学の「お説教」性や「実用」性の指摘、とりわけ「最も写実的なる作家西鶴でさへ、かれの物語のあとさきに、安易の人生観を織り込むことを忘れない。」という西鶴への批判的言及があるために『新釈諸国噺』をめぐる研究でもしばしば引用される。ここで太宰は、「日本文学の伝統」は「私たちの世代の文学」に対し、「詩歌」はともかくも「散文」についてはどんな「影響」も与えていない、と言いきる。

日本の古典から盗んだことがない。私は、友人たちの仲では、日本の古典を読んでゐるはうだとひそかに自負してゐるのであるが、いまだいちども、その古典の文章を拝借したことがない。西洋の古典からは、大いに盗んだものであるが、日本の古典は、その点ちつとも用に立たぬ。まさしく、死都である。むかしはここで緑酒を汲んだ。菊の花を眺めた。それを今日の文芸にとりいれて、どうのかうのではなしに、古典は、古典として独自のたのしみがあり、さうしてそれだけのものであらう。

ただ、この少し手前に次のような叙述もある。

抜けるやうに色が白い、あるひは、飛ぶほどおしろいをつけてゐる、などの日本語は、私たちにとつて、異国の言葉のやうに耳新しく響くのである。たしかに、日本語のひとつひとつが、全く異つた生命を持つやうになつて居るのである。日本語にちがひはないのだけれども、それでも、国語ではない。一語一語のアイデアが、いつの間にか、すりかへられて居るのである。残念である、といふなんでもない一言でさへ、すでに異国語のひびきを伝へて居るのだ。ひとつのフレエズに於いてさへ、すでにこのやうに質的変化が行はれてゐる。

太宰は、自分達の文学にとって古典はただ不毛であると言っているのではない。現在用いる小説の言文一致の言葉そのものが既に古典と断ち切られた外来性を帯び、「質的変化」を遂げている、だからこそ「古典の文章を拝借」しようもないという明治以降の文化の接ぎ木性への意識が、先の発言の前提にはあるようだ。これらを踏まえ、次にそれから一年後の文学者達の言葉を覗いてみよう。

「古典に対する現代的意義」（『新潮』一九三七〈昭12〉・五）は、西洋の圧倒的影響下、日本の伝統に対して文学者はどのようなスタンスをとりうるか、という課題を念頭に交わされた座談会である。ここでは、「古典精神を活かすといふことの一面は、やつぱり、絶えず外国の文化との接触、或は咀嚼といふところから生れて来る」（雅川滉）、「日本文芸をつかんで、すすんでいくと、そこからもつとコスモポリタンな文芸性に徹底出来るといふ自覚が出来たのが、今日の日本精神」なのだから、これを論じても「フアツシヨ」にはならない（舟橋聖一）、といった意見が初めに出てくる。伝統について語るのに、まずこうした確認から始めねばならないところに却って時代のにおいが感じられるが、「外国のものを排撃する意味でなくて、それの受け容れ方や、それを消化する方法として、伝統を考へて見たらどうだらうか」(佐藤春夫)というのが、この場の一致した意見のようである。

しかしこの後、西洋文学の影響の優位性に抗するかのように「源氏にも方丈記にも文芸の本質はちゃんとある［…］日本文学の蘊奥を究めることで十分に、文芸性の普遍的なものに入れる」と舟橋は言う。「文芸の本質」「文芸性の普遍的なもの」といった言葉の指すところは不明だが、それよりも今は、「日本文学より西洋文学を重く見る」風潮(舟橋)について、「組織立て理論づけようといふ気持が日本人には少い」(島津久基)といった言葉も踏まえた、川端康成の次の発言に注目したい。

「西洋文学は美学とか芸術学とかいふものが、ずゐぶん古くから組織立つてゐる、哲学とも結びついてゐるでせう。その議論に助けられて、フローベルの方をよく理解するといふこともあるでせうし、西洋の文学は如何に生きるべきかといふことと、結びついて来てゐますからね。そして明治以後如何に生きるべきかを考へるその考へ方を西洋に学んでゐますからね。」

「日本の古典の作品の研究が非常に熾んになつたところで、日常社会をどう見るかとか人生をどう見るかといふやうな考へ方は、これからの青年だつて、どうしたつてもう西洋流の考へ方をつかまされてゐますからね、そもそもの修辞からして……。」

これらの指摘は、太宰が古典について「ちつとも用に立たぬ」「それだけのもの」と断言する所以をほぼ言い当てている。「修辞からして」「西洋流」が及んでいるという指摘も、「異国の言葉のやうに耳新しく響く」、「日本語のひとつひとつが、全く異つた生命を持つやうになつて居る」という太宰の言及に対応している。

さらにこの後、「直覚的な知性は、日本の歌なんかの方がすぐれてゐる。」（萩原朔太郎）、「俳句なんか、特に。」（川端）、「怪談なんかは、日本の方がズッと進歩してゐる。」（萩原）といった発言が続くが、これらは「古典龍頭蛇尾」の、「詩歌の形式」が「形の完璧を誇つて居るものもあるやうだ」、「おばけは、日本古典文学の粋である。〔…〕この種の伝統だけは、いまもなほ、生彩を放つて居る。ちつとも古くない。女の幽霊は、日本文学のサンボルである。」といった指摘と符合する。太宰が一時期、俳句に凝っていたことも想起されよう。

自らは西洋文学の側に身を置き、当時の文学と古典を画然と切り分けて見ていた点で、太宰は当時の文壇の認識と近いところにいた。ただし、この段階までの創作を見た限りでも、「日本の古典から盗んだことがない。」という言葉を必ずしも額面通りには受け取れない[2]。そしてこの後、他国の作品を素材として「女の決闘」「走れメロス」「清貧譚」「新ハムレット」と書き継ぐ中で自身のいわば「コスモポリタン」な「受け容れ方」「消化する方法」を会得し、恐らくはそれらにも似た感覚で「右大臣実朝」（一九四三〈昭18〉・九、錦城出版社）では和歌と史実（『吾妻鏡』を中心とする記述）を駆使して自国の古典をも明示的な素材とした。太宰にとって、徐々に外国文学と日本の古典を切り分ける理由はなくなっていったはずである。

そうであるからこそ、「古典龍頭蛇尾」より八年後の太宰は、西鶴を「メリメ、モオパッサンの諸秀才も遠く及ばぬ。」（「「新釈諸国噺」はしがき」）と、同じ短篇作家という土俵に引き上げた上で最大限に評価するに至る。前掲舟橋発言の「文芸の本質」「文芸性の普遍的なもの」といった言葉にもし実質が与えられるとするなら、太宰が西鶴を翻案する過程で具体的に見出したものが、まさにそれであろう。原典が西鶴であったからこそ、句点の少ない文体の駆使によって、古典との間に意識せざるを得なかった「異国語のひびき」の壁をも乗り越えられたと思われる。翻案『新釈諸国噺』は、日本文学における近代とそれ以前との段差を自覚した上で、それでも古典と現在を結びつけることができる、という確信の産物である。

二　昭和十年代の西鶴受容

当時の西鶴復興の具体的な様子に話を絞っていこう。

西洋文学から学んで坪内逍遥が提唱した「写実」にかなうモデルとして、明治二十年代、尾崎紅葉・幸田露伴・樋口一葉らによって西鶴は再発見された。形としては復古調・擬古典という様相を見せながら、西鶴再評価を促したのは西洋の新しい「小説」概念の流入だった。こうした明治以降の近代文学による西鶴受容のありかたについては、竹野静雄『近代文学と井原西鶴』（一九八〇・五、新典社）に詳しく、また西鶴関係の文献についても同氏「研究文献目録一覧」（江本裕・谷脇理史編『西鶴事典』一九九六・一二、おうふう）が整備されている。以下に挙げる文献もこの中のごく一部でしかないが、概況を伝えるためにその中のいくつかを紹介する。

竹野氏は「昭和初年代」を「空前の西鶴復興の季節」とし、「文壇と学界が相呼応して西鶴を盛り立てたところにその特色がある。」と述べた。この情況は先に挙げた座談会「古典に対する現代的意義」でも同様であったが、例えば、一九三九（昭14）年六月『文学界』掲載の「西鶴と現代小説」[3]の出席者は、宇野浩二・暉峻康隆・近藤忠義・武田麟太郎、つまり研究者と作家による座談会で、眞山青果について話が始まるところが象徴的である。文壇と学界の接点に位置する存在として双方から意識されていたのだろう。

数々の雑誌が西鶴特集を組んでいるが、学界の西鶴熱を彷彿させるのは、戦時中の悪条件を冒して刊行された西鶴学会編『西鶴研究』（全四冊、一九四二〈昭17〉・六～一九四三〈昭18〉・一二）の存在である。会員は近世文学研究者にとどまらず、近代文学の研究者・国語学者・作家・評論家にまで広がる。眞山青果の語彙考証の続編や諸論文の他、各年度「西鶴関係文献一覧」に加え、第三冊では編集責任者瀧田貞治による「自明治至昭和西鶴文献総年表」が掲載されており、竹野静雄「解説」（二〇〇二・四、クレス出版、復刻版）によれば、「当時この目録が学界の最前線であった」という。他に「全国大学専門学校西鶴関係講義題目」「卒業論文題目」が掲載されるほどの徹底した網羅ぶりである。

ところで、明治二十年代に続き、「写実」を指標として西鶴を評価したのは自然主義の人々であった。そこでこの時期、西鶴の表現方法について論じたものの中に、自然主義との違いへの言及がしばしば見られる。例えば暉峻康隆[4]は、「事実をそのま、描く」のではなく、「抽象された真実を表現する」西鶴の「永遠性《リアリティ》」に注目し、また後に挙げる潁原退蔵[5]も「今や近代の超克の名の下に自然主義の功罪共に抹殺されようとする時、[…]西鶴の名声もまた下る傾がある。」「西鶴のリアリズムを近代西欧の文学史的意味で解釈しようとするならば、それは決して正しい理解とは言へないであらう。」という危惧を持った。

実作者達の場合、それは、どのような評価軸を以てこの偉大な作家を自分達の系譜に連ねるか、という問題になる。佐藤春夫が西鶴を「我国近代文学の鼻祖にして現代文学の父たり。[6]」とするのみならず、「凡そ西鶴ほど詩的な作家もない。[7]」とその詩人的側面を強調したのも、同様に自然主義への対抗からであった。

さて、西鶴が広く読まれるようにとのことで翻刻本の刊行も相次ぎ[8]、さらには現代語訳が求められてくる。先駆となったのは眞山青果『五人女』（一九一〇〈明43〉・一〇、新潮社）で、昭和初年代から十年代にかけては、主として作家によって矢継ぎ早に現代語訳が試みられる[9]。研究者も保留つきでその啓蒙的意義を認めてはいた。しかし、古典の現代語訳は一種の翻訳に近く、忠実な現代語訳はどこまでも原作には至らない、とりわけ、西鶴作品を和歌や俳句に近い一種の詩的散文と見なす立場からすれば、現代語訳では原作の妙味は伝わらない、といった議論も当然生じてくる。[10]

やはり西鶴を詩的作家と見る佐藤春夫も、日本文学は「翻訳には不向き」と言うが、その一方で「翻訳して効果がある」のは西鶴の「武家もの」とも言った。[11] 物語そのものが放つ散文的魅力を評価しないわけにはいかなかったのだろう。徳永直[12]も「翻訳にとつて一等困難なのは、作品の骨格が弱いこと具体性に乏しいこと」だと述べ、西鶴作品をその点でも評価している。

「古典の現代訳なんて、およそ、意味の無いものである。作家の為すべき業ではない。」と太宰は「はしがき」に記した。古典に対して「作家の為すべき業」とは、太宰にとっては翻案だったわけだが、恐らく翻案は翻訳・現代語訳以上に原典の「骨格」を必要とするはずで、短篇作家としての西鶴の手腕を太宰はまず認めたのである。では、その翻案の方法をめぐって同時代作家の影響はなかったのか。「十五年間」（『文化展望』一九四六〈昭21〉・四）で太宰は、「短篇小説の技法を知つてゐる人」として、西鶴をはじめ、「鷗外」「直哉」「善藏」「龍之介」「菊池寛」そして「井伏さん」と名を挙げている。当時の西鶴復興の動きを直接担った作家菊池寛を、太宰と西鶴をつなぐ媒介者の一人として考えてみよう。

三　菊池寛の翻案

「西鶴を読まなかつたならば、小説家になつたかどうか疑問である。[13]」と自ら述懐するほど、西鶴による感化を自覚するだけあって、現代語訳の他、翻案の小説・戯曲、随想、武家物から触発されて書いたと思われる仇討物の創作など、菊池による西鶴関係の仕事は多い。その菊池作品に、若い頃の太宰は一時期耽溺していた。

習作期の「最後の太閤」（『青森中学校校友会誌』一九二五〈大14〉・三）、「地図」（『蜃気楼』一九二五・一二）などにその影響が見られることは、既に指摘がある。[14]一九二六（大15）年一月三日の日記に、「第二の接吻」（『大阪／東京朝日新聞』一九二五・七・三〇～一一・四）の「新聞紙をさがせど見つからざりき。残念なり。」という記述もある。後に、『細胞文芸』創刊号（一九二八〈昭3〉・五）誌上で『文芸春秋』の商業主義を批判したり、さらに芥川賞問題で菊池を川端康成の背後の黒幕的存在と見なしたりもするが、[15]表層の意識がどうであろうと、彼の作品そのものには変わらぬ愛着があったのではないか。少なくとも、小説家を目指していた自分が夢中になって彼の作品を読んだ、という記憶を消すことはできまい。後に、「水仙」（『改造』一九四二〈昭17〉・五）で太宰は、「十三か、四のとき」に読んだという「忠直卿行状記」（『中央公論』一九一八〈大7〉・九）をさらに別方向から解釈してみせるが、ここには菊池作品に対する翻案の萌芽も見える。

さて、菊池による西鶴翻案の方法を見よう。翻案は小説・戯曲合わせて数篇あるが、ここでは『武道伝来記』（一六八七〈貞享4〉・四）巻六の二「神木の咎めは弓矢八幡」の翻案である小説「仇討出世譚」（『苦楽』一九二五〈大14〉・一～二、後、戯曲として『中央公論』一九二六・七）を取り上げる。

誤って侍を弓で撃ち殺してしまったことを発端に、三人の侍の間に果たし合いが行われる。原典では、その中で生き残った一人が逐電するが、彼を敵と追う三人（弟分と息子達）に出会うこととなる。生き残った侍が果たし合いの経緯の事実を話したので、追手三人のうち二人の間も敵同士であったことが明らかになり、そこでまたもや果たし合いとなって共死、残りの一人は最初の敵を討ち取るが、そばで見ていた敵の娘に討たれ、娘は死んだ七人の菩提を弔った。

これに対して菊池作品では、逐電するのは、最初の果たし合いにたまたま出くわし、その場面をつぶさにまのあたりにした侍伊織であった。人違いで斬りかかられた小者を傷つけはしたが、仇討に直接関与していなかったのである。しかし、原典と同様敵と見なされ、今度は四人の子息・弟に追われる身となり、やがて発見される。ここで過去の事実を語れば、四人それぞれの間で再度果たし合いが行われ、若い命が失われてしまうであろうことを予想した伊織は、逐電の際に書き残した事実を翻し、自分を四人の敵であるとあえて偽り、四人に自分を討たせる。

菊池は、逐電する侍を仇討の枠の外側に置き、元々必然性のない仇討をさらに必然性のないこととして押し出しただけでなく、小者を斬ったことを「不祥」と彼に自覚させ、原典では行われてしまった仇討の連鎖を避けて自らが犠牲になることを選ばせる。物語の山場は伊織のこの決断に至る内面のドラマにあり、それを形作るべく人物の役割が変更された。

二つの立場の接点に位置して事件を連鎖させるかどうかの鍵を握る者、これを原典の中に見つけ、あるいはそのように人物を置き直していくことによって、原典は組み替えられ、新たに意味づけられていく。これは後に、太宰が「大力」や「女賊」で採用した組み立て方でもあった。[16] また、その「骨格」を補強していくために、周辺人物にも原典にない関係性を持たせ、具体的なやりとりを描き込んでいく。この場合、原典では無個性であった追手の若い三人を、敵への意識と距離感が違う二人ずつの組として描き分け、道中の言い争いも付加された。

興味深いのは、山坂で肩を貸したかどうかをめぐるこの口論が太宰の「義理」（『文芸』一九四四〈昭19〉・五）でも丹三郎と勝太郎の間のもめごとのきっかけとして使われていること、また、文脈は異なるものの、「ちえっ！残念。」という全く同じ台詞が出てくること、である。さらに、前半で伊織は、小者を傷つけたことで自分が腹を切らねばならないのは「馬鹿々々しかつた」と考えるが、後半ではその考えを翻すことで、「器量骨柄立派な少年」四人を救うためには自己犠牲もいとわないという決断に至った。この対比は、「義理」で太宰が新たにつくり出した二人の少年の対照性を想起させる。[17]

「仇討出世譚」で、四人に自分を討たせる伊織は、甥であるその中の一人に娘を頼んで死んでいく。敵同士の二人は公認の夫婦にこそなれなかったが、「夫婦ならぬ夫婦の睦じい佼儷」となった。物語がそうした枠の外でようやく真の和解が得られるものとして完結する展開は、終始仇討の枠内で悲劇が進行する原典を裏返していく。ただ、伊織は、仇討という公の規範についても、過ちに対する罪意識や若侍を救おうとするきわめて私的な判断も、共に一種の義理の観点から考えており、時に応じて合理的な義理の方をとる。即ち一篇を貫くのは、合理的なものこそ道義的、という考え方である。合理的な判断に辿り着くべく、その心理描写も整然と描かれたのだった。

菊池は人物の内面をときほぐすように説明し、また説明した範囲内で物語を収めようとする。しかし、太宰はそうではない。『新釈諸国噺』にも内面描写は多々あるが、それはあくまでも彼ら自身が自覚している上澄み乃至一面のレベルであって、感情の発露が多い割に本質的な分析は必ずしも明示されない(18)。その代わりに、描かれた〈表層の内面〉とでもいうべきものが言動となって表れた時の過剰さや飛躍に焦点が当てられ、心の動きは現象として示される。つまり、菊池のような分析的表現でなく、書き方としては西鶴にむしろ戻っている側面がある。

太宰は確かに、少年時代より菊池作品を通して西鶴的なものに触れ、物語構造の捉え方、近代小説としてのアレンジの方法をいつしか吸収していたようである。しかし、菊池のような説明しつくせる心理描写ではなく、むしろ合理性の背後の〈非合理〉性を言動によって浮き上がらせるのが彼の表現であり、またそれが彼の見た現実なのである。これを描く上で、「骨格」の入れ替えと共に、肉づけとして人物設定が西鶴からひとひねりされて継承されたと考えられる。

四　潁原退蔵の西鶴論

太宰が西鶴作品をそのように再発見しつつあった傍らに、今度は同時代の近世文学研究者の姿を置いてみる。

君、あたらしい時代は、たしかに来てゐる。それは羽衣のやうに軽くて、しかも白砂の上を浅くさらさら走

> り流れる小川のやうに清冽なものだ。芭蕉がその晩年に「かるみ」といふものを称えて、それを「わび」「さび」「しをり」などのはるか上位に置いたとか、中学校の福田和尚先生から教はつたが［…］この「かるみ」は、断じて軽薄と違ふのである。慾と命を捨てなければ、この心境はわからない。
>
> （「パンドラの匣」、『河北新報』一九四五〈昭20〉・一〇・二二〜一九四六・一・七）

潁原退蔵の専門とする中心分野は、俳諧であった。太宰が彼の芭蕉論『風雅の道』（一九四三〈昭18〉・八、七丈書院）によって「かるみ」をめぐる言説に影響を受けた痕跡のあることは、住吉直子[19]によって既に指摘されている。芭蕉が「わび」「さび」などの上位に「かるみ」を置いた、という考え方を太宰は潁原の記述から知り、これに強い印象を受けた。ここで付け加えたいのは、芭蕉は西鶴と対照的に言及されることが多いが、潁原を通して太宰はむしろ二人に相通じる側面を知ったのではないか、という仮説である。

潁原によれば、仮名草子と浮世草子を分かつのは実用性の有無であり、西鶴がこの壁を乗り越えることができたのは、談林俳諧の基盤があったからだと言う。そのリアリズムについて潁原は『日本永代蔵』（一六八八〈元禄元〉）の「人は実あつて偽り多し」という言葉を引き、そこから生まれる世の「あらゆる矛盾と罪悪」を、是非のレベルを超えて人間の「現実の姿」として「冷然として描き出した」、とする。ここでは、『新釈諸国噺』中の「遊興戒」の原典でもある『西鶴置土産』（一六九三〈元禄6〉）巻二の二「人には棒ふり虫のやう《ママ》に思はれ」の利左衛門の到達した心境が引き合いに出されている。[20]

> 現実とは此の如きものであるといふ一種の悟りの中に安住する事が出来たのであります。もとよりそれは現実を回避するのでもない。又現実を美化し理想化しようとするのでもない。あるがまゝの現実をうけ入れてその

中に安らかに静かに自分をおいて居る態度であります。

（「西鶴の芸術と人」一九三四〈昭9〉八・一〇放送、後、『江戸文芸』一九四二〈昭17〉・六、晃文社）

と言う。

西鶴のリアリズムの根底に見られるこの「一種の悟り」は、芭蕉が最後に辿り着いた「高く心を悟りて俗に帰るべし」という境地と同じで、「彼等はともに近世の新しい現実の中に、中世文芸の理念をみごとに生かして居る」[21]

太宰作品には確かにある時期、「高く心を悟」ったかどうかはともかく、「俗に帰る」者達の物語がいくつか現れる。[22]そして、「かるみ」について考えていたと推測される時期も、かなり長期間にわたる。山内祥史の「解題」[23]によれば、井原退蔵なる先輩作家が登場する往復書簡体小説「風の便り」（『文学界』『文芸』『新潮』一九四一〈昭16〉・一一〜一二）の執筆時期は一九四一年八月下旬以降で、「かるみ」に直接言及する「パンドラの匣」が書き始められたのが一九四三（昭18）年九月上旬以降、そして「津軽」（一九四四〈昭19〉・一一、小山書店）、『新釈諸国噺』へと続くが、この全篇執筆時期は一九四三年一一月中旬から翌年一〇月中旬までの約一年間である。さらに戦後も関千恵子との対談で、「パンドラの匣」と同様、「モツアルト」を引き合いに出して「かるみ」に言及している。[24]遅くとも一九四一（昭16）年八月から晩年に至るまで、太宰の中では理想的境地としての「かるみ」が息づいていた。しかも、それは芭蕉だけのものではなく一見対照的な西鶴にも当てはまる、という潁原の主張が『新釈諸国噺』執筆時の太宰の念頭にあったかも知れないのである。

さてしかし、その境地をいかに太宰の時代に生かすことができるのか。

「西鶴は写実作家であり自然主義的立場をとらうとしたのでなく、たゞ人間が人間の責任で行動しようとする時代の自覚を、誰よりも強烈に感じて居たのである。[25]」と潁原は述べたが、太宰の見ていた現実は、「人間が人間の責任で行動しようとする時代」ではもはやなかった。「風の便り」の若い作家は「あなたの時代の人たちに於いては、思惟とその表示とが、ほとんど間髪をいれず同時に展開するので、私たちは呆然とするばかりです。」と書く。これは「井原」西鶴へと共に、西鶴をそのように発見した研究者潁原「退蔵」へ向けての言葉でもあろう。自らの外にも内にも規範を持たない者は、最初から現実を見る目が相対化に晒されているわけで、今更そこに「清冽な」「悟り」が容易にありうるとは、太宰は恐らく口ほどにも信じていないし、またそれを表現することの難しさもわかっていただろう。「かるみ」には、主張するという姿勢それ自体が封じられているところもあるからである。

そこで、『新釈諸国噺』で試みられたのは、自己の（俗な）境遇に満足しこれを受容する柔軟なありかたの対極として、硬直した人間の姿をおかしみをもって描き出すという物語であった。自らの善意（「貧の意地」「赤い太鼓」）・理念（「裸川」「義理」）・過去（「猿塚」「女賊」）あるいは共同性（「人魚の海」）といった、規範に代わりそうな危ういよりどころに固執した結果の悲喜劇はいずれも、ついに手の届かない「かるみ」への憧憬の裏返しとして読める。しかも、語り手は彼らの言動に踏み込む一歩手前で、裁断を控える。「真理は、笑ひながら語つても真理だ。」（「花吹雪」、『佳日』一九四四〈昭19〉・八、肇書房）という太宰流の「かるみ」を、彼は西鶴作品に自らが憑依することで実践したと言えるだろう。

毒ある智恵の杯を盛られたる現代人よ、西鶴の人々が懐しい、人生に就いて文句を云はぬ人達がなつかしい。
人生は生きる為のものだ、決して考へる為のものではない。

（「西鶴を読みて」、『中外日報』一九一四〈大3〉・五・一八）

と言い、「生活第一、芸術第二。」[26]を信条とした菊池と、西鶴に芭蕉の「かるみ」即ち「高悟帰俗」の境地を見出した潁原。菊池の西鶴観と「かるみ」もまたその一面において意外と近いところにある。西鶴の時代とは違って、「現代人」は実体としての規範を持たないために規範を求めて「考へ」、硬直していく。「西鶴の人々」から太宰が受け取ったのは、西鶴短篇へのアレンジの方法と同時に、柔軟にその日その日を受容して「生きる」ことのうちにしか観照ということもありえまい、という予感ではなかったか。それこそが、規範不在の中で求めうる唯一の規範である、と。

学界と文壇が共に盛り立てた西鶴ブームの果てに生まれた『新釈諸国噺』であったが、時代の急変直前に発表されたこともあり、とりわけ戦後の評価は芳しくなかった。時代は外からもたらされた新たなよりどころによってもうひとつ次の硬直した時代、つまり「かるみ」の対極である「実用」と「お説教」のモードに再び入っていたのである。しかしそう考えると、「無意味な瑣事への過大な興味だ。庶民的饒舌人の逸脱だ。空想的解決への無責任な導入であり、その拡大再生だ。」[27]、「警戒警報下でか、れたものださうだ。にも拘らず、その危機感を作品のなかに生かしてゐないといふ点では、前進のないあしぶみである。」[28]といった批判は、時代の制約を越えて、むしろ太宰流の「かるみ」がある程度成功した結果として読めてくる。そして、これらはいかにも西鶴にも向けられそうな批判ではないか。

「軽薄」と「かるみ」の差異は、物語に表れる人間洞察の深さで決まり、原典と作品の比較からそれは見えてくる。実際には、『新釈諸国噺』は「売行もよく、終戦前、太宰の著書の中で、一番版を重ねた」[29]。「一見ふざけて居るやうで、しかも容を正して之に対すればそこには決して笑へない厳粛な現実の相が顔を出して居る」（前掲「西鶴の芸術と人」）、と一九三四（昭9）年に西鶴を評価した潁原の言葉は、『新釈諸国噺』評価にもそのまま当てはまるのである。

注

（1）後、「凡例」、『新釈諸国噺』一九四五〈昭20〉・一、生活社
（2）山内祥史「太宰治と古典（日本）文学」（『国文学　解釈と鑑賞』五〇―一二、一九八五・一一）
（3）『帝国大学新聞』（一九三八〈昭13〉・五・一六～六・一三）でも五回にわたって西鶴特集が組まれ、この座談会と一部重なるメンバー潁原退蔵・宇野浩二・徳永直・片岡良一・武田麟太郎が執筆していた。
（4）暉峻康隆「西鶴のリアリテイ」（『早稲田文学』一九三七〈昭12〉・三）
（5）潁原退蔵「俳聖芭蕉の西鶴観―近世日本文学のルネッサンス的性格」（『関西学院新聞』一九四二〈昭17〉・一二・二〇、後、「西鶴の歴史的意義」と改題、『雀色時』一九四三〈昭18〉・八、靖文社）
（6）佐藤春夫「近代文学の鼻祖」、『現代語西鶴全集』内容見本、一九三一〈昭6〉・五、春秋社
（7）佐藤春夫「打出の小槌㈣」（『新日本』一九三八・四、後、『打出の小槌』一九三九〈昭14〉・八、書物展望社）
（8）太宰が『新釈諸国噺』執筆に使用したとされる『西鶴全集（日本古典全集）』（一九二六〈大15〉・四～一九二八〈昭3〉・四、日本古典全集刊行会）の他、一九二七（昭2）年一〇月から一九四〇（昭15）年一月にかけて、和田万吉・片岡良一校訂で九作が岩波文庫として刊行されている。
（9）『現代語西鶴全集』（一九三一・七～一九三三・二、春秋社）、『現代語訳西鶴名作集』上下（一九三七・五、一九三八・六、非凡閣）。この他、佐藤春夫『打出の小槌』（『新日本』一九三八・一～一九三九・六）、織田作之助『世間胸算用』（『西日本』一九四一〈昭16〉・一二～一九四二・三）・『武家義理物語』（『大阪文学』一九四三・一〇）など。
（10）湯地孝「古典の現代語訳」（『文学』一九三八・一〇）。同様の議論は、前掲の座談会「古典に対する現代的意義」にも出てくる。
（11）佐藤春夫「日本文学の国際性」（『文芸』一九三八・五、原題「判る奴には判るさ」）
（12）徳永直「西鶴物の読後感」（『帝国大学新聞』一九三八・五・三〇）。注（3）参照。
（13）菊池寛「西鶴について」（『わが愛読文章』一九四四〈昭19〉・四、非凡閣）
（14）相馬正一「生い立ち」（『評伝太宰治　第一部』一九八二・五、筑摩書房）
（15）「川端康成へ」（『文芸通信』一九三六〈昭11〉・一〇）、一九三六年八月二二日付小館善四郎宛書簡

(16) 前著『太宰治翻案作品論』（二〇〇一・二、和泉書院）参照。
(17) これ以外にも、例えば「駈込み訴へ」（『中央公論』一九四〇〈昭15〉・二）の人物設定と裏切りの構図は、「三十両で主人を売るに至る菊池「下郎元右衛門―敵討天下茶屋」（『講談倶楽部』一九三一〈昭6〉・五）と共通点が多く、無関係とは思われない。
(18) 例えば、「貧の意地」の原田内助の最後のふるまい、「義理」の式部や「赤い太鼓」の判官板倉の言動などに対して、あえて解釈が加えられていない。一方、「女賊」のお夏や「赤い太鼓」の顔役の娘については、むしろ内面描写ではなく、きわめて率直に本心を語らせている。「人魚の海」の八重と鞠、「裸川」における青砥の娘も含め、『新釈諸国噺』中の「娘」達には一貫して現実を冷静に眺める方向へと引き戻す役割が課せられている。
(19) 住吉直子「太宰治の「かるみ」材源考」（『叙説』二九、二〇〇一・一二、奈良女子大学）
(20) 以上、「江戸時代前期の小説」（京都放送局〈ＮＨＫ〉で、一九四〇・八・一三～二〇〈四回〉放送、後、『江戸文芸』一九四二〈昭17〉・六、晃文社）。「健康な西鶴―芭蕉と比較して」（『帝国大学新聞』一九三八〈昭13〉・五・一六）も同趣旨。
(21) 注（5）に同じ。
(22) 「清貧譚」（『新潮』一九四一〈昭16〉・一）、「竹青」（『文芸』一九四五〈昭20〉・四）、『お伽草紙』（一九四五・一〇、筑摩書房）の「浦島さん」「舌切雀」など。
(23) 『太宰治全集』一九八九・六～一九九二・四、筑摩書房 所収。
(24) 「大体、日本人には、軽さ、いはゆるほんとうの意味の軽薄さがないね。誠実、真面目、そんなものにだまされ易いんだ。芭蕉だつてワビ、サビ、シオリ、この外に、晩年になつて、カルミ、といふ事を云つてゐるけど、尤も少しも、軽くはならなかつたけれど、兎に角、軽みは必要だ。僕は、映画俳優では、ルイジュヴェ、それから羽左衛門がいゝな。軽いよ。どうも一般に、重々しすぎる。何かと云ふと、ベートウヴェン。いけないいな。モツアルトの軽み。あれは絶対だ。」（「太宰治先生訪問記」、『大映ファン』一九四八〈昭23〉・五）
(25) 注（5）に同じ。
(26) 菊池寛「文芸作品の内容的価値」（『新潮』一九二二〈大11〉・七）

(27) 岩上順一「太宰治著『新釈諸国噺』」（『文学時標』一九四六〈昭21〉・一）
(28) 荒正人「あしぶみ―太宰治最近の四著―」（『日本読者新聞』一九四六・六・五）
(29) 津島美知子「「新釈諸国噺」の原典」（『増補改訂版　回想の太宰治』一九九七・八、人文書院）

附記

佐藤春夫・菊池寛・潁原退蔵の著述からの引用は、以下の各全集にも拠った。
『定本　佐藤春夫全集』（一九九八・四～二〇〇一・九、臨川書店）
『菊池寛全集』（一九九三・一一～一九九五・八、高松市菊池寛記念館）
『潁原退蔵著作集』（一九七九・四～一九八四・三、中央公論社）

第十二章　「破産」論——敗北の理由

『新釈諸国噺』（一九四五〈昭20〉・一、生活社）の各篇では、基本的に西鶴作品の骨組みはそのままに、人物像を詳細に描き込んだり、細部を変更したり、物語の輪郭をより明瞭にしたりすることが、全体としては原典への太宰なりの解釈を示すものとなっている。とりわけ、近代小説ならではの人物の内面描写が原典に比して著しく、この肉づけを再度原典に戻し入れても、そのまましっくり当てはまって読めるようにさえ思われる。それは原典に元々仕込まれていた物語の構造にとって必然的な肉づけであるからなのだろう。尤も、その物語構造への理解と肉づけは、原典に忠実に沿った場合と、それを何らかの形でアレンジした場合とがある。いずれの場合も、太宰が西鶴作品を十分咀嚼していることには変わりがない。

当然のことながら、あらかじめ意味が決定され、固定されてしまっている作品というものはない。既に読みの定まっている西鶴作品が太宰によってどうずらされたか、ではなく、西鶴作品の新たな読みの可能性へと読者を導くガイドとして『新釈諸国噺』を考え直すことができる。この観点からこそ、「西鶴の［…］偉さ」（『新釈諸国噺』「凡例」）を知らしめようとした戦時下の太宰の仕事の意義が見えてくるだろう。

前著では、『新釈諸国噺』中、九篇の読解を通しておよそ以上のようなことを確認してきた。本章と次章では、残る三篇の検討を試みる。

一　原典の構成――嫁から養子へ

「破産」は、『日本永代蔵』（一六八八〈元禄元〉）巻五の五「三匁五分曙のかね」を主たる原典とする翻案である。万屋は徹底した倹約によって、一代で美作一の長者蔵合に続く第二の分限者となった。息子に質素倹約の質がないと判断して勘当し、後継にふさわしい養子を迎える。さらにこの養子の望み通り悋気の強い嫁を娶ったが、財産を譲られてささやかな楽しみを始めた途端、大声で嫉妬され、おかげで家の中は安泰で蓄財が進む一方であった。しかし養父母亡き後は箍がはずれ、嫁の伊勢参りをきっかけに夫も遊び始め、遊興に全財産を使い果たしてしまう。慌てて両替屋に商売替えして巻き返そうとするが、わずかの銭を両替できず、大晦日に身代があらわになってしまうのだった。

以上が西鶴と太宰作品の双方にほぼ共通する筋だが、西鶴作品では副題を「作州にかくれなき悋気娌　蔵合といふは九つの蔵持」としている。「蔵合」については最後に触れよう。倹約によって一財産をなしたり、二代目が家をつぶしてしまったりする話は『日本永代蔵』にいくつも見られるので、この物語の個性は「悋気娌」を娶るところにあるようである。

粗筋からもわかるように、物語では養父母の死を境に、蓄財・繁栄から浪費・衰退へと流れが変わる。そこで話が前後に大きく分かれているとも言えるわけだが、これを話の分裂と見るのでなくひと続きのものとして読むには、副題にあったように確かに「悋気娌」の存在が重要となりそうである。前半ではこの嫁のおかげで蓄財が進行し、いったんすべてはうまくいったように見えるが、後半では嫁の伊勢参りが契機で万屋は崩壊へと進む。つまり、嫁のこの変化に説明が与えられてこそ、物語の前後は結びつけられてくるだろう。

加えて問題になるのは、後半のさらに後半部分にあたる、両替屋に商売替えをした以降の件である。ここに嫁はもう登場せず、最後の破産に至るまではもっぱら夫のはたらきだけがある。万屋の衰退はそれ以前から進んでいるのだから、ここは破産という結果のためだけに書かれたように見え、そこに先の嫁が関わっていないこともあり、やはり前後のつながりが切れて見える。

そこで、太宰の腕の見せどころとなる。今、大づかみに物語のつくりを見たが、前半と後半ならびに最後を関連づけ、ひとつの構築性をもった作品として見ようとするなら、嫁の両義性の指摘だけでは弱いように思われる。「破産」でも、原典における嫁の両義的な役割は同様に温存されてはいる。が、その変化をつくり出し、それを積極的に進めた主人公として、こちらでは養子である男の存在が一貫して前面に押し出されている。原典との最大の違いとして、次節以降、その言動の意味を追うことから始めよう。

二　先回りする男——悋気嫁を娶るまで

原典では、養子の男が「悋気娌」を望んだ思惑とその結果から、養父母の死、続いて嫁の伊勢参宮により箍が順にはずれていくという情況に伴う心境の変化について、直接の記述は一切ない。かろうじて「宵から寝るより外は無し。」「亭主此時と騒ぎ出で、」といったあたりから推測される程度である。男は嫁の出方に合わせて色遊びをやめたり再開したりと、情況の変化に乗じた動きをしているかに見え、その内面には立ち入られることがない。とりわけ「始めの程笑ひし御内儀の悋気強き事皆皆思ひ当れり。」(3)というのは、予測される危機あるいは自分の性分を先読みした結果なのかどうか。本人がこの結果をどう思っていたかは不明なので、単純にこれをよき結果を望んでの選択で、またそれをよしとしていた、と読む可能性もこの段階では否定できない。それも、前半でいったん話が完結したような印象を与える一因ではあろう。

これに対して「破産」では、嫁取り・家の蓄財・養父母の死・嫁の変貌・散財から破産へ、と前半から後半へ向かう個々の事態が、男の内面に即して描かれるために、彼の意志と策の結果、もしくは何らかの因果関係を持ったものとして読める。原典と比べると、彼の行動はきわめて自覚的・意志的であるかのようだ。

> 嫁をもらつても、私だとて木石ではなし、三十四十になつてからふつと浮気をするかも知れない、いや、人間その方面の事はわからぬものです、〔…〕私はそんな時の用心に、気違ひみたいなやきもち焼きの女房をもらつて置きたい、
>
> おのれ、いまに隠居が死んだら、とけしからぬ事を考へ、うはべは何気なささうに立ち働き、内心ひそかによろしき時機をねらつてゐた。
>
> もはやこの家に気兼ねの者は無く、名実共に若大将の天下、まづ悋気の女房を連れて伊勢参宮、ついでに京大阪を廻り、都のしやれた風俗を見せ、野暮な女房を持つたばかりに亭主は人殺しをして牢へはひるといふ筋の芝居を見せて、女房の悋気のつつしむべき所以を無言の裡に教訓し、都のはやりの派手な着物や帯をどつさり買つてやつた

こうした計算高さから遡れば、そもそも養子として認められる契機であった彼の「仕末のよろしき事」、その節倹ぶりもまた「養父母の気にいられよう」としてのふるまいに転化していった可能性が高い。原典では男の内面が

辿られないために、彼の節倹に対する姿勢の一貫性のなさ、変化の容易さが不自然にも感じられるが、「破産」の方は、そもそも人間の本質に関わる要素として節倹ということを取り上げてはいない。男はそれについてはどのようにでも変化する人物で、むしろ別の点に一貫性を見出すことができる。

先に見たように、彼は計算高さによってその時々を意志的にしのいでいこうとするように見える。その「智者」ぶりが最後には両替屋を営ませることになるが、根底にあるのは、自分を頼みとする自尊心、自律的な自分への期待で、これを一種の精神的な見栄と言うこともできよう。そして、逆境においてこそこの特質は発揮される。嫁の悋気によって不如意な生活を強いられている時には「負け惜しみの屁理窟をつけて痩我慢の胸をさすり、」「内心ひそかによろしき時機をねらつて」待ち、財産がなくなれば「負け惜しみを言つて」、茶屋の婆には「心の内で棄台詞を残して」立ち去る。大晦日には「長者とはこんなやりくりの上手な男の事です、と女房と番頭を前にして得意満面」になる。

悋気嫁を娶りたいと申し出たところは、彼の策士ぶりが最初に端的な形で表れた箇所だろう。ところで、原典の話の流れからすると、悋気嫁を娶るということは、実子を勘当し養子を取ったことに続いて、万屋が財産を守るために用心深い先回りを積み重ねることになる。男がことさらにそのような提案をしたのも、養子という立場上、家の存続・繁栄を実子以上に強く意識せねばならなかったからなのかも知れない。尤も、原典の養子はその思惑を一切語ってはいない。

これに対し、「破産」では、

女房が亭主に気弱く負けてゐたら、この道楽はやめがたい、［…］亭主が浮気をしたら出刃庖丁でも振りまはすくらゐの悋気の強い女房ならば、私の生涯も安全、この万屋の財産も万歳だらうと思ひます、と男が提案段階で理由も説明している。それはただ、原典と同様に家と自分の行く末を先回りし心配しての提案であることを、養父母と読み手に向けて親切に示すためだけだろうか。恐らくそうではなく、これをあらかじめ宣言しておくことこそが、「養父母の気にいられようと」する彼の思惑なのだった。自分の欲望を予測し、これを他者に抑え込んでもらうことを、家の繁栄のためにあえて提案する。それは既に自然とは言えない言動であったが、「破産」の場合、そのよじれはもうひとひねりされている。言葉の上では大義名分を装いながら、実際ここで優先されているのは、目前の他者である養父母の眼差や期待の先回りだった。これは、養家の将来を心配する先回りとは似て非なるものである。

しかし、「出刃庖丁でも振りまはすくらゐ［…］ならば、私の生涯も安全」とまでよじれた発言をした彼は、後に嫁の庖丁ではなくそのやかましさによって自分の「分別顔」に「後悔」することになる。この時の「分別」で優先された養父母への過剰な意識は、結果的にそれが自分の首を絞める提案であるという自明の予測を見えなくさせている。(4) 習い性のように身についた彼の計算高さは、目前の他者をいかに相手にするかという点に向かって張りめぐらされるために、見かけの自恃とはむしろ背反してくるのである。

付加するならば、嫁の「あたしだつて、悋気をいい事だとは思つてゐなかつたのですけれど、お父さんやお母さんがお喜びになるので、ついあんな大声を挙げて」という言い方は象徴的である。自身の行動をこのように他者の期待で根拠づけることを彼女は夫から学んだわけで、これは男による嫁の懐柔の完成を意味する。以降、原典よりも明白に、この嫁は蕩尽に関して夫と共犯関係になっていく。

三　二つの大声と二つの転換点

さて、男が遊びかけた途端、予測通り嫁は手に負えない状態になり、彼は自分の提案に報復され始める。「破産」では、ここが次のように記された。

女房たちまち顔色を変へ眼を吊り上げ、向う三軒両隣りの家の障子が破れるほどの大声を挙げ、「あれあれ、いやらし。〔…〕いいえ、わかつてゐますよ、くやしかつたら肥桶をかついでお出掛けなさい、出来ないでせう、なんだいそんな裏だか表だかわからないやうな顔をして、鏡をのぞき込んでにつこり笑つたりして、〔…〕」

ここを考えるにあたり、原典から書き換えられた別の場所を同時に参照しよう。それは最後の破産発覚の箇所である。原典では、「兵庫屋と云へる人」が出した悪銀の「替無くて身代顕れける。」と結果のみが記されていたところを、太宰は、

眼のするどい痩せこけた浪人が、ずかずかはひつて来て、あるじに向ひ、〔…〕
「ふざけるな！」と浪人は大声を挙げて、「百両千両のかねではない。たかが銀一粒だ。これほどの家で、手許に銀一粒の替が無いなど冗談を言つてはいけない。おや、その顔つきは、どうした。無いのか。本当に無い

のか。何も無いのか。」と近隣に響きわたるほどの高声でわめけば、店の表に待つてゐる借金取りは、はてな？　といぶかり、両隣りの左官屋、炭屋も、耳をすまし、悪事千里、たちまち人々の囁きは四方にひろがり、

とした。ここが嫁の「大声」や物言いと同じ様子に書き直されていることは明らかだろう。万屋の盛衰は、「大声を挙げ」られるという同じ事態に挟まれており、一度目はそれをかわしたが、二度目はかわしようもなかった、という話になっている。繰り返しつつずらされるこの対比的な形にあっては、同じ事態に共通する意味と相違点の双方が問題になる。

まず、これらはどちらも男の行動の結果呼び込まれ、男の見栄に関わるものであった。女房の「大声」は男の「髪を撫でつけ」たりする外見的な見栄を指摘するし、浪人の「大声」もまた万屋の「表むきだけ」の実状を暴露する。わめくという行為はそれ自体、見栄をかなぐり捨てて出てくるものであると同時に、わめかれる者の見栄を捨てさせるもので、世間という、意のままにならず無視できず、策では太刀打ちできないものが、「大声を挙げ」られることによって顕在化させられてくるのである。

前者に関して言えば、先にも見たように、養父母の期待を先回りして悋気嫁を娶ったという経緯上、嫁の「大声」の背後には世俗的規範とも言うべき養父母の圧力が生きている。そこで、男はまず養父母の死に望みをかけ、次いで身内の嫁を懐柔した。しかし、嫁の「大声」をはばかり、家の内情暴露を抑え込んだということは、この段階で既に「両隣り」を含む世間をはばかることを含んでいた。世間をこの男は既に相手にしかけていたのである。

尤も、ここでやや唐突ながら「人間失格」（『展望』一九四八〈昭23〉・六〜八）の葉蔵の言葉を想起するならば[5]、直接相手にする「世間」が「個人」としてのみ見えている限り、それはさほどの恐怖には感じられない。世間が身内の嫁や養父母としてのみ意識されているのならば、当面の先送りはできる。しかし、後者の段階で、「世間」は

もはや「個人」だけではなくなる。両替屋は世間の信用を背景に成り立つもので、浪人は身内の嫁とは違い、世間を背後に負う不特定の人間であった。

また、二つの箇所をめぐって共通するのは、男が苦境を乗り越えるために、ここさえ過ぎればという期限を必要とし、これを自ら意識していたことである。とりわけ前者に関わる養父母の死という時点は、原典とは違ってあらかじめ巻き返しの機会として「おのれ、いまに隠居が死んだら、」と選び取られ、目指された。現在の不如意に耐えるべく、そこまで我慢すればよい、これはいつまでも続くことではない、と自分に言い聞かせるために区切りを自ら設定し、そこまでをやり過ごそうとするのである。嫁にわめかれて放蕩をいったんお預けにした男の場合、それは先に見た先回りと同じように、他者の視線を取り込みながらも極力主体的であろうとするふるまいだったには違いない。

が、それは不特定の世間の前では必ずしも通用しない。後者では大晦日の「除夜の鐘」が巻き返しの転換点に当たるが、今度はそこを無事通り過ぎることができず、この転換点が主体的なものではありえないことが明らかになる。「大声」をかわせたかどうかは転換点を転換点たらしめることができたか否かに等しく、それは男が相手にした他者の性質による、ととりあえずまとめてみよう。

しかし、あらためて全体を通して見れば、第一の転換点であるところの養父母の死は、万屋の繁栄から衰退への転換点でもあった。このことをどう考えればよいのか。この時点の到来は、男にとっては意志回復までの自覚的な先送りの結果であったかも知れないが、別の見方をすれば、養父母と嫁と世間がよってたかって彼の欲望を先送りにさせたとも言える。「おのれ、いまに」と彼が思っていたように、ただ何事かが先に送られるだけで一切は元に戻って巻き返し可能、という手中に収まる状態ではなく、ここには既に予測不能の事態が胚胎し、それが後のさらなる想定外の事態、即ち破産に連なっていくのではないか。

再び、前半と後半の事態の相似性とつながり具合に着目する。

四　先送りする男――想定外の事態

万屋の盛衰の途中、即ち「いよいよ財産は殖えるばかりで、この家安泰無事長久の有様」であるところから、「以前の秩序は見る影も無くこはされて」いくまでの様子を、太宰は『世間胸算用』（一六九二〈元禄5〉・一）巻二の三「尤始末の異見」を借用し(6)、使用人達に即して詳細に描いた。若主人である男が夜遊びもせず在宅している限りは彼らも神妙に過ごし、男が遊び始めると彼らもまた堕落していく。主人公のこの男にさえ与えられなかった固有名詞が、ここには番頭以外に「長松」「九助」「お竹」「お六」と挙げられているが、これは後に、その逆方向で各人のふるまいを同じ順でなぞっていくためであろう。彼らは見事に周囲の情況に左右され、自分の意志を持たないままにこの正反対の経路を辿る。彼らの最後に並べ置かれているのは、何しろ猫なのである。

この描き方は、一連の盛衰が方向こそ逆であれ連関したものであることを示している。万屋全体の盛衰も、忍耐と蕩尽というこの男個人の言動も、共にひと続きのものとして読まれるべきで、別個の事情により生じたものではない。

二つの「大声」と二つの転換点の役割もまた無関係ではなかった。嫁の「大声」による蓄財の進行と、浪人の「大声」による破綻の顕在化、というずらされた繰り返しそれぞれにおける男の心の状態を再度確認すれば、前者では「この家安泰無事長久の有様ではあつたが、若大将ひとり怏々として楽しまず、」と、外からは見えない鬱屈を抱えて養父母の死をひたすら待っていたし、後者では、外に対して債務超過の発覚を恐れつつ、薄氷を踏む思いでやりくりして大晦日を待ち望んでいた。

「裸一貫」から始まって「あづかつた金銀は右から左へ流用して」両替屋を営んだ万屋では、払わねばならない金額が払える金額を上回る債務超過の事態はそれまでも度々あったはずで、むしろそれが常態と言ってもよかっただろう。が、どれほどそれが巨額になろうと、つまり支払いが極端に後回しになろうと、手形や小切手の頻発といった現金以外の手段によって債権者と債務者との間に契約が成り立っている限り、破産にはならない。破産とは、その約束が破られた時、つまり、後回しにした支払いができないことが明らかになった時である(7)。

かたや物語全体にわたって見れば、万屋で後回しにされたのは膨大な浪費であった。財産は殖えながらも、それは後から見れば、もっぱら後の浪費のためのものであった。もちろん、浪費の引き金を直接引いたのは茶屋遊びでおだてられたことで、自律的であることを自負しながらも結局は他者に左右される主人公の自尊心の質が、ここでこそあらわにされている。しかし、後にその浪費を呼び込む基盤となったのは、蓄財の進行と共に重くなっていく男の精神的負荷だった。悋気嫁を娶るという先回りが、結果的には浪費を先送りにすることになったのである。

結局は反動として後に大量に払わねばならないものが財産と共に蓄えられていった、という意味では、ここに描かれているのは、「養父母の気にいられ」、財産を相続するために自分が払えると思っていた忍耐と、悋気嫁のせいで現実に自分が強いられた不如意な生活という負債の間に生じた債務超過の発覚、つまり精神的な「破産」への行程、に他ならない。養父母の死によって財産が意のままになることで、この負債は帳消しになり、さらには黒字になると男は踏んでいただろう。が、その精神的負荷が予想以上に内向し、溜め込まれた負のエネルギーは、捌け口として使いうる財産が同時に貯めこまれていったために、精神的負債から金銭的負債へと転化したのだ。

『破産』の語りは、万屋の蓄財または浪費が著しく進むときに加速する。連用形や体言止めが多用され、一文を終えぬまま一気に語りおろされてゆくスピード感が、金の増減の激しさに対応している。

と斎藤理生は指摘する。(8)これらが主人公の内面的逼塞や昂揚・焦慮と連動するからこそ、作品の「スピード感」は物語の構成と一体化し、一種のグルーヴ感さえ醸し出してくるのであろう。

さて、金銭的負債を負った浪人は、男の「眼つきは変り、顔も青く痩せて、ゐたたまらぬ思ひで、ただ金を使ひ、」というのと同じ「眼のするどい痩せこけた」顔つきで後に登場する。浪人は、嫁がその先取りとなって事実をつきつけてくる、「大声を挙げ」る存在であると同時に、「苦しい意地だけに」なり、破産へと自らを追い込んでいく数年前の男自身の合わせ鏡でもあった。

万屋の盛衰は、養子の内面の債務超過の開始を告げる「大声」に始まり、文字通り金に関する債務超過を宣告する「大声」に終わる。悋気嫁が欲しいとまずは先回りし、次には自分の欲望を先送りしたものの、そこにはいずれも男自身の思惑を越えた展開が含まれ、嫁と浪人の二つの「大声」はこれらを顕在化させるものであった。

五　「隣」をめぐって——蔵合と万屋

最後に、原典の副題後半、「蔵合といふは九つの蔵持」の問題が残った。

久米の更山新世帯より、年月次第に長者と成り、美作に隠れも無き蔵合に立ち続きて、人の知らぬ大分限万屋と云ふ者あり。一代に延ばしたる銀の山、夜は此精呻き渡れど、貧者の耳に入る事に非ず。然かも奢を止めて棟も世間並に、

蔵合と云へる家は蔵の数九つ持ちて富貴なれば、是れ又国の飾りぞかし。万屋は密かなる手前者、

と、原典は冒頭で二つの分限者を対照的に位置づけた。一方、太宰の「破産」も原典に倣い、まず蔵合について述べてから、万屋に同様の対照性を付与している。ただし、「蔵合さまには及びもないが、せめて成りたや万屋に、」と庶民に「卑屈の唄」を歌わせ、原典で「人の知らぬ大分限」であった万屋を蔵合と同様によく知られている分限者へと変更した。後に「信用」が「世間に重」い両替屋を営ませるために必要な変更だった、ととりあえずは言える。

しかしこの後、蔵合に関する記述はもうどちらでも出てこない。万屋の「密かなる手前者」であることを示すために引き合いに出されただけに見える蔵合が、原典ではとりたてて副題にまで挙げられ、太宰もなぜかその存在を削除しなかったのである。

「広い屋敷には立派な蔵が九つも立ち並」ぶ蔵合とは対照的に「近隣の左官屋、炭屋、紙屋の家と少しも変らず軒の低い古ぼけた住居」であったために、万屋では嫁の「大声」を世間的にはばからざるを得なかったことを、ここで思い出したい。嫁が目の前にいる限り、精神的負荷から自由になることは望めないにせよ、世間に対して距離を保つことは物理的環境を変えることである程度可能だったのである。蔵合の「広い屋敷」も九つの蔵も実はただの物質的な見栄ではなく、それなりの理由があったのかも知れない。しかし、万屋は両替屋を始めるにあたっても「店のつくりを改造し」ただけであった。

「近隣」については、例の使用人達をめぐる叙述のうち、次のような箇所があった。前掲の「尤始末の異見」では「丁稚は、また内方へ聞ゆる程手本読みて手習ひするは、其身の徳なり。」とあったところを、「破産」では『論語』を読むように置き換えてある。

> 長松は［…］どうにも眠くてかなはなくなれば、急ぎ読本を取出し、奥に聞えよがしの大声で、徳は孤ならず

必ず隣あり、と読み上げ、(9)

本来の意味からすれば、ここでの「隣」とは徳にとって積極的な意味を持つ、文字通りの隣人、よき仲間のことである。しかし、これが「奥に聞えよがしの大声で［…］読み上げ」られ始めた途端、その「隣」は文脈上メタレベルに移行し、『論語』を読むという「徳」を保証する役割を押しつけられ、この隣人同士は「徳」をめぐる一種の依存関係に置かれてしまう。それが「徳」である、ということを認め合わねばならない関係。「隣」がなければありえないような「徳」、しかしそのように「隣」があることで「徳」はむしろ徳でなくなる、という転倒に陥るのである。原典の「徳」がこのように置き直されることによって、『論語』の「隣」は自らを他律的にし依存する対象――例えば、「隣厳しくして宝儲かる」というような場合の「隣」――にすり替わる。

『論語』自体は出てこないが、比喩的に言えば西鶴の原典は「隣」を既に読み替え始めていたことになる。監視者としての嫁がいることは遊蕩の歯止めになるが、その「隣」はもはや積極的な徳に関わるものではなく、こうした「隣」に対して人は受動的であるしかない。さらに「破産」では、「養父母の気にいられよう」と、男はもうひとつ別の「隣」の意向を先回りする目的でこの監視者を望んでいた。こうした打算の明示は、原典に元々孕まれていた他律的な「徳」のありかたや嫁の位置づけに明確な輪郭を与える。人が何かよく見えることをなそうとする時、他者の目を気にしないではおれない――これはほとんど同語反復である。繰り返すが、「隣」が先にある以上、既に「徳」は相対化されている。

蔵合と万屋の違いに戻ろう。夜になると金が呻き出す、という万屋に関する原典の記述が、「破産」では蔵合の方に移された。物語の最初をこのようにおさえたことで、最後に至り、蔵合と万屋の対照性はいよいよ明白になる。即ち、蔵合からは金があり余ることを示す呻きが聞こえて「四隣の国々にも隠れなく」広がったが、万屋から最後に聞こえてきたのは「本当に無いのか。何も無いのか。」というわめき声で、こちらは「人々の囁きは四方にひろがり、」と表現されたのである。

万屋の破産は三つ目の「隣」、つまり「世間」によって発覚する。庶民が「卑屈の唄」によって二つの分限者を並列しているのは、彼らの目が金という点だけに向けられ、その本質的な違いに思い至らないからである。しかしその点では、「智者」だったはずの男もまた大差はない。実は最初から違いは歴然としていた。それは「隣」の有無である。家屋が隣接しているということはただ物理的な事情それだけではなく、万屋の若主人の心の姿勢が「隣」に常にからめとられる情況にあることを意味している。これが、万屋が本質的にどこまでも二番手、二流の存在である所以だった。

注

（1）『太宰治翻案作品論』二〇〇一・二、和泉書院

（2）例えば谷脇理史校注『日本永代蔵』（『井原西鶴集3（新編日本古典文学全集68）』一九九六・一二、小学館）でも、この境界部分の「以下「…温きは怨なり」までは、万屋が一人息子を勘当したことへの評から出た教訓とも見うるが、本章の主人公の話とはあまり関連をもたない。やや不十分な話のつなぎ方。」としている。

（3）太宰が参照したとされる『日本古典全集』の本文では「悋気強き事」となっているが、「悋気のよき事」が正しい。

（4）これに対し、斎藤理生は、むしろ男が「後悔」した後の心の動きに注目し、「対応を誤った」と「後付の解釈」をすることで「自身の豹変が問題の根本にあることからは、目をそらす」と見ている。「太宰治「破産」の構造」（『阪大近代文学研究』六、二〇〇八・三、後、『太宰治の小説の〈笑い〉』二〇一三・五、双文社出版）による。

（5）「その時以来、自分は、（世間とは個人ぢやないか）といふ、思想めいたものを持つやうになつたのです。／さうして、世間といふものは、個人ではなからうかと思ひはじめてから、自分は、いままでよりは多少、自分の意志で動く事が出来るやうになりました。」と「第三の手記」の一にある。本書終章四参照。

（6）寺西朋子「太宰治「新釈諸国噺」出典考」（『近代文学試論』一一、一九七三・六、広島大学）によって指摘されている。
（7）債務超過と破産については、福井県立大学経済学部清水葉子氏より示唆を頂いた。
（8）注（4）参照。
（9）『論語』巻第二　里仁第四。

第十三章　「吉野山」と「遊興戒」――型への〈回帰〉

一　「吉野山」の特徴と作中引用への言及

「吉野山」は西鶴『万の文反古』（一六九六〈元禄9〉）巻五の四「桜の吉野山難義の冬」の翻案として『新釈諸国噺』（一九四五〈昭20〉・一、生活社）の最後に置かれており、他の十一篇と異なる特徴をいくつか持っている。

まず、『万の文反古』の形式を踏襲し、これだけが書簡体であること。例えば、野口武彦[1]は「虚構の春」（『文学界』一九三六〈昭11〉・七）を「書簡体小説の形式を利用し、あまつさえそれを逆手に取って、まったく新しい手法を開発しつつ書いた小説」と位置づけるにあたり、日本の「書簡体小説の形式に、まったく新しい生命を吹きこみ、それを手法として自立させた」ものとして『万の文反古』に触れている。こうした指摘は暉峻康隆『日本の書翰体小説』（一九四三・八、越後屋書店）以来のものであった。さらに杉本好伸[2]は、「評文」の存在によって「〈一人称〉的世界の書簡が、一転して〈三人称〉的世界の中に変換される」ところに「『万の文反古』のもつ文学史的意義」を認めた上で、太宰は西鶴の書簡体から「〈一人称〉の形をとりながら、結果として〈一人称〉にはならない、極めて巧みな〈作品構造〉」を「学習」し、しかも「評文」による「直接的表示を避ける道を、選んだのではなかったろうか。」と述べ、「翻案であることと書簡体であることとによって、二重の意味で」太宰の空想は自由に羽ばたいた、という点から「吉野山」の重要性を指摘している。この二つが太宰得意の方法であることは、既に見てきた通りである。

そして、その方法の自在な駆使がもたらした結果とも言えるが、他の十一篇が原典からの部分的な改変によって再構築されたのに対して、既に指摘のあるように「吉野山」は「太宰の創意による改変やオリジナルの要素を多く含む」(3)こと、これが二つ目の特徴である。したがって、他の十一篇と同様の方法で解読することが必ずしも適切であるとは思われない。

さらに、この自在な書簡体形式の翻案の中で、原典には出てこない著名な和歌が複数引用され、語りの中に組み込まれていることが、第三の特徴である。語りによってつくり出される世界が現実世界に相渉るものである以上、作中人物もまた現実の人間同様、周囲にある何かを常に参照し、それと関わらずにはいられない。そして、その中には、先行する実在あるいは虚構の文学テクストなども当然含まれる。ここには、方法として先行テクストを持つ翻案作品の中で、作中人物がさらに別のテクストを取り込んで語るという入れ子構造がある。

「吉野山」では、語り手でもあり手紙の書き手でもある九平太（眼夢）が和歌五首（うち初めの二首は下句のみ）を引用し、それぞれを次のような文脈に置いている。以下、各部分に引かれた歌の出典を併記する。(4)

①　都の人たちが、花と見るまで雪ぞ降りけるだの、春に知られぬ花ぞ咲きけるだの、いい気持ちで歌つてゐるのとは事違ひ、雪はやつぱり雪、ただ寒いばかりで、あの嘘つきの歌人めが、とむらむら腹が立つて来ます。

（『古今和歌集』巻六　冬歌　三三一・三三三　貫之）

②　おしなべて花の盛りになりにけり山の端毎にかかる白雲、などと古人の歌を誰の歌とも言はず、ちよつと私の歌みたいに無雑作らしく書き流し、遊びに来て下さい、と必ず書き添へて、またも古人の歌「吉野山やが

て出でじと思ふ身を花散りなばと人や待つらむ」と思はせぶりに書き結び、［…］わがまことの心境は「吉野山やがて出でんと思ふ身を花散る頃はお迎へたのむ」といふやうな馬鹿げたものにて、

（『山家集』上　春　六四・雑　一〇三六／『新古今和歌集』巻一七　雑歌中　一六一九　西行）

③　嘆きわび世をそむくべき方知らず、吉野の奥も住み憂しと言へり

といふ歌の心、お察しねがひたく、実はこれとて私の作つた歌ではなく、人の物もわが物もこの頃は差別がつかず、出世遁世して以来、ひどく私はすれました。

（『金槐和歌集』雑部　六八九　実朝）

①では、「ふれるしら雪」と「雪」だけを詠んだ原典の「本歌」が差し替えられている。寒さと侘しさに震える語り手の情況に「雪」景色と「花」の名所を結びつける伝統的和歌の世界があえて対置されることで、冬の「吉野山」という場所はもはや風雅の世界としてでなく、それだけでパロディ性を帯びたものとして浮上してくるだろう。[5]②③はいずれも原典にはなく新たに付け加えられた箇所である。特に②では、書簡体である語りの内にも先行テクストを内包する手紙が引用され、先述の入れ子構造が見て取れる。

また、③の「人の物もわが物もこの頃は差別がつかず、」という一節は、直接には語り手による実朝の歌の引用のことを指しているようだが、これが『新釈諸国噺』全体のほぼ結びの部分に置かれた言葉であり、ましてや西鶴の他作品が他篇でもしばしば部分的に借用されてきた事実を顧みる時、明示されたと否とにかかわらず典拠を持つことに対する自己言及、少なくとも翻案という方法に対する何らかの総括になっているように読めなくもない。

しかし、『新釈諸国噺』の作者は「差別がつかず」とは正反対に、これまで「人の物」即ち原典との差異において「わが物」即ち作品世界に意味を与え、再構成してきたわけで、「吉野山」の語り手のように典拠の内実をその

まま自分の「心」を示すものとして据えてきたわけではない。そして、一篇の主題に関わってくる差異はあくまでも明示された原典との間にあり、出典が明示されない作品からの部分的な借用は補助的な役割を果たすにとどまっている。(6)

要するにこの一節は、自らの叙述の中に「人の物」を持ち込むことについての何らかの言及とはなっているものの、太宰の翻案への姿勢を素朴にそのまま吐露したものではなさそうである。そこで、最初から作者と語り手を重ねるのではなく、やや迂遠ながら、こうした表現の出てくる経緯をまず作品内部で、次にその意味を「遊興戒」との比較を通して確認し、そこから最終的に、既存の型を逆用する太宰作品のいわば翻案的な特質を照射してみたい。

二　「人の物」と「わが物」の間で

以前の遊び仲間に宛てられたこの手紙は、出家に至る経緯に始まり、山でのひとり暮らしの侘しさやそこにつけこむ里人のたちの悪さ、想像とは違って何の優雅さもなく金がかかるばかり、といった出家に伴う嘆きが綴られ、さりとて今更下山もできない事情があり、訪れる者のないことを恨み、最後には金無心で終わる、という内容である。「そこかしこに齟齬を生み出しながら突き進む語り」「建前と本音が交錯していることが読めてくるはず」(7)、と既に指摘されている通り、綿々と綴られる文面中、具体的には次のように語り手の言葉は前言を翻しながら次々と反転していく。

語り手は出家を「無分別」と後悔していたが、周囲の薄情を恨むあまり、「上品な事で、昔の偉い人はたいていこれをやつてゐる」「高貴なもの」なのだ、と言い出し、最後に再び「まことに無分別の遁世、何卒あはれと思召し、」と送金を懇願する。「ばばさま」の金を持ち逃げしたことを「いますぐ下山できないつらい理由」と述べながら、後にはその行為を「考へ様に依つては立派な行為とも言へる」と青砥ばりの理屈で正当化してみせる。出家して以来、里人に騙される側であったのが、金策を述べたてる局面では自分が人を騙す側に回ろうとする。これでは自分自身が腹立たしく思っていた里人や歌人と同じということになり、それが「出家遁世して以来、ひどく私はすれました。」という言葉にもつながっていく。

また、「贋物かも知れ」ない「色紙」の売却を「五十両と吹かけてみて下さい。」と頼んでおいて、直後、その相手に「差上げたい」「縞の羽織」は「裏の絹もずゐぶん上等のもの」であると言う。こうした言葉をはたして信用できるか。中村三春[8]が太宰の諸作品に対して既に度々言い当てているいわゆる「嘘つきのパラドックス」状態が、こうした反転の繰り返しには生じてくる。

語り手は、「雪」を「花」に見立てる和歌を詠んだ貫之を「嘘つきの歌人め」と記していたが、実は自分も西行の歌を「ちよつと私の歌みたいに無雑作らしく書き流し」、自らの心にそぐわない歌を「思はせぶりに書き結」ぶという「真赤な嘘」をつき、最後には実朝の「歌の心」をわが心として察して欲しい、と嘆く。先の①～③で表面化していくこの流れの中で読み直すと、やはり最後の泣訴自体が手前の「嘘」によって疑わしいものと化している。のみならず、ある種のお手本、流通している型とでも呼ばれるべきものに裏切られ、にもかかわらず再びその型に帰って行こうとする傾向が見えてくる。

語り手は吉野山に庵を結んでの遁世という形式そのものにまず古典的なよきイメージを持っていた。それは例えば「山には木の実、草の実が一ぱいあつて、それを気ままにとつて食べてのんきに暮すのが山居の楽しみ」とも表現されているところであり、一方で、現実的な生活感が払拭された和歌的様式美の世界とも重なる。原典にあった「ふれるしら雪」の歌を貫之のそうした二首と差し替えたのも、より典型的な例を前面に持ってくるためであった。むろん現実はそのイメージを裏切る。が、それでも彼は再度古人の歌を借用し、出家は高貴だと言い、金の流用の正当化にあたっては言い習わされた理屈を持ち出す。(9) しかも、彼は最後では再び出家を「無分別」と認めながらも山を下りることはない。この語りの反転にあっては、型と語り手との間がゴムでつながれたように距離を伸縮させ、最後にはその関係性の罠にかかっていくかのように彼は否応なく型の方に引き寄せられていくのである。

さて、金無心をめぐる件には、出典を明示されないままひそかに西鶴作品が多々忍び込ませてある。(10) ただ、その原典では「五百両」を一気に、となっていた「ばばさま」の金の持ち出し方も、百両を数十両ずつというように、罪悪感が希薄になるよう変更され、原典の「売券状」は金になるあてのほとんどない「富籤」の紙片に差し替えられた。さらに着物の一件は、人から借りた肌着を他人にやったからもう一度作り直して元の主に返してやってくれ、という話であったのが、あれはくれてやったものではないからあなたが取り返して着てくれ、という具合に書き換えられる。これら一連の改変はいずれも、「人の物もわが物もこの頃は差別がつかず、」に向けて積み重ねられたものとして読める。

とは言うものの、この言葉は盗んだ金や着物といった「物」のことだけに向けられているのではなく、また直前の実朝の歌のことのみを指すのでもない。先に見たように、彼は一度は裏切られた型に再度戻ろうとすることで、自分を支えるものをそこに見出そうとするが、この志向は、自分の外にあったある種の権威即ち「人の物」を、内面化即ち「わが物」にしたかのようで、実際はそれが錯誤でしかなかったことを却って意識させることになる。例えば、先行テクストとしての「古人の歌」を「わが物」のように書き流してはみたものの、それは結局「お迎へたのむ」という「馬鹿げた」「まことの心境」を裏に隠し持っていることを自らに対して明白にしてしまうのだった。

「古人の歌」と同じことは、この手紙全体を覆う「出家」という情況についても言える。「出家」という形があるために却ってその本意がうやむやにされてしまう、型があるためにその形骸化に無自覚になる、という話は『新釈諸国噺』の他篇に既に見られたが、(11) ここではそれらの人物達とは違って「出家遁世して以来、ひどく私はすれました。」とあるように、語り手は「人の物」と「わが物」との間の懸隔に半ば気づきかけている。「既に出家してゐながら、更にまた出家遁世したくなつて何が何やらわからず、ただもう死ぬるばかり退屈」なのは、既に彼にとっては積極的意味を持たなくなっているはずの形にそれでもなおよりかかろう、即ち「人の物」を何度「わが物」としようとしても、「更にまた出世遁世し」た結果が同様の事態を招く空しさは予想がついてしまうからである。

　したがって、「人の物もわが物もこの頃は差別がつかず、」とは、その往還の内に「人の物」と「わが物」とが混同されていくと言うよりも、その間の距離を縮めてあるべき型に自分をなぞらえようとすることで却って乖離が明白になる、という事態に陥っていくところに力点が置かれている。一体化なのではなく、そのよじれが顕在化していく過程として、語りの内の距離の伸縮はある。

三　「遊興戒」と「吉野山」――型への姿勢

　いったんは自ら選んだはずの生が意のままにならなかった場合、その後の生活とどう向き合うか。こうした話は『新釈諸国噺』中、「吉野山」を含めて「猿塚」「女賊」「遊興戒」の四篇を数えることができる。(12) またこれを、判断と行動がまずあり、その誤りの発覚後いかにふるまうかをめぐる話、というところまで拡張すれば、「貧の意地」「大力」「破産」「裸川」も含まれてくるが、ここで比較のために、「吉野山」といくつかの共通点を持つということで、手前に置かれた「遊興戒」に触れよう。

　二篇に共通するのは、主人公達の生活の急変が茶屋遊びの果てのものであり、さらに、かつて共に遊んだ者達との現在における関係のありかたが主軸に据えられ、そこに金の問題が絡んでくる点である。しかし、むしろ重要なのは、その中に並列的に発見される対照性であろう。

まず、彼らにはそれぞれ今の生活を維持していくために関わらざるを得ない他者がいる。それは「吉野山」の九平太にとっては里人であり、「遊興戒」の利左衛門にとっては金魚屋だが、向き合う姿勢は対照的である。九平太が憤りを抱えながらも結局は里人の前でただ受け身であるしかないのに対し、利左は表向きは卑屈だが、それは生活の糧を得るためと割り切って態度を決めているから、という違いが読み取れる。婆婆の代表者とも言える「ばばさま」の登場も二篇に共通するが、九平太がそこから金を盗み、俗世に戻りにくくなっているのに対し、利左は、朝顔の実を分けてくれ、と俗世にとどまり続けるために近所づき合いの「有合せのつらいお世辞」を言う。「私は決して下品な男ではない」と主張する九平太に対して、利左は旧友を前に「わざと下品に」ふるまう。またラストに至って、九平太は金無心と共に友の訪れをひたすら待つが、利左は友人からの施しを頑なに拒絶し、行方をくらまして完全に彼らとの関係を断つ。「吉野山」の主人公が現在の不如意に対してなすすべを失い、かと言って自分が捨ててきた世界へも戻れなくなっているのに対して、「遊興戒」の利左は終始自覚的に過去を現在の生活から切断していく方へと行動する。隣接する二篇の間のこうした対照性はいずれも、「吉野山」での太宰の創作および「遊興戒」の原典である『西鶴置土産』（一六九三〈元禄６〉）巻二の二「人には棒振虫同前に思はれ」からの改変によってつくり出されている。

ただし、「遊興戒」にあってもやはり、流通しがちな型が意識され、それが主人公の言動の方向性を決めている。彼は、型とは無関係に外界から独立した自己をそのままに保持したのではなく、外界との間に隔たりをつくるために、他者が期待する型に普通以上に乗ってみせねばならなかった。つまり、かつての仲間が推測する自分の現況、茶屋遊びのなれの果てとして想像されがちな落魄の物語を先回りし、「わざと下品に」ふるまうなどしてそれを過剰に演じる。彼はそうした型に開き直ってみせることで、結局、型通りの発想では思い及ぶことのできない実際の生活――金魚屋や近所の婆とも共生していこうとする自分の現在――を相手に知らせること、さらにそれによって彼らに自身の内部に立ち入らせることを拒否し、現在の自己を守ろうとしているのだ(13)。いわば、前面に押し出した型の裏に自らを隠したのである。他者が既存の型によって忖度する虚像と自分の現実とのずれに自覚的であればこそ、そして他者にどう見えようと自分はこれでいいのだと思おうとする自己があってこそ、型をこのように逆手にとることは可能になる。

型に裏切られてもなおそれをなぞり続けるしかなく、果てしない「退屈」に陥る者と、型を想定する他者の眼差によって傷つけられる前に、確信犯的にそれをなぞってみせる者と。「吉野山」では「人の物」に「わが物」を近づけようとして却ってその距離が顕在化していくのに対し、「遊興戒」では「人の物」と「わが物」をどこまでも区別していこうとする。二篇の主人公の違いは、既存の型の持つ吸引力に対して自分の姿勢を定めようとしているか否か、にある。

いずれにせよ、圧倒的な力を持つ「人の物」の前に、実感としての「わが物」は本当に「わが物」であり続けられるのか。その判断もまた難しく、基準はどこにもない。何ものもそれが「わが物」であることを保証してくれはしない。この事態から逆に言えば、その距離をあえてつくり出すことによって自己の位置を表出する翻案とは、もはや原典そのままには帰って行けないこと、また帰って行こうとすれば必ずやそれは原典とは似て非なるものとして転成されていく、というそのよじれ方を自覚するところから始まる。

四　型への〈回帰〉の諸相

「風の便り」（『文学界』『新潮』『文芸』一九四一〈昭16〉・一一～一二）は世代の異なる二人の作家の間で交わされた往復書簡形式で、太宰の芸術・文学に対する考え方が比較的生な形で表れているが、ここに次のようなやりとりがある。

君の作品は、十九世紀の完成を小さく模倣してゐるだけだ、といつてしまふと、実も蓋も無くなりますが、君の作品のお手本が、十九世紀のロシヤの作家あるひはフランスの象徴派の詩人の作品の中に、たやすく発見出来るので、窮極に於いて、たより無い気がするのです。感傷の在りかたが、諦念に到達する過程が、心境の動きが、あきらかに公式化せられてゐます。かならずお手本があるのです。

私は、もうおそいやうです。骨が固くなつてしまひました。ほてい様やら、朝日に鶴を書き過ぎました。私はあなたのお手紙を読み、いまさら何を言つてゐやがると思つたのは、そのところなのです。もう二十年はやく、あなたがそれを、はつきり言つてくれたならば！　けれども、これは愚痴のやうです。お手本を破れ、二十世紀の新しい芸術は君たちの手中に在ると大声で煽動せられても、私は苦しく顔をゆがめて笑つただけでした、

この後、旅先で初めて先輩作家と出会い、自分との決定的な「違ひ」を直感した作家は、「「出エジプト記」の一部分を百枚くらゐの小説に仕上げる」仕事を始める。「お手本」の「模倣」を批判し、これまでにない新しいものを、と主張する先輩の名が井原退蔵というのもさることながら、この先輩の批判に対して若い作家が出した答えが翻案であったということは、ここまで見てきたような型の吸引力に対してこの作家もまた十分自覚的であろうとしているることを物語る。ここに、「古典的秩序へのあこがれやら、訣別やら、何もかも、みんなもらつて、ひつくるめて、そのまま歩く。ここに生長がある。ここに発展の路がある。」という「一日の労苦」（『新潮』一九三八〈昭13〉・三）の言葉を並べることもできる。「お手本」をもはや無視できない彼らの世代は、むしろ「模倣」を確信犯

的に翻案という名の創造へ、似せる方からその差異において自らを語る方へとシフトさせていこうとするのである。

　著名な作品・東西の説話・古典や御伽噺といった典拠を外から取り込み、「人の物」を基準とすることによって「わが物」とは何であるかを明確にしていこうとする方法としての翻案。しかし太宰の場合、この発想はもはや方法のみに限られず、基準となるものも文学テクストには限られない。即ち、作中に典拠にも似たある種の基準となるような手本や型がまず据えられ、それに対して肯定否定のいずれを向くにせよ、そこからのずれや距離において意味が発生する叙述も数多く散在する。いわば翻案にも似た発想が作中の内容レベルでも展開されているのである。

　いわゆる〈中期〉作品からいくつか拾い上げてみよう。

　「富嶽百景」（『文体』一九三九〈昭14〉・二〜三）では、逗留中に眺め続けた富士がその時々の語り手の思いに応じて様々な次元の基準となる。あるいは、旅先で求めるロマンチシズム（「八十八夜」、『新潮』一九三九・八）、少年のイメージする美意識（「おしゃれ童子」、『婦人画報』一九三九・一一）など、いずれも実際に彼らの手に入るものは当初思い描いていたものとはずれており、そのずれによって彼らは自分の現実を知らされる。また「春の盗賊」（『文芸日本』一九四〇〈昭15〉・一）では、過去と現在の自分の生活を見比べつつ、どこまで自分が意識的に「市井人」になろうとしているか、またなぜそのような必要があるのかが語られる。ここでの基準は「凡俗」であり、しかしそこに「復帰」するのでなくこれはそれへの「しんからの、圧倒的の復讐」なのだ、というところに、型に意識的に自らを当てはめていこうとする「遊興戒」の利左にも似た志向が既に見られる。

　「俗天使」（『新潮』一九四〇・一）では「ミケランジエロの聖母」を見たことがきっかけで、それとは全く異質な、自分にとっての「陋巷の聖母」の何人かを思い出し、最後は「私の貧しいマリヤ」として「女生徒」（『文学界』一九三九・四）の書き手が自分に宛てた手紙を「捏造」する。ずらされた結果が自作への回帰であり、しかもそれを作法通りの語りの枠組みに収めないところに、型というものへの挑発的なまでの姿勢をうかがうことができよう。(14)

「歴史の大人物と作者との差を千里万里も引き離さなければいけないのではなからうか。」（「鉄面皮」、『文学界』一九四三〈昭18〉・四）とあらかじめコメントされていた「右大臣実朝」（一九四三・九、錦城出版社）では、確かに語り手によって「私たちとは天地の違ひがございます。」と実朝が繰り返し称揚される。しかし、それとは対照的に実朝像を相対化する公暁の存在こそがこの語りの目指すところを結果的に補完する逆説性は、既に第十章で確認した。また、「不審庵」（『文芸世紀』一九四三・一〇）・「花吹雪」（『佳日』一九四四〈昭19〉・八、肇書房）といった「黄村先生」物では、あえて戦時下に日本の伝統作法の茶道や武士道のみぶりを真似てみせ、その結果を徹底的な戯画へと落とし込むことで、原型に両義的な意味合いが付与された。

この方法が最も端的に押し進められたのは、「人間失格」（『展望』一九四八〈昭23〉・六〜八）であろう。ここでの基準とは語り手の想定する「人間」である。自分が他の「人間」といかに生活感覚が違うかということから話し始める語り手は、自らを「人間」と区別する方向へと語り続け、普通とどこが違うかという発想においてのみ自分の存在理由を主張する。手記の中でこうした「人間」を基準とした上で自らを「人間、失格。」と称することは逆説的な効果を持ち、言葉の表層に見える価値判断を逆転させる戦略の上に、この言葉は立っている。しかし逆に言えば、彼が他の「人間」と同じであることが証明され、基準がとりたてて基準と呼ばれるものでなくなれば、彼の主張は相対化されるはずで、実際、彼の思惑とは別に手記はそのことを暴露しており、そこにこの作品の解きがたさはある。これについては次章で考えよう。

安藤宏は、戦中戦後の太宰文学の断続性に注目した論考で、[15]「観念共同体を作中の軸に据え、中心点と同心円上に連なる自己との距離を自意識する事によって初めて実生活の客体化がはかられてゆく」、と「新郎」（『新潮』一九四二〈昭17〉・一）以降の特質について述べている。中心を失い、それでも中心を求める時代情況におかれた太宰文学を解く鍵として、翻案という方法をさらに広い観点から考え直す必要もあるのだろう。少なくとも、「お手本」

の存在によって自分の位置が初めて見えてくる、と言ってはみても、そうしたナイーヴな意味での「お手本」もまた既に幻想であるという認識を基点に、太宰文学の磁場は形成されている。

注

（1）野口武彦「小説手法としての手紙―太宰治と『虚構の春』―」（『国文学』二四―一四、一九七九・一一）

（2）杉本好伸「〈空白〉の語り―「吉野山」の作品構造―」（『太宰治研究』一一、二〇〇三・六、和泉書院）

（3）斎藤理生「太宰治「吉野山」論」（『解釈』四八―一・二、二〇〇二・二、後、『太宰治の小説の〈笑い〉』二〇一三・五、双文社出版）

（4）歌番号等は『新編　国歌大観』（一九八二・二～一九九二・四、角川書店）による。

（5）小泉京美「空洞化された〈吉野山〉―太宰治「吉野山」論―」（『東洋大学大学院紀要』四五、二〇〇九・三）はこうした箇所に基づき、「吉野の地に古代を幻視し、南朝の歴史に民族の伝統を見出していた同時代の作家や作品に対するアンチテーゼとなっている。」と指摘している。

（6）明示された以外の西鶴作品を部分的に取り込んだものとしては、「大力」「猿塚」「破産」が典型例である。なお、西鶴作品からの出典調査は、寺西朋子「太宰治「新釈諸国噺」出典考」（『近代文学試論』一一、一九七三・六、広島大学）に詳しい。

（7）注（3）に同じ。

（8）中村三春「ランダム・カルタ―太宰治のアヴァンギャルディズム―」（『ユリイカ』三〇―八、一九九八・六）、「太宰的アレゴリーの可能性―「女の決闘」から「惜別」まで―」（『季刊 iichiko』六七、二〇〇〇・七）、以上、後、『係争中の主体　漱石・太宰・賢治』二〇〇六・二、翰林書房、「太宰治の異性装文体―「おさん」のために―」（『文学』一一―四、二〇一〇・七、後、『花のフラクタル　20世紀日本前衛小説研究』二〇一二・一、翰林書房）

（9）「遊興戒」の終わり近くで出てくる青砥説話も利左の旧友達が言い習わされた型の側にいることを物語っている。本章三参照。

（10）『万の文反古』巻四の三「人の知らぬ祖母の埋み金」を参照した形跡のあることが、山田晃「西鶴と現代作家・治」（『国文学　解釈と鑑賞』二二―六、一九五七・六）で初めて指摘された。「吉野山」はこれ以外の西鶴作品からも部分的借用をしているが、以下挙げた改変箇所はいずれも「人の知らぬ祖母の埋み金」が出典である。

（11）「大力」「猿塚」「義理」「女賊」がこれに当たる。

（12）前田秀美「「遊興戒」「猿塚」論」（『太宰治研究』一一、二〇〇三・六、和泉書院）では、二篇の共通点として「世の中の厳粛な労苦」の内実を説明している。

（13）斎藤理生「〈西鶴〉の系譜―「人には棒振虫同然に思はれ」をいかに語るか」（斎藤理生・松本和也編『新世紀太宰治』二〇〇九・六、双文社出版）は、利左の「葛藤」、および「演技」がむしろ「破綻」していく様と、三人の方もまた「演技をせねばならないという、皮肉な逆転」を指摘し、「個々人があらかじめ抱えている内面よりも、複数の他人との間で醸成される〈空気〉においてそのつど生成し、左右される内面のありよう」を重視する。

（14）本書第七章四参照。

（15）安藤宏「太宰治・戦中から戦後へ」（『国語と国文学』六六―五、一九八九・五）

附記

以上、第十二・十三章の西鶴作品からの引用は、日本古典全集刊行会編『日本古典全集』中の『西鶴全集』（全十一巻、一九二六・四～一九二八・四）に拠った。

終章　「人間失格」論——実人生の終着点と回想の起点

一　問題の所在——作品全体の把握に向けて

「人間失格」(『展望』一九四八〈昭23〉・六～八)中の手記の書き手・大庭葉蔵。その実際の生きざまと彼の主張の双方にわたって心から共感し続けられる読者は、はたしてどれほどいるだろうか。自身の〈純粋〉を信じる青年の側からの大人達への抗議として、葉蔵の世間に対する懐疑的な視線を共有できる一時期はあるかも知れない。しかし、そこを通過し、他人が——それと表に出さずとも——多少なりとも自分と同様の喜怒哀楽を味わい生きていることに思い当たるようになれば、彼の主張への理解もかなりの困惑もしくは幾分かの苦笑を伴いながらのものになっていくだろう。葉蔵の言いたいことは今でもわかるが、それにしてもどこか勝手だ、けれどもこの身勝手さには何だか覚えがある、という具合に。

観念的な上に独善性や自己正当化が随所に散見される語りで話が一方的に進行しながら、そうした側面を越えて葉蔵の「人間」に対する異議申し立てに何らかの意義や洞察を読み取ることができるとすれば、それはなぜか。あるいは、その「人間」批判があのような生き方に終始した書き手によってなされたのはなぜか。作品を全面否定しない限りは、これらがこの作品を読み解くに際しての要点となろう。実人生のありかたが主張を引き出したと言うよりも、むしろ主張があってこそ〈事実〉として人生が仮構されていく、一種の転倒した事態がここには見出されてくる。

既に「このテクストのあくまでも周到な点は、挫折したという物語じたいは挫折しないところであり、主人公—大庭は敗北しても語り手—大庭は敗北しないところなのだ。(1)」と指摘されている通り、「主人公」と「語り手」の区別なくして「人間失格」研究の進展はなかった。

語られている〈大庭葉蔵〉の過去と、語っている〈大庭葉蔵〉の主体とのかかわりあいにおいて作品が成り立っている。読者は〈大庭葉蔵〉の過去を、〈大庭葉蔵〉のゆがんだ語り口を通してしか知ることができない。[…]われわれは作品世界と〈作者〉の主体との重層性の中から作品の論理を発見していかなければならないことになる。(2)

告白手記という形式は、語り手—大庭が告白内容たる主人公—大庭の半生に対してメタ・レヴェルの位置に立ち、様々な虚構の意匠を駆使して告白内容を真実化するための装置として導入されたのではなかろうか。(3)

罪に無自覚な「世間」への〈弱者〉の側からの抗議という、手記内容にある葉蔵の倫理性の指摘にとどまらず、その抗議は作品全体の中でどのような形で成立しているか、あるいは成立していないか。この観点から葉蔵の主張と作品構造との関係を考えることは、今では不可欠になっている。そのためには、「はしがき」「あとがき」という枠組みと、そこに出てくる作家の「私」やマダムの発言の意味も考えねばならない。書かれた手記と書いた主体との関係、そして手記の置かれた場をも含めて読まれることで、「人間失格」は、手記内容に関してだけの〈私小説〉的な読み、あるいは単に〈額縁〉を伴った手記という平面的な構成への理解から脱け出し、作品全体として捉えられることになる。

手記に添付された写真をまず目にした時の「私」の印象を叙述した「はしがき」と、手記を「私」が読むことになった経緯を叙述した「あとがき」。この二つに前後から挟まれる形式は、作者の直接の投影と見られやすい手記に第三者から見えた背景を与え、手記の客観性を支えるためのもの、とまずは言えそうだが、そうした〈額縁〉とのみ見るには、その内容はやや複雑である。

「はしがき」における三枚の写真は、三つの手記のある時期の情況に各々対応するものを葉蔵自らが選び、これらを手記と併せて提示することで、「自画像」らしさを企図したもののようだが、冒頭でこれを紹介する「私」は、「どこかけがらはしく、へんにひとをムカムカさせる」「怪談じみた気味悪いものが感ぜられて来る」「ただもう不愉快、イライラして、つい眼をそむけたくなる」といったきわめて主観的・感覚的な形容によって、手記に触れる前の読者に対して、書き手をかなり異様な人物として印象づけていく。

「私」が葉蔵を手記と写真によってしか知らず、いわば読者の立場にほとんど等しいのに対し、マダムは実際の葉蔵を知る女性である。しかし、それでは彼女の語った葉蔵こそが客観的な実像だったのかと言えば、決してそうであるはずもない。「あとがき」における彼女の「あのひとのお父さんが悪いのですよ。」「私たちの知つてゐる葉ちやんは、とても素直で、よく気がきいて、あれでお酒さへ飲まなければ、いいえ、飲んでも、……神様みたいないい子でした。」といった言葉などは、それを裏づける記述を手記から見出しにくく、「いかにも唐突の感じを与える」[4]ため、却って「あとがき」の装う冷静さが疑わしくなるほどである。こうした言葉がいかに葉蔵を擁護しても、それだけでは手記の思惑を外側から支えるものとはならない。ここで主観的〈真実〉[5]告白の形式である手記に対置されているのも、また別の主観なのであるから。

しかしそうであるならば、逆に、彼らの主観の鏡に映し出されたところで、葉蔵の手記の内容はなんら相対化されることはない。かと言って、彼らの存在によって手記が何らかの客観性を保証されるわけでもない。葉蔵に関する客観的事実とは結局、彼が三枚の写真を付した三つの手記によって自身についての何らかの像を残そうとしたことで、彼の〈実像〉を知る上で最も確かなこととは、その写真と手記に残された彼の主観的〈真実〉を通して以外にはない。

写真とその印象、「私」とマダムの手記に対する立場の違いなどについてはあらためて後に触れるとして、まず手記内部に限定し、葉蔵の言挙げする「人間、失格。」という表現と回想形式の関係について考えてみる。

二　葉蔵の倫理的主張とその前提――「第一の手記」

「第一の手記」は、葉蔵が自身の人生を回想するにあたっての、特に倫理をめぐる考え方の提示部分である。これはあたかも幼年期に決定されているかのようで、以降の人生でも持続するように語られる。その倫理観に則って過去が回想されるという意味で、これは後の話の展開の下地となっている。

まず冒頭から葉蔵は、他者――彼はそれを「人間」という言葉で一括する――と自分はいかに生活感覚が違うかを示す逸話を列挙し、他者との間の強い違和感について語る。

よく自殺もせず、発狂もせず、政党を論じ、絶望せず、屈せず生活のたたかひを続けて行ける、苦しくないんぢやないか？　エゴイストになりきつて、しかもそれを当然の事と確信し、いちども自分を疑つた事が無いんぢやないか？　それなら、楽だ、〔…〕……考へれば考へるほど、自分には、わからなくなり、自分ひとり全く変つてゐるやうな、不安と恐怖に襲はれるばかりなのです。

こうしたところには、既に指摘されているように「俗世間の現実的生活に安住する人間への強烈なプロテスト」[6]が感じられる。「自分ひとり全く変つてゐる」という自覚は、本人の言う「不安と恐怖」と同時に、「人間」のエゴイスティックな実態に自分だけは気づいているという一種の優越感をも顕在化させずにはおかない。

しかし、「人間」がわからないという「不安」と「人間」の怒りへの「恐怖」ゆえに、葉蔵は「道化」という対応手段を考え出したという。つまり、彼らを笑わせるふるまいの背後に自分の「人間」恐怖の存在を隠し、現実の人間関係をしのいでいこうとしたというのである。そして、現実を渡っていくためのこの唯一の手段を葉蔵が獲得した時、自分と「人間」との違いは、次のように集約し直される。

自分には、あざむき合つてゐるといふ事には、さして特別の興味もありません。自分だつて、お道化に依つて、朝から晩まで人間をあざむいてゐるのです。[7]自分は、修身教科書的な正義とか何とかいふ道徳には、あまり関心を持てないのです。自分には、あざむき合つてゐながら、清く明るく朗らかに生きてゐる、或ひは生き得る自信を持つてゐるみたいな人間が難解なのです。

自分も「お道化」で「人間」を欺いているが、問題は人を欺きながらそれに対して平気でいられることだ、という、「人間」から自分を倫理的に峻別するこの主張が意味をなすには、葉蔵における他者を欺く行為、裏表のある生き方は、「人間」への「恐怖」から来る意識的な「道化」や「演技」に限定される、という前提が必要である。そしてこの前提に基き、「人間」は自身の罪に無自覚だから問題だが、自分の場合はその悲惨と罪を意識した上でのことだから許される、と自分の「道化」や「演技」のみが特権化されてくる。

実際、以下の手記では、自分の「道化」や「演技」が意識的であることやその動機づけをめぐる分析が何度となく繰り返され、あるいは堀木を、「お道化を意識せずに行ひ、しかも、そのお道化の悲惨に全く気がついてゐない」点で「自分と本質的に異色」な人間と見ていた。これらは、自分が倫理的に潔癖であるという存在理由を葉蔵が保持するのに有効にはたらく。思えば、手記に付す写真の初めの二枚に、ことさら鼻持ちならない「演技」を感じさせるものを選んだのも、葉蔵自身だった。

三 「演技」の「失敗」――「第二の手記」

ところが、「第二の手記」に入ると、「人間恐怖」から逃れるための手段として意識的であった、そして意識的であらねばならなかったはずの「道化」は、回想段階での本人の主張にもかかわらず、実際にはそうではなくなっていたことがわかる。

葉蔵は「自分のお道化もその頃にはいよいよぴつたり身について来て、人をあざむくのに以前ほどの苦労を必要としなくなつてゐた」と言うが、ふるまいが容易になればなるほど、それは他人にはより本来の性格の一部のように見えることになる。そして、「演技」が「実にのびのびとして来」た安心の隙を突くように、竹一が彼の「道化」を見破った。

ここで葉蔵が「震撼」し「不安と恐怖」にさいなまれるようになったのは、「ワザ」とであったという秘密露顕への懸念ゆえだった、と回想される。むろんこう書き残されることによって、先に述べた前提、つまり「道化」があくまでも葉蔵にとって「人間恐怖」に基づいた自覚的なものであるという一貫性は保たれる。しかし他方、その時点でそれは、彼自身が語っていたように「身について来て」習慣化していたことも確かで、だからこそ彼は「ほつとしかけ」、いつの間にか「やりすぎ」(8)たのである。そこを衝かれたから「震撼」したのではないか。「ワザ」とであることを指摘・暴露されるという「恐怖」以上に、そのような「失敗」をするほどにもそれが自分の性格のように無自覚に「身について」いるとあらためて知らされることの方が葉蔵にとってより屈辱で、それによってこそ彼は「お道化の悲惨」を意識させられねばならなかったはずである。彼は、「人間といふ化け物に傷めつけられ、おびやかされ〔…〕道化などでごまかさず、見えたままの表現に努力し」、「人の思惑に少しもたよつてゐないらしい」「ゴッホ」や「モヂリアニ」といった画家達の生き方を志向し、「道化」の仮面を顔から引き剝がしたく思っていた。が、なかなかそれを果たせないということは、「震撼」の真の理由を裏づけている。

このことは、二度目の「演技」の「失敗」においてより明白になる。「正しい美貌、とでも言ひたいやうな」検事の前で「あさましい駈引きの心を起し、〔…〕おまけの贋の咳を大袈裟に附け加へ」る行為は、葉蔵の主張する「人間恐怖」から逃れる手段としての「演技」からは、既に程遠い。それ以前にも、故郷からの送金をせがむ手紙に「お道化の虚構」を連発する葉蔵は、無意識のうちに「道化」を処世術のように応用していたが、ここでも彼の味わった「悲惨」は、自分を有利にするための意識的な「演技」がばれた屈辱というよりも、そうした「演技」が自分の卑しい性癖としていつしか無自覚になされてしまっていることを容赦なく知らされた点にあるのではないか。

しかし、繰り返すが、「あざむき合つてゐる」ことに無自覚な「人間」とそれを意識している自分とは違うということが、彼の回想の出発点にはあるはずだった。自分の存在理由、つまり自分を他の「人間」から区別する根拠を危うくする事実は、彼の自尊心が許さない。それゆえに、これらは剝がせぬ仮面や卑しい性癖であってはならず、「演技の大失敗」として「記録」されたのであり、またこれらによって葉蔵の「道化」の自覚とその「悲惨」は一層保証されるように見えもする。が、回想時点での意識と思惑以前に、過去の事実が「第一の手記」における彼の倫理的主張のための前提から既に逸脱していた可能性のあることを、この二箇所は示している。

「はしがき」の写真の件を再びここにさし挟んでみる。「この子は、少しも笑つてはゐない」「一から十まで造り物の感じ」という具合に、初めの二枚における表情の不自然さはいち早く「私」には見破られていた。(9) そこから推測するに、手記によれば二回でしかない「演技の大失敗」、つまりそれが見破られることは、指摘されると否とにかかわらず実際は数知れずあったのではないか。その意味で、後に堀木が葉蔵の「人間をおそれ、避け、ごまかしてゐる」生き方を見破り、それを「世渡りの才能」と指摘したのなら——むろん葉蔵はそれを「まるつきり間違つて見てゐ」ると記すが——、これは回想の中での意味づけを裏切り、葉蔵のありかたを意外と的確に言い当てているだろう。逆に、彼の幼年期に対する「悲しい道化」といった表現は、事実から懸け離れてくる。現時点の意識で辿り直される告白的回想の方法は、一方でどのようにでも語れる自己言及によって読者に対しても語り手自身にとっても自在な意味づけを可能とし、他方、同じ語りがその思惑に反する事実までも顕在化させていく。問題は、そのずれから何を読み取るかである。

引き続き、読み進めよう。

四　「信頼心」の内実——「第三の手記」(一)

さて「第三の手記」に入ると、葉蔵は「(世間とは個人ぢやないか)といふ、思想めいたもの」を持つようになる。「世間」を渡って行くには、その場その場の「個人」との争いに勝ってしのいでいけばいい、と考えることで彼の「人間恐怖」は多少軽減されたため、「いままでよりは多少、自分の意志で動く事が出来るやうに」なったという。しかし、彼のこの考え方は、あくまでも「世間」と自分は違うという特権性を前提とするため、対等に自他が関わるという積極的意義は出てこない。その意味で、これは幼年時代より培われてきた「道化」と同様、「人間」不信と「恐怖」から逃れるための手段・知恵であり、それ以上のものにはならない。この「思想めいたもの」

に気づいたことと入れ替わりに、彼のそれまでの「道化」が鳴りをひそめ、「少しわがままになり、」「あまりシゲ子を可愛がらなくなりました。」とあるように、他者への過剰な「サーヴィス」がなくなるのも、そのためである。

彼は漫画家の仕事で生活の糧を得ていくようになるが、平凡な生活人として「慣例」に従い「大きな歓楽も、また、大きな悲哀もない無名の漫画家」であり続けることに対して、焦燥を感じ始める。ここにも「世間」との同化への抵抗が見られ、この時の「荒つぽい大きな歓楽が欲しい」という焦燥がヨシ子との同棲へと向かわせたように、手記では語られる。

葉蔵がヨシ子と結婚したのは、彼自身の言葉によれば「処女性の美しさ」にひかれて、ということであった。

自分のやうな、いやらしくおどおどして、ひとの顔いろばかり伺ひ、人を信じる能力が、ひび割れてしまつてゐるものにとつて、ヨシ子の無垢の信頼心は、それこそ青葉の滝のやうにすがすがしく思はれてゐたのです。

彼には「自分をしんから信頼してくれてゐる」彼女が、「人間恐怖」から自分を救ってくれる存在に思われたという。しかし、ここで事実としての二人のやりとりを見れば、「ヨシ子の無垢の信頼心」の内実が初めからそのようなものでないことは明らかである。

二人が親しくなる経緯の始まりから既に葉蔵は、酒をやめるというヨシ子との約束を平気で破り裏切っているが、約束を破ったという葉蔵の言葉をヨシ子は全く信じず、約束だけを信じている。また結婚してから、過去の女達との事件を知らせ、「時には、あからさまな言ひ方をする事さへあつたのに、ヨシ子には、それがみな冗談としか聞きとれぬ様子」だったというのも、これと同様である。鎌倉での事件を打ち明けたことにどのような思惑があったにせよ、それは、自分は女を死なせたり平気で捨てたりしてきた男だ、と告白したに等しい。にもかかわらずそれを「冗談としか聞き取れ」なかったのなら、自分を裏切っても不思議でない男を「信頼」してしまったことになろう。後に彼が「脳病院」に入れられる直前、「強精剤だとばかり思つてゐた」のか、愚かにも注射器と薬をさし出したヨシ子の「信頼」を「神の如き無智」と表現したのは他でもない、葉蔵自身である。

ここまで来ると今度は逆に、葉蔵の求めていた「無垢の信頼心」とは何だったのか、ということになってくる。後にヨシ子が商人に犯された「悲惨」に対する「神に問ふ。信頼は罪なりや。」という抗議の言葉の抽象性について既に指摘されているが、(10)葉蔵が「(世間とは個人ぢやないか)」といったんは記していたことを思い返せば、ここで誰への「信頼」か、という点が抜け落ちていることは、葉蔵が依然として「世間」を自分やヨシ子に対立してくる一個の塊としてしか捉えられていないことを示している。

しかし今、葉蔵の抽象的な表現に逆らってあえて具体的に考えるなら、この「信頼」とは、ヨシ子が商人の「なんにも、しないから」という言葉を文字通り受け取って「信頼」したことを指すとしか考えられない。下心の露骨に見え透くこのような言葉に「信頼」で応えたとするなら、それは先に見た、葉蔵の過去をすべて「冗談」と見なし「信頼」したのと同次元である。

これによって明らかになるのは、ヨシ子の「信頼心」がどちらの場合も対象を見きわめる判断以前のものであった、(11)ということだけではない。ヨシ子を犯した商人が彼女にとってそのようないわば不特定の「世間」であるように、この判断以前の「信頼」にあっては、葉蔵自身もまた「世間」と同じ立場になりうるのである。しかも皮肉なことに、「信頼は罪なりや。」という自身の発した言葉によって、そうなってしまうのだった。

ヨシ子が汚されたといふ事よりも、ヨシ子の信頼が汚されたといふ事が、自分にとつてそののち永く、生きてをられないほどの苦悩の種になりました。

これは、事件の具体的な「悲惨」さに比してあまりにも観念的な言い方である。と同時に、このように語る葉蔵にとって、ヨシ子は独立したひとつの人格としては認められず、単に自分を重ね合わせるのに都合の良い存在としてあることも明らかになる。葉蔵にとっての他者とは「世間」という一個の塊であり、常に彼の図式は自分対「世間」である。が、葉蔵自身も「世間」となりうることが明らかになっているにもかかわらず、彼は回想の時点でもそのことに気づかない。否、あえて気づこうとしていないかのようにさえ見える。それに気づくことは、葉蔵にとって自分と他者を峻別する倫理性の崩壊につながる危機だからである。しかしこれは、「道化」「演技」の意識性が過去の事実において既に崩れていたのと同じ脆さを持っていた。

五　回想の起点としての「人間、失格。」――「第三の手記」（二）

主人公葉蔵とその周囲で実際に生じていた事態に極力近づくべく、語り手葉蔵の意味づけに沿わない点に着目して冒頭から手記を追ってきた。回想という方法は、過去の〈事実〉とそれへの意味づけを共に示すことで、結果的にその〈事実〉からいかようにも主張を引き出せる、という語りの恣意性を露呈させる。それはまた同時に、意味づけの時点を朧化させることでもあった。

例えば、葉蔵の倫理観は幼年期に既に決定されているかのように語られていたことを、先に指摘した。なるほど、「自分は隣人と、ほとんど会話が出来ません。何を、どう言つたらいいのか、わからないのです。／そこで考へ出したのは、道化でした。」とある以上、「何を、どう言つたらいいのか、わからない」のは現在ではなく、「道化」

を始めた幼年期と受け取らざるを得ない。しかし他方、「自分には、人間の営みといふものが未だに何もわかつてゐない、といふ事になりさうです。」と自身の言葉で総括したのは、手記を書き始めたごく初めの段階である。手記執筆段階の現在も葉蔵は「人間」が「わかつてゐない」ままで、それは幼年期から持続してきたもの、と考えることは現実的だろうか。「そこで考へ出したのは、」という接続はむしろ現在から遡って結びつけたものと考えた方が自然である。

そしてその現在は、三年余り前の入院時点を振り返り、そこでの衝撃を「人間、失格。」と表現した現在でもある。

いまに、ここから出ても、自分はやつぱり狂人、いや、廃人といふ刻印を額に打たれる事でせう。

人間、失格。

もはや、自分は、完全に、人間で無くなりました。

細部にこだわるようだが、「人間、失格。」という「刻印を額に打」ったのは三年余り前の周囲の人々ではない。しかし、その手前の「自動車に乗せられ」「若い医師に案内せられ、或る病棟にいれられて、ガチヤンと鍵をおろされ」といった受動態による叙述のたたみかけは、「人間、失格。」なる言葉が手記執筆時に自ら押した烙印であることを隠蔽し、あたかもそのとき一方的に周囲から押されたもののように印象づけることに加担している。実際にはここをクライマックスとして目がけるべく回想が始められたからこそ、幼年期の記憶として「人間」と自分との違和感が延々と綴られていくことになった、と考えることはできないか。

「人間、失格。」を執筆時に念頭に置き、この言葉へと収斂させるべく、その少し手前で倫理的述懐が再三動員される。以下は、初めて「薬屋」に入る、即ち「人間、失格。」の道に決定的な一歩を踏み入れる手前の叙述である。

不幸。この世には、さまざまの不幸な人が、いや、不幸な人ばかり、と言つても過言ではないでせうが、しかし、その人たちの不幸は、所謂世間に対して堂々と抗議が出来、また「世間」もその人たちの抗議を容易に理解し同情します。しかし、自分の不幸は、すべて自分の罪悪からなので、誰にも抗議の仕様が無いし、また口ごもりながら一言でも抗議めいた事を言ひかけると、ヒラメならずとも世間の人たち全部、よくもまあそんな口がきけたものだと呆れかへるに違ひないし、自分はいつたい俗にいふ「わがままもの」なのか、またはその反対に、気が弱すぎるのか、自分でもわけがわからないけれども、とにかく罪悪のかたまりらしいので、どこまでも自《おのづか》らどんどん不幸になるばかりで、防ぎ止める具体策など無いのです。

「自分の不幸は、すべて自分の罪悪から」という発想を支えるのは、罪と罰をめぐる因果関係の図式である。先に見た「信頼は罪なりや。」という言葉は、ヨシ子が犯された不幸は「信頼」という「罪」に対する罰なのか、という「神」への抗議であったし、また堀木との言葉遊びからも、葉蔵は「罪の対語」がないことに思い当たり、さらには、「もしも、あのドスト氏が、罪と罰をシノニムと考へず、アントニムとして置き並べたものとしたら？罪と罰、絶対に相通ぜざるもの、氷炭相容れざるもの。」という不条理に思い至り、愕然とする。「罪と祈り、罪と悔い、罪と告白」というように何らかの因果関係を見出せるものが「シノニム」であるならば、逆に「罪と罰」が「アントニム」であるとは、罪がないからこそ罰せられるという事態を含んでくる。因果を言葉で追求していくほどにそれが不在の理不尽な情況が晒されていくのが、葉蔵の語りである。(12)

罪と罰の因果関係が辿れない現実にありながら、葉蔵にとっては罪の無自覚こそが罪である以上、どのように生きても「自らどんどん不幸になるばかり」の葉蔵は「不幸」を罰とし、そこから遡って「自分でもわけがわからないけれども、とにかく罪悪のかたまりらしい」[13]と、抽象的にでも自らの罪意識を記し続ける他はない。それが彼の倫理的主張のありかたなのである。したがって、最終的に「脳病院」入院という外から与えられた事実に依拠して「人間、失格。」と表現するに至ったのも、葉蔵自身による罪と罰をめぐる因果関係の論理的帰結である。こうして手記のプロット上、「人間、失格。」は彼の人生の必然的な終着点と読める位置にしつらえられた。

しかし、葉蔵にとってそれは同時に、この手記の書かれ始めた起点でもあった。

　自分には、人間の生活といふものが、見当つかないのです。

彼が冒頭から他人のことを「人間」と表現したのは、最終的に自分を「人間、失格。」という位置に追い込んだところから逆にこの言葉を選んだことを示している。

ここで、自己を分析し直すという手記の方法が孕む二重構造の意味があらためて見えてくる。過去の個々の事実が、これまで確認してきたように決して彼自身を他者から区別・特権化しえない、したがって彼の倫理的主張を成り立たしめないものであったにもかかわらず、回想の時点で彼は「第一の手記」で提示した倫理的潔癖とそれに拠ってこそ語れる「人間」への違和感に則って、自分の過去を辿り直した。彼はその人生の終着点に至って「恥の多い生涯」を払い戻す最後の手段として、手記による自分の生涯の再構成を企てた。この企ては、自分は「人間」から「失格」したという〈究極のマイナス〉を、自分には「人間」がわからない、自分は他の「人間」とは違う、という前提に反転させることによって始めることができたのである。

「恥の多い生涯」を論理的に再生せしめ、それを罪に無自覚な他者への「抗議」の手段として辿り直してみせるために、実人生の終着点は回想の起点とされた。「自分の不幸は、すべて自分の罪悪からなので、誰にも抗議の仕様が無い」――ことさらに因果関係を意識し、自身をまず罪人として糾弾するこの言葉は、本当に罪を自覚すれば他人に「抗議」などできるものか、しかし、ではお前はどうなのか、と罪に無自覚な他者を訴えようとする含みを明らかに持っている。それは同時に、こうした形――論理の強調によって倫理を主張すること――でしか罪の無自覚とは「抗議」できない性質のものである、ということでもあろう。逆に言えば「人間、失格。」という立ち位置を回想の起点とし、自他の位置を語り直すことによってのみ、彼の他者への「抗議の仕様」はありえた。自分が他人とは違うという認識と一体である葉蔵の倫理は、「人間、失格。」という彼の仮構の終着点があったことによって、少なくともその論理を完結しえたのである(14)。

多くの読み手が手記を通して感じ取る、葉蔵という人間の独善と傲慢さと、にもかかわらず同時にそこに読み取らずにおれない人間批判の痛烈さは、彼が想定する罪の性格、それについていかに語れるか・語れないかということに起因していた。「抗議」する資格のある者こそ無資格でなくてはならないというパラドックス。彼の手記から読み取れる実人生は決して彼自身を正当化しえない。しかし、彼は「脳病院」入院への意味づけの転化でその実人生と引き換えに手記を書き残すことによって、自他の罪に敏感な側からの「人間」への「抗議」を可能とする、きわどい隘路を確保しようとしたのである。

六　手記に対する「はしがき」「あとがき」の意味

最後に、保留しておいた〈額縁〉の問題に戻る。

第二の手記において、「道化などでごまかさず、見えたままの表現に努力し」た画家達に憧れた葉蔵は、「お化けの絵を画きつづけ」、竹一から「お前は、偉い絵画きになる。」と「予言」されていた。そして、かつて画いていたそれらの「陰惨な」「自画像」そのままに、実生活でも「道化」の仮面を剝ぎたいと願い続け、果たせずにいたが、その仮面を剝ぐと同時に人間らしさのすべてをも失うという皮肉な形で、ついにそれは実現したかに見える。即ち、それは恐らく手記執筆に重なる時点に撮ったと思われる「人間、失格。」そのもののような三枚目の写真であるが、手記とそれまでの二枚の写真もまた「陰惨な」「自画像」に至るための布石であった。竹一の「予言」は、漫画家となることによって「はずれ」たのではなく、こうした形で実現された、というのが葉蔵のつくり出した文脈である。

しかし、それまでの二枚と違ってもはや何の作為もないかに見える、最後の「人間、失格。」の「自画像」を残したこと自体が、実は葉蔵のただ一度なしえた最高の「演技」だったのではないか。意識的な「演技」を裏づける二枚の写真から何の生気も感じられない三枚目へと、写真は三つの手記にそのまま沿うように付せられていた。とりわけ最後の一枚は彼のその時の情況からして、「自画像」完成のため特に誰かに撮らせたものとしか考えられない。つまり、手記を書いている、あるいは書き上げた時点の葉蔵が手記の結末における「人間、失格。」の葉蔵に重なってみせることで、彼は最後まで手記そのものに過去の事実との段差を越える真実味を与えようとしたのである。

さて、「私」は三枚の写真だけを見た最初の時点では、むろんそうしたことがわかるはずもなく、読者に対して葉蔵の思惑通りの印象を紹介したのだが、手記を読み通した後はどうであろうか。

「あとがき」で「私」は、昔の学友を訪ねて行った折、偶然マダムと再会してこの手記に触れることになった、という経緯を語る。「千葉県船橋市に疎開してゐる」「某女子大の講師をしてゐる」友人に「身内の者の縁談を依頼してゐた」、といった設定をわざわざ設け、多少性急な展開となるのも恐らく承知で、手記を借り受ける時と、一晩かかって手記を読み終えてからと二回、「私」にマダムと言葉を交わさせているのは、手記によってのみ葉蔵を知る者が、その実人生によって彼を知る者と手記を間に介して出会う必要があったからである。

初めにも引いたが、葉蔵を直接知るマダムは、「私たちの知つてゐる葉ちやんは、とても素直で、よく気がきいて、〔…〕……神様みたいないい子でした。」と言う。彼女が手記を読んだ後もなお、直接知っている葉蔵に同情するしかすべを知らなかったことは、手記中に直接根拠を求められない「あの人のお父さんが悪い」という彼女の言葉からも明らかであろう。その一方で、マダムは「何か、小説の材料になるかも知れませんわ。」と考え、作家の「私」に手記を託していた。

しかし、「私」の手記への姿勢はマダムのそれと対照的である。「私」は実際の葉蔵については確かに「あなたも、相当ひどい被害をかうむつたやうですね。」と違和感を隠さないが、手記については「下手に私の筆を加へるよりは、これはこのまま、どこかの雑誌社にたのんで発表してもらつたはうが、なほ、有意義な事のやうに思はれた。」と記す。手記を「このまま」の形で開かれたものにする、それも「多少、誇張して書いてゐるやうなところもある」ことも承知の上で。つまり「私」は、この手記によって書き手が自身の過去に何らかの新たな意味を付し、己をそこにとどめようとしていることを嗅ぎ取ったのではないか。「十年ほど前に〔…〕送られて来」たものをようやく「こなひだはじめて、全部読んでみ」たマダムが、かつての「私たちの知つてゐる葉ちやん」を恐らく手記の意義よりも尊重しようとしているのに対し、「私」は葉蔵が手記によって実人生に新たに付与した意味とその基底にある主張のありかたをこそ掬い上げねばならないと感じたのだろう。

「このまま〔…〕発表」されるか、「小説の材料」となるか。手記は二つの運命を辿りえたのだが、マダムの言ったように「材料」となってしまえば、葉蔵が企てた意味づけは死んでしまう。何よりもまず、手記が書かれたこと自体が葉蔵の意志である、そして、たとえそこに「誇張」や正当化されない狡猾さや弱さがあっても、それらを含めて書かれたものの全体に、書いた主体による意味づけの意志が強く反映されている——このように「私」が理解したとすれば、それは彼が小説を書くことを生業とする人物だったからである。

即ち、「はしがき」における写真の説明は、これまで見てきたような葉蔵の手記の思惑を先取りしており、「あとがき」では手記への対応のありかたを通して、人生を意味づけ直そうとした葉蔵の志への「私」の同意を示していた。手記の置かれた場は、手記に内包された書き手の真意を説明し、これを第三者の側から幇助していく場ともなっていたのである。

補　研究の現在

以上は、一九九三年一〇月に提出した学位請求論文の一部に大幅な加筆・訂正を施したものである。(15) 人生の終着点「人間、失格。」を回想の起点へと据え直すことで倫理的主張を展開するというつくりは、かなり早い時期からこの表題を想定していた(16)作者の構想に重なるものであっただろうと現在も考えている。しかしそれにしても、二十年間が経過した現在の研究の最前線から振り返ると、定義も曖昧なままに作中のキーワードの数々を自明のように用いていたこと、無視できないはずの人物達と葉蔵の関係に言及しなかったことなど、反省すべき点は多い。

拙論提出後、現在に至るまでに、管見に入った限りでも「人間失格」論は六十近く発表されている。そこで最後に、それらの中で拙論が素通りしてしまった論点に踏み込んでいる論考、また拙論に盛り込めなかった特徴的な先行研究を紹介し、併せて研究の現在を鳥瞰することで、補足としたい。

例えば、ヨシ子の「悲惨」の内実をどう考えるか。具体的には彼女を被害者と見るか「罪」の主体と捉えるかによって、「信頼は罪なりや。」に対する読みは大きく変わる。これについては、「非対称(17)」な「力関係」の中で「劣位者」が語りの「言葉」によって抑圧される事情を手記全体を通して検証した榊原理智の論が、示唆に富む。また、葉蔵の画いた「自画像」と手記との関係はどうなのか。手記自体が「自画像」なのか[18]、あるいは、写真と手記とが「一体となった」ものが「自画像」となるのか[19]。こうした議論は、無前提に用いてきた「自画像」という便利な言葉の再定義を求めてくる。より包括的な問題意識として、松本和也[20]が示したような「人間」という言葉自体の指すところの諸々の側面からの考察抜きに「人間失格」は語れないのであったし、そもそもこの言葉への「自分」による定義づけのありかたを考えること自体が「人間失格」論となることに、あらためて気づかされる。

ここまでを手記内部から発生する論点とすれば、「はしがき」「あとがき」にまで視野を広げることで論点はさらに錯綜し、そこから再度、手記内部に新たな目を向ける必要が生じてくる。

まず、マダムの言葉によって「あとがき」で初めてその存在が浮上してくる「父」については、つとに東郷克美[21]が「「母」の欠落」と一対でその「恐怖」について指摘しており、これが以降の論調の基盤となってきた。葉蔵のおかれた「ダブル・バインド的状況」に注目した中村三春[22]は、父が「苦悩の壺」であった理由を「二者択一の最大の発問者であったこと」に見ている。この後、葉蔵が「人間」を描きつつ「自己を表出」し、「新たな側面を獲得していく」、と手記中での変化を読み取る吉岡真緒[23]は、「「自分」にとって父との関係は「人間」との係わり方の最も原始的な型を示すものだった」と述べており、あるいは遠藤祐[24]は、終末近くで父に「一さい」を「告白」した手紙を三つの「〈自画像〉」の二つ目とする独自の読みを示した。手記は、ひとたび遅きに失した「告白」を前提に再度なされた「告白」であった、という位置づけである。これらの論に共通する「懐しくおそろしい存在」という父との距離感については、今後も注視されていくだろう。

マダムについては、高田知波[25]が、手記の読み手としてマダムが選ばれた理由、他方「ああなつては、もう駄目ね。」という批判の対象が「〈葉蔵物語〉の編み手としての葉蔵」である可能性を示唆している。遡って鳥居邦朗[26]は、「マダムが結局葉蔵の手記を持つことになったのには意味がある。このマダムは葉蔵を迎え入れた「世間」の代表だったのである。」と位置づけていた。

一方、「私」については既に三谷憲正[27]が「執筆時の現時点からなされる過去への批評の眼」に注目し、「「手記」の葉蔵と「あとがき」の「私」は一人二役を演じているかのように密接に呼応し合っている」、という結論を導いていた。これを文字通り同一人物と見なすと当然「あとがき」の再会場面でその読みは破綻してしまうが、こうした大胆な読みが出てくるのも、恐らくは「人間失格」の入れ子構造が、語りの内と外の境界を曖昧にしていく、かつての「猿面冠者」（『鷗』一九三四〈昭9〉・七）や「道化の華」（『日本浪曼派』一九三五〈昭10〉・五）のようなメタフィクション性を想起させずにおかないからではないか。「人間失格」でも、「手記」の書き手に対して読み手であった――つまり「自分」と同じ位相にいた――はずの「私」は、「はしがき」「あとがき」を記すことによって今度は「自分」よりも外側に位置する立場から、「人間失格」のまとめ役つまり書き手としての自分を出現させる。何ら破格なところのない〈額縁〉の体裁を保ったまま、読み手は書き手に移行することで越境を遂げている。

元々、あらゆる語りはメタフィクショナルな読みを誘発させずにはおかないが、とりわけ「人間失格」の場合、強い志向性を持つ「手記」の書き手が前面に出ている上に、この書き手のさらに外に今述べたような性格の「私」が置かれるために、これを媒介として論者の読み自体がメタレベルに向けて次々と更新されていく傾向がある。その一方、先に挙げたような手記内部のいくつかの論点に関しては、議論が積み重なりつながって発展していくというよりも、それぞれの箇所をより精査する傾向が続き、論点自体はなかなか収束していかない。つまり、手記内容を精緻に読み込もうとするために、それが虚構であること、言葉による構築物であることをいったん忘れようとするベクトルと、ことさらにその虚構性を意識するベクトルとが、同時に引き合う。その際、一人称語りの「手記」体が「猿面冠者」や「道化の華」の物語内容に比べてはるかに吸引力の強い語りとなっていることも確かで、葉蔵の言葉に抵抗するか沿っていくか、読み手に判断を迫るような性格を以て言葉が駆使されている。こうした作品の傾向に対して、論者もまた十分自覚的であることが求められる[28]。

近年、安藤宏[29]による草稿・メモに関する研究、読書感想文を精査した石川巧[30]の研究、前掲松本氏による、同時代のジャーナリズムや文壇における作品受容のありかたが現在の作品の読みへと波及していることの検証など、作品論以外からのアプローチも充実してきた。これらと従来の作品論の成果との関係をいかに構築するかはいまだ途上の課題といえる[31]。メタレベルへと読者を巻き上げていこうとする構造の遠心力と、手記の語りそのものの中に巻き込もうとする言葉の求心力との間で、今後どのような論展開が可能か。それは他の太宰作品の多くにも当てはまる情況であるように思われる。

拙論への自戒をこめ、以上を覚書として記した。「人間失格」を含めた太宰治研究の行方を今後も追っていきたい。

注

（1）中村三春「『人間失格』における虚構形式の論理―《語り》のダブル・バインド―」（『弘学大語文』一三、一九八七・三、弘前学院大学、後、『フィクションの機構』一九九四・五、ひつじ書房）

（2）鳥居邦朗「後記」、『シンポジウム・作品論の可能性と限界―太宰治『人間失格』を中心に』（『日本近代文学』二四、一九七七・一〇）

（3）注（1）に同じ。

（4）マダムの「父」への言及に関して、鳥居邦朗「作品論から作家論へ・「人間失格」を軸として」（『国文学　解釈と鑑賞』四四―一一、一九七九・一〇）で指摘されている。

（5）注（1）中村氏は「告白は虚構形式として採用された場合、まず告白内容を仮構し、次いでその仮構性を隠蔽し、さらにそれを真実として読者に伝達すべく作動する。」と述べている。

（6）鳥居邦朗「『人間失格』論から太宰論へ」（『国文学　解釈と鑑賞』四六―一〇、一九八一・一〇）

（7）この一文は決定稿で加筆された。この後の「或ひは生き得る自信を持つてゐるみたいな」も加筆箇所。『太宰治全集　第一三巻　草稿』（一九九九・五、筑摩書房）による。

（8）谷沢永一「太宰治『人間失格』の構成」（『国文学』二四、一九五九・一、関西大学）は、この箇所を「それはやりすぎの結果であって、彼が下手であったことを意味しない。」とし、「現実に対する敗北を表象する筈の行為を描くために、優越した現実処理能力を裏づけに持ちだす作者の手法」を指摘している。

（9）注（4）鳥居氏は写真の件について「少年葉蔵の道化は成功していないことになる。」と指摘している。

（10）注（8）谷沢氏は、作中の「多少とも〝思想〟的な言葉」は「作品のなかの事件と、本質的な関連のほとんどない持ちこみとして、書かれているにすぎない」と指摘する。

（11）注（8）谷沢氏は、こうした「判断」があればそもそも「葉蔵の「疑惑」と「苦悩」は、成り立たなかった筈」なので、この設定は「作品の構成上、絶対に必要であった」と指摘する。

（12）「カチカチ山」（『お伽草紙』一九四五〈昭20〉・一〇、筑摩書房）の狸のおかれた情況に関して、かつて同様の指摘をした（『太宰治翻案作品論』二〇〇一・二、和泉書院）。

（13）注（7）と同様、傍線部分は加筆箇所。

（14）「倫理」と「論理」の関係については、村瀬学『『人間失格』の発見―倫理と論理のはざまから―』（一九八八・二、大和書房）に次のような言及がある。

「倫理」として「型取り」された「人間」の偏狭さを明らかにするためには、「論理」のようなニュートラルな力を借りなければとうてい「人間」という範型などは問い直すことができなかったのである。

（15）初出段階で言及すべきであった先行研究については注に加筆した。ただし、初出以降発表された諸論は、混乱を避けるため本節に一括して紹介した。なお、学位論文は初出に本章一節の一部と六節相当部分を加えたものである。

（16）「あのころの事は、これから五、六年経つて、もすこし落ちつけるやうになつたら、たんねんに、ゆつくり書いてみるつもりである。「人間失格」といふ題にするつもりである。」（「俗天使」、『新潮』一九四〇〈昭15〉・一）

（17）榊原理智「『人間失格』を読むという営為」（『ユリイカ』三〇―八、一九九八・六）

(18) 東郷克美「「人間失格」の渇仰」(東郷克美・渡部芳紀編『作品論　太宰治』一九七四・六、双文社出版、後、『太宰治という物語』二〇〇一・三、筑摩書房)
(19) 萬所志保「太宰治「人間失格」試論―「私」という居場所―」(『安田女子大学大学院文学研究科紀要』七、二〇〇二・三)
(20) 松本和也『太宰治『人間失格』を読み直す』二〇〇九・六、水声社
(21) 注(18)に同じ。
(22) 注(1)に同じ。
(23) 吉岡真緒「太宰治『人間失格』論―「人間失格」という呼びかけ―」(『国学院大学大学院紀要―文学研究科―』三三、二〇〇一・三)
(24) 遠藤祐「『人間失格』と大庭葉蔵」(『太宰治の〈物語〉』二〇〇三・一〇、翰林書房)
(25) 高田知波「『人間失格』と〈葉蔵物語〉」(『駒沢国文』三一、一九九四・二、後、『〈名作〉の壁を超えて『舞姫』から『人間失格』まで』二〇〇四・一〇、翰林書房)
(26) 注(4)参照。
(27) 三谷憲正「『人間失格』論―「手記」と「あとがき」の〈時のしくみ〉をめぐって―」(『日本語と日本文学』七、一九八七・六、筑波大学、後、『太宰文学の研究』一九九八・五、東京堂出版)
(28) 生誕百年である二〇〇九年、マスメディアは多くの太宰治特集を組んだ。そのひとつに、ＮＨＫ「ハイビジョン特集」として一二月一二日に放送された「太宰治　人間失格裁判」がある。大庭葉蔵を被告人、作品の文章を証拠として、架空の検察官と弁護人が手記内容に即して互いに意見陳述を行い、さらにこれを別室で見ているゲスト六人が討論する形式で、冒頭のナレーションによれば、「裁判員裁判を通して小説を読み込み、主人公が人間失格か否か、そんなことが最終判決となる」というルールであった。この番組の構成は、手記内容に分け入れば葉蔵の是非をめぐる意見は二項対立となって並行線を辿り、その双方を外側から批評する観点があって初めて読みがある方向性を持ち始めるという、この作品の性格を端的に示すものであった。
(29) 安藤宏「『人間失格』草稿が明かす創作過程」(『新潮』一九九八・七)、「文献学の中の太宰治―新公開資料（草

稿）の意味するもの―」（『国文学』四四―七、一九九九・六）、メモ類に関しては、「「太宰治・晩年の執筆メモ」の問題点」（『資料集　第二輯』二〇〇一・八、青森県近代文学館）、「検証・太宰治の昭和二十三年」（『国文学』四七―一四、二〇〇二・一二）、翻刻として『太宰治全集　第一三巻　草稿』一九九九・五、筑摩書房。

(30) 石川巧「太宰治の読まれ方―読書感想文の世界に生き延びる『人間失格』」（斎藤理生・松本和也編『新世紀　太宰治』二〇〇九・六、双文社出版）

(31) 草稿研究について、安藤宏「「もう一つの物語」としての肉筆資料―『人間失格』を例に―」（『文学』一一―五、二〇一〇・九）は「草稿研究は、時間の系をもった構想の「主体（作者）」を仮定し、活字化された本文と区別することにおいて初めて成り立つ領域なのではあるまいか。」と述べている。

初出一覧（原題）

Ⅰ　初期作品

第一章　「魚服記」と上田秋成「夢応の鯉魚」　『太宰治研究』（和泉書院）一七、二〇〇九・六

（「魚服記」解説（東郷克美・高橋広満編『近代小説〈異界〉を読む』双文社出版、一九九九・三）の内容を一部含む。）

第二章　「めくら草紙」評釈　『太宰治研究』八、二〇〇〇・六

第三章　「雌に就いて」論―変移する〈リアリズム〉―　『太宰治研究』二、一九九六・一

Ⅱ　告白と手紙

第四章　太宰治『葉桜と魔笛』論　※　『叙説』（奈良女子大学）一七、一九九〇・一〇

第五章　「葉桜と魔笛」と尾崎一雄「ささやかな事件」　『太宰治研究』二一、二〇一三・六

第六章　太宰治「誰も知らぬ」論―〈わかりにくさ〉を語り、聴く―　『叙説』三八、二〇一一・三

第七章　太宰治　女の手紙・男の手紙　荒井とみよ・永渕朋枝編『女の手紙』（双文社出版）、二〇〇四・七

Ⅲ　翻案の諸相

第八章　太宰治「清貧譚」論―ロマンチシズムから追放されない男―　『香椎潟』（福岡女子大学）五六・五七、二〇一二・三

第九章　「駈込み訴へ」を読む―山岸外史「人間キリスト記」との接点から―　『季刊 iichiko』（文化科学高等研究院出版局）一〇八、二〇一〇・一〇

第十章　「右大臣実朝」―近習と公暁　『国文学』（学灯社）四七―一四、二〇〇二・一二

Ⅳ　井原西鶴と太宰治

第十一章　井原西鶴と太宰治―昭和十年代・西鶴再評価の中で―　『太宰治研究』一二、二〇〇四・六
第十二章　太宰治「破産」論―敗北の理由―　『叙説』三三、二〇〇六・三
第十三章　太宰治という磁場―「吉野山」を視座として―
山内祥史・笠井秋生・木村一信・浅野洋編『二十世紀旗手・太宰治―その恍惚と不安と―』（和泉書院）、二〇〇五・三
終章　回想の起点としての〈人間失格〉―手記内部の構造について―　※　『太宰治』（洋々社）七、一九九一・六
（※は初出に大幅加筆の上、学位論文所収、一九九四・三）

附記

＊各章とも、初出に大幅な加筆・訂正を行った。「はじめに」と「終章」補節は書き下ろしである。
＊太宰治の著述からの引用は、特別な場合を除き、『太宰治全集』（全十三巻、一九九八・五～一九九九・五、筑摩書房）に拠った。なお、旧字は新字に改め、ルビは適宜省略した。
＊加筆の上、著書に収められた先行研究については、初出ではなく著書から引用させて頂いた。
＊引用箇所の傍点はそれぞれの筆者によるもので、傍線は木村による。［…］は中略を表す。また、明らかな誤記は適宜訂正した。
＊太宰治の著述ならびに比較検討した原典・素材の発表年に関しては、元号年を併記した。ただし第十一章に限り、時代性を明示するために、その他の同時代の著述に関しても元号年を併記した。

あとがき

書き、活字にしたことに対する責任、という本来なら当然であるはずのことを果たしきれなかった拙論十四篇のために、一冊にまとめ直す機会を頂き、再度御叱正を乞うこととした。数多い太宰作品の中よりこれらが考察対象となった事情と改稿の方針から、まず記したい。

論考の半分以上は、作品やテーマをあらかじめ指定されて書いたものである。前著『太宰治翻案作品論』の延長上で、私の関心は実験的作品や自伝的作品よりも、いわゆる太宰的な「私」の登場しない、物語性の高い作品群の方へ傾きがちであった。しかし、『太宰治研究』編者の山内祥史先生から、方法意識を前面に押し出した初期作品について考える場を何度か与えて頂くなど、対象の幅を広げる機会に恵まれた。こうしたことがなければ、太宰を〝稀有なストーリー・テラー〟といった決まり文句によって自分の中に収めてしまう恐れがあっただろう。そして、それ以外の作品に、ひとつの筋で把握されてしまうことから遁走し続ける小説の言葉としての積極的意義があること、またそこにこそ物語性のある翻案作品などとの共通点があること、を見逃していたに違いない。

ここでその結びつけかたや展開のしかたが成功しているかどうかについては、もちろん御批判を仰がねばならない。ただ、一連の太宰作品群における変わりゆくものと変わらぬものとが、私なりに少し見えてきたという感触はある。

また、今回収めた拙論の中には、最初の発表からかなりの時間が経過したものもある。そこで、その折に挙げるべきであった重要な論考とあわせてそれ以降に発表された諸氏の研究を参照・引用し、議論の混乱を招かない範囲で論中に盛り込めるものは加筆した。言及の優先順については極力配慮に努めたものの、見落としや誤解もありうる。こうしたことに関しても御指摘を頂ければ幸いである。

作品と作家を可能な限り同時代において捉えるべく、それが書かれ読まれてきた文脈のより厳密な分析に向けて周辺事情を探る方法は、昨今の近代文学研究の大きな潮流のひとつである。ただその一方で、太宰の生きた時代でなく今を生きる私達にとって、太宰作品が既に十分魅力的な謎に充ちていることも、また確かである。

太宰作品は受け手の存在を前提とする多様な語りの手法を駆使しており、作品自体が元々内包するこの性格に沿って、従来の作品論もまた、読者の存在とその視線といった〝受容〟の側の観点を度々意識してきた。昨今の研究傾向はそのことを可視化・再発見させるものでもある。よって、こうした傾向がこれまでの方法をただ否定するはずもなく、むしろそれは蓄積された作品論への新たな光源となり、読みを補強・更新していく見解を多く生み出している。研究の言葉が窮屈になることもなく、多彩なアプローチも営々と続くことになる。かように太宰治研究は裾野が広く懐が深い。本書はこうした現状認識から、作品内部の言葉と構成を解読の主たる手がかりとする方法で臨み、作品論の有効性・可能性をあらためて問いたいと考える。

菊池寛の言葉をもじれば、「小説は読み継がれる為のものだ、決して研究する為のものではない。」となるのかも知れない。ただ、読めばそれについて何事かを語りたくなる。同時に、太宰が過去の素材から数多の作品を創り出したように、後に続く者がそれについていかに語るかは、それが時代を越えうる価値を持つかどうかを左右する。そして、つかまえきれぬものをそれでもつかまえようとするには、それについて語り続けるしかない。これは太宰作品の言葉のありかたであると同時に、太宰作品への言及のありかたでもある。

一方で、「葉桜と魔笛」論について「学界時評」（『国文学』'91・2）で東郷克美先生より頂戴した「物語の構造分析が周密な分だけ焦点がかすんでしまい、」という二四年前の御指摘は、今もなお私の抱える課題であり続けている。このように遅々として進まず拙い歩みではあるが、多くの方々に様々な形で励ましや御叱咤を頂くことでようやく書き継ぐことができた。研究の基盤をうち立ててこられた先学の師、御論考を引用させて頂いた方々、折に触れて太宰研究全体を振り返る機会を与えて下さった先生方に、心からの感謝を申し上げる。

本書の出版にあたっては、二〇一四年度福井県立大学特別研究費（環境整備費）、および学術教養センター・プロジェクト経費より助成を受けた。また、二〇一二年度本学サバティカル制度を活用し、研修期間中にまとめた仕事でもある。私の為すべき日々の業務を代わって負担して頂き、またとない貴重な時間を与えて下さった部局の同僚の方々にも、御礼を申し上げたい。

そして十四年前と同様、今回もまた和泉書院に様々な局面でお世話になった。出版を快くお引き受け下さった和泉書院社長の廣橋研三氏に、感謝申し上げる。

二〇一五年一月　九頭龍川畔の研究室にて

木　村　小　夜

索　　引

作品(著述)名

あ 行

か 行

さ 行

た 行

な 行

は 行

ま 行

や 行

ら 行

人　名

あ 行

か 行

さ 行

た 行

な 行

は 行

ま 行

や 行

ら 行

わ 行

＊作中人物として直接登場する場合については、除外した。

■著者略歴

木村小夜（きむら　さよ）

1963年２月生、京都市出身。
奈良女子大学大学院博士課程人間文化研究科（比較文化学専攻）退学。同大学文学部助手を経て、現在、福井県立大学学術教養センター教授。博士（文学）。
著書:『太宰治翻案作品論』(2001年２月、和泉書院)
論文:「小川未明「赤い蠟燭と人魚」とその周辺」(『福井県立大学論集』29、2007年)、「誤算の闇―菊池寛「藤十郎の戀」試論―」(同前34、2010年)、「三島由紀夫自選短編集『真夏の死』を読み直す」(『季刊 iichiko』116、2012年)など。

近代文学研究叢刊　55

太宰治の虚構

二〇一五年二月二五日初版第一刷発行
（検印省略）

著　者　木　村　小　夜
発行者　廣　橋　研　三
印刷・製本　亜　細　亜　印　刷
発行所　有限会社　和　泉　書　院
大阪市天王寺区上之宮町七－六
〒五四三－〇〇三七
電話　〇六－六七七一－一四六七
振替　〇〇九七〇－八－一五〇四三

装訂　上野かおる

ISBN978-4-7576-0740-8　C3395

近代文学研究叢刊

21	藤野古白と子規派・早稲田派	一條孝夫著	五〇〇〇円
22	漱石解読 〈語り〉の構造	佐藤裕子著	品切
23	遠藤周作 〈和解〉の物語	川島秀一著	四五〇〇円
24	論攷 横光利一	濱川勝彦著	七〇〇〇円
25	太宰治翻案作品論	木村小夜著	四八〇〇円
26	現代文学研究の枝折	浦西和彦著	六〇〇〇円
27	漱石 男の言草・女の仕草	金正勲著	四五〇〇円
28	谷崎潤一郎 深層のレトリック	細江光著	一五〇〇〇円
29	夏目漱石論 漱石文学における「意識」	増満圭子著	一〇〇〇〇円
30	紅葉文学の水脈	土佐亨著	一〇〇〇〇円

（価格は税別）

近代文学研究叢刊

作品より長い作品論 名作鑑賞の試み　細江　光著　41　一五〇〇〇円

芥川作品の方法 紫檀の机から　奥野久美子著　42　七五〇〇円

石川淳後期作品解読　畦地芳弘著　43　一四〇〇〇円

樋口一葉　豊饒なる世界へ　山本欣司著　44　七〇〇〇円

賢治考証　工藤哲夫著　45　九〇〇〇円

日野啓三 意識と身体の作家　相馬庸郎著　46　八〇〇〇円

太宰治の表現空間　相馬明文著　47　四〇〇〇円

文学・一九三〇年前後 〈私〉の行方　梅本宣之著　48　七〇〇〇円

安部公房文学の研究　田中裕之著　49　六五〇〇円

大江健三郎・志賀直哉・ノンフィクション 虚実の往還　一條孝夫著　50　六〇〇〇円

（価格は税別）